Harry Potter
5

Harry Potter and
the Prisoner of Azkaban

ハリー・ポッターと
アズカバンの囚人

3-1

J.K.ローリング

松岡佑子＝訳

静山社

To Jill Prewett and Aine Kiely,
the Godmothers of Swing

Original Title: HARRY POTTER AND THE PRISONER OF AZKABAN

First published in Great Britain in 1999
by Bloomsbury Publishing Plc, 50 Bedford Square, London WC1B 3DP

Japanese edition first published in 2001

This book is published in Japan by arrangement with
the author through The Blair Partnership

ハリー・ポッターとアズカバンの囚人　3-1　目次

ハリー・ポッターとアズカバンの囚人　3-2　目次

第1章　ふくろう便

ハリー・ポッターは、いろいろな意味できわめて普通ではない少年だ。まず、一年中で一番嫌いなのが夏休み。第二に、宿題をしたくてしかたがないのに、真夜中にこっそりやらざるをえない。その上にハリー・ポッターは、たまたま魔法使いだった。

真夜中近く、ハリーはベッドに腹這《はらば》いになって頭から毛布をテントのようにすっぽりかぶり、懐中電灯を片手に大きな革表紙の本（バチルダ・バグショット著『魔法史』）を枕に立てかけていた。ちょうどいま、鷲《わし》羽根ペンの先でページを上から下へとたどり、宿題のレポートに役立ちそうなところを眉根《まゆね》を寄せて探しているところだ。「十四世紀における魔女の火あぶりの刑は無意味だった――意見を述べよ」がその宿題。

該当する文章を見つけたようで、羽根ペンの動きが止まった。ハリーは鼻の上の丸いメガネを押し上げ、懐中電灯を本に近づけてその段落を読んだ。

非魔法界の人々（通常マグルと呼ばれる）は、中世においてとくに魔法を恐れていたが、本物を見分けることが得手ではなかった。ごく稀に、本物の魔女や魔法使いを捕まえることはあっても、火刑はなんの効果も果たさなかった。魔女または魔法使いは初歩的な「炎凍結術《ほのおとうけつじゅつ》」を施し、柔らかくくすぐるような炎の感触を楽しみつつ、苦痛でさけんでいるふりをしたのだ。とりわけ「変わり者のウェンデリン」は焼かれるのを楽しみ、いろいろに姿を変え、自らすすんで四十七回も捕まった。

ハリーは羽根ペンをくわえ、枕の下からインク瓶《びん》と羊皮紙《ようひし》を一巻取り出した。ゆっくりと、十分に注意しながらハリーは瓶のふたを開け、羽根ペンを浸して書きはじめた。ときどきペンを休めては耳をそばだてる。もしダーズリーのだれかがトイレに立った際にカリカリと書く羽根ペンの音を聞きつけたら、おそらく、夏休みの残りの期間を階段下の物置に閉じ込められっぱなしで過ごすことになるだろう。

プリベット通り四番地のダーズリー一家こそ、ハリーがこれまで一度も楽しい夏休みを過ごせなかった原因だ。おじのバーノン、おばのペチュニア、そしてその息子のダドリーが、ハリーの唯一の親戚だった。一家はマグルで、魔法に対してまさに中世そのものの態度を取った。ハリーは、ダーズリー家の屋根の下では、魔女と魔法使いだったいまは亡き両親の名前をけっして口にすることはなかった。おばのペチュニアもおじのバーノンも、何年もの間ハリーを極力虐《しいた》げておけば、ハリーから魔法を追い出すことができるかもしれないと望み続けてきた。それが思いどおりにならなかったのが、二人の癪《しゃく》の種なのだ。ハリーがこの二年間をほとんどホグワーツ魔法魔術学校で過ごした事実をだれかに嗅《か》ぎつけられでもしたらと、二人はいまや戦々恐々だった。しかし最近ではダーズリー一家に残された手は、せいぜいハリーの呪文集や杖《つえ》、鍋《なべ》、箒《ほうき》を夏休みの初日に鍵をかけてしまい込むことや、ハリーが近所の人と話をするのを禁ずるくらいしかなかった。

ホグワーツの先生たちは休暇中の宿題をどっさり出していたので、呪文集を取り上げられたのはハリーにとって大痛手だ。レポートの宿題の中でもとくに意地悪なのが「縮《ちぢ》み薬《ぐすり》」に関するもので、ハリーの一番の苦手、スネイプ先生の宿題だった。レポートを書かなかった日には、ハリーを一か月の処罰に付す口実ができたと大喜びすることだろう。だが、休みに入ってから最初の週にハリーはチャンスを得た。おじ、おば、ダドリーの三人とも庭に出て、バーノンおじさんの新しい社用車を――同じ通りの住人がみな気づくよう、大声で――誉《ほ》めそやしているそのすきに、ハリーはこっそり一階に下り、階段下の物置の鍵をこじ開け、教科書を数冊引っつかんで自分の寝室に隠したのだ。これでシーツにインクの染みさえ残さなければ、ダーズリー一家に夜な夜なハリーが魔法を勉強しているとは知られずにすむ。

ハリーはおじ、おばとのいざこざを、いまはぜひとも避けたかった。両者の間は、すでに険悪なムードになっていたからだ。休暇が始まってから一週間目に魔法使いからハリーに電話がかかってきた、というたったそれだけの理由でだ。

ロン・ウィーズリーはホグワーツでのハリーの親友の一人で、家族は全員魔法使いという家柄だ。つまり、ロンはハリーの知らないことをたくさん知っていたが、電話というものは使ったことがない。おじのバーノンが電話を受けたのがなんとも不運だった。

「もしもし、バーノン・ダーズリーだが」

そのときたまたま同じ部屋にいたハリーは、電話から聞こえてきたロンの答える声に、身も凍る思いがした。

「もし、もし? 聞こえますか? 僕――ハリー――ポッター――と――話したい――の――ですけど！」

あまりの大声でさけぶロンに、バーノンおじさんは跳び上がり、耳から三十センチも離して受話器を持ちながら、怒りと驚きの入り交じった表情で声のする器械を見つめた。

「だれだ！」おじさんは受話器に向かってどなった。「君はだれかね？」

「ロン――ウィーズリーです！」ロンも大声を返し、二人はまるでサッカー場の端と端に立って話し合っているようだった。「僕―ハリー―の―学校―の―友達―です」

バーノンおじさんの小さな目がハリーのほうにぐるりと回った。ハリーはその場に根が生えたように突っ立っていた。

「ここにはハリー・ポッターなど、おらん！」

どなりながらも、今度は受話器が爆発でもすると思ったのか、バーノンは腕を精一杯伸ばして受話器を持っていた。

「なんの学校のことやら、わしにはわからん！　二度と連絡せんでくれ！　わしの家族のそばによるな！」

おじさんは毒グモを放り投げるかのように、受話器を本体に投げもどした。

そのあとのやりとりは、最悪中の最悪だった。

「よくもうちの番号をあんな輩《やから》に――おまえと同類の輩に教えたな！」

バーノンおじさんは、ハリーに唾をまき散らしながらどなった。

ロンは、ハリーをトラブルに巻き込んだと悟ったらしい。それからは二度と電話をかけてこなかった。ホグワーツ校でのもう一人の親友、ハーマイオニー・グレンジャーもまったく連絡してこなかった。ロンがハーマイオニーに電話をかけるなと警告したのかもしれない。だとしたら残念だ。ハリーの学年で一番の秀才のハーマイオニーは、両親がマグルなので電話の使い方はよく知っている。その上おそらく、ホグワーツ校の生徒だなんて電話で言ったりしないセンスは持っているはずだ。

そんなわけで、ハリーはもう五週間も魔法界の友達からはなんの連絡ももらえず、去年と同じくらい今年の夏も惨《みじ》めなものになりつつあった。一つだけ去年よりましなのは、ペットのふくろう、ヘドウィグのことだ。友達に手紙を出すのにふくろうは使わないと誓う代わりに、夜だけ自由にしてやれた。バーノンおじさんが折れたのは、籠《かご》に閉じ込めっ放しにするとヘドウィグが大騒ぎをしたからだ。

「変人のウェンデリン」についての箇所を書き終えたハリーは、ふたたび耳を澄ませた。暗い家のしじまを破るのは、遠くに聞こえる巨大ないとこダドリーの、グーグー言ういびきだけだった。もう時間もだいぶ遅いにちがいない。ハリーは疲れて目がむずがゆくなった。宿題は明日の夜、仕上げよう……。

インク瓶《びん》のふたを閉め、ベッドの下から古い枕カバーを引っ張り出して、懐中電灯や『魔法史』、それに宿題、羽根ペン、インクを中に入れ、ベッドから出て、ベッド下の床板の緩んだ場所にその袋を隠した。それから立ち上がって伸びをし、脇机に置いてある夜光時計で時間を確かめた。

午前一時だった。ハリーの胃袋が突然奇妙に揺れた。気がつかないうちに、十三歳となってもう一時間も経っていた。

ハリーが普通でない理由がもう一つある。誕生日が待ち遠しくないのだ。ハリーは一度も誕生祝いのカードをもらったことがない。ダーズリー一家はこの二年間、完全にハリーの誕生日を無視してきたのだから、三年目の今年も覚えているはずがない。

暗い部屋を横切り、ヘドウィグのいない大きな鳥籠《とりかご》の脇を通り、ハリーは開け放した窓辺へと歩いた。窓辺に寄りかかると、長く毛布の下に隠れていた顔に、夜風がさわやかだった。ヘドウィグは二晩も帰っていない。ハリーは心配してはいなかった——以前にもこのくらい帰らなかったことがある——。でも、ヘドウィグに早く帰ってきて欲しかった。この家で、ハリーの姿を見てもひくひく痙攣《けいれん》しない生き物は、ヘドウィグだけなのだ。

ハリーはいまだに年齢のわりに小柄でやせてはいたが、この一年で背は五、六センチ伸びていた。真っ黒な髪だけは相も変わらずで、どうやっても頑固にくしゃくしゃだった。メガネの奥には明るい緑の目があり、額《ひたい》には細い稲妻形の傷が、髪を透かしてはっきり見えた。

いろいろと普通ではないハリーだが、この傷はとくに普通ではなかった。ダーズリー夫婦は十年間、この傷をハリーの両親が自動車事故で死んだときの置きみやげだと偽り続けてきた。実は母のリリーも父のジェームズ・ポッターも、車の衝突事故で死んだのではない。殺されたのだ。過去百年間で最も恐れられた闇の魔法使いヴォルデモート卿《きょう》の手にかかって――。ハリーも同時に襲われたが、額に傷を受けただけでその手を逃れた。ヴォルデモートの呪いは、ハリーを殺すどころか呪った本人に撥《は》ね返り、ヴォルデモートは命からがら逃げ去った……。

しかしハリーはホグワーツに入学したことで、ふたたびヴォルデモートと真正面から対決することになった。暗い窓辺にたたずんで、ヴォルデモートとの対決のことを思い出すと、よくぞ十三歳の誕生日を迎えられたものだ、それだけで幸運だった、と思わざるをえない。

ハリーはヘドウィグがいないかと星空に目を走らせた。嘴《くちばし》に死んだネズミをくわえて、誉めてもらいたくてハリーのところにスィーッと舞い降りてきはしまいか。家々の屋根を何気なく見つめていたハリーは、しばらくしてなにか変なものが見えるのに気づいた。

金色の月を背にシルエットが浮かび、それが刻々と大きくなる。大きな、奇妙に傾いた生き物が、羽《は》ばたきながらハリーへと向かってくる。その生き物が一段また一段と沈むように降りてくるのを、ハリーはじっとたたずんだまま見つめていた。ハリーは窓の掛け金に手をかけ、ピシャリと閉めるべきかどうか一瞬《いっしゅん》ためらった。そのとき、その怪しげな生き物がプリベット通りの街灯の上をスィーッと飛び、ハリーはその正体を知って脇に飛び退《の》いた。

窓からふくろうが三羽舞い降りてきた。そのうちの一羽は、あとの二羽に両脇を支えられて気を失っているようだ。三羽のふくろうはハリーのベッドにパサリと軟着陸し、真ん中の大きな灰色のふくろうはそのままひっくり返って動かなくなった。大きな包みがその両足にくくりつけられている。

ハリーはすぐに気づいた。――気絶しているふくろうの名前はエロール。ウィーズリー家のふくろうだ。ハリーは急いでベッドに駆け寄り、エロールの足に結びつけてある紐《ひも》を解いて包みを取り外し、それからエロールをヘドウィグの籠《かご》に運び込んだ。エロールは片目だけをぼんやり開け、感謝するように弱々しくホーと鳴いて水をゴクリゴクリと飲みはじめた。

ハリーは他のふくろうのところにもどった。一羽は大きな雪のように白い雌で、ハリーのふくろうヘドウィグだ。これもなにか包みを運んできて、とても得意そうだった。ハリーが荷を解いてやると、ヘドウィグは嘴《くちばし》で愛情を込めてハリーを甘《あま》噛《が》みし、部屋の向こうに飛んでいってエロールの横に収まった。

もう一羽は、きりっとした森ふくろうだ。ハリーの知らないふくろうだったが、どこからきたかはすぐにわかった。三つ目の包みと一緒に、ホグワーツの校章のついた手紙を運んできたからだ。郵便物を外してやると、そのふくろうはもったいぶって羽毛を逆立て、羽をぐっと伸ばして窓から夜空へと飛び去った。

ハリーはベッドに座ってエロールの包みをつかみ、茶色の包み紙を破り取った。中から金色の紙に包まれたプレゼントと、生まれてはじめての誕生祝いカードが出てきた。かすかに震える指で、ハリーは封筒を開けた。紙片が二枚、ハラリと落ちる——手紙と、新聞の切り抜きだった。

切り抜きはまぎれもなく魔法界の「日刊《にっかん》予言者新聞《よげんしゃしんぶん》」のものだ。なにしろ、モノクロ写真の人物がみな動いている。ハリーは切り抜きを拾い上げ、しわを伸ばして読みはじめた。

魔法省官僚　グランプリ大当たり

魔法省・マグル製品不正使用取締局長アーサー・ウィーズリー氏が、今年の「日刊予言者新聞・ガリオンくじグランプリ」を当てた。

喜びのウィーズリー氏は記者に対し、「この金貨は、夏休みにエジプトに行くのに使うつもりです。長男のビルがグリンゴッツ魔法銀行の『呪《のろ》い破《やぶ》り』としてそこで仕事をしていますので」と語った。

　ウィーズリー一家はエジプトで一か月を過ごし、ホグワーツの新学期に合わせて帰国する。ウィーズリー家の七人の子供の五人が、現在そこに在学中である。


　ハリーは動く写真をざっと眺め、ウィーズリー一家全員の姿を見て顔中に笑いが広がった。九人全員が大きなピラミッドの前に立ち、ハリーに向かって大きく手を振っている。小柄で丸っこいウィーズリー夫人、長身で禿《は》げているウィーズリー氏、六人の息子と娘が一人、みなが（モノクロ写真ではわからないが）燃えるような赤毛だ。真ん中に、ノッポで手足を持て余し気味のロンがいた。肩にペットのネズミ、スキャバーズを載せ、腕を妹のジニーに回している。

　ハリーは、金貨ひと山の当選者として、ウィーズリー一家ほどふさわしい人たちはいないと思った。ウィーズリー一家はとても親切で、ひどく貧しかった。ハリーはロンの手紙を拾い上げ、広げた。


　ハリー、誕生日おめでとう！

　ねえ、あの電話のことは本当にごめん。マグルが君にひどいことをしないといいんだけど。パパに聞いたんだ。そしたら、さけんじゃいけなかったんじゃないかって言われた。

エジプトってすばらしいよ。ビルが墓地という墓地を全部案内してくれたんだけど、古代エジプトの魔法使いがかけた呪いって信じられないぐらいすごい。ママなんか、最後の墓地にはジニーを入らせなかったくらいだ。墓荒らししたマグルたちがミュータントになって、頭がたくさん生えてきてるのやらなんやら、そんな骸骨《がいこつ》がたくさんあったよ。

パパが「日刊予言者新聞《にっかんよげんしゃしんぶん》」のくじで七百ガリオンも当たるなんて、僕、信じられなかった！　今度の休暇で大方《おおかた》なくなっちゃったけど、僕に新学期用の新しい杖《つえ》を買ってくれるって。

ハリーはロンの古い杖が折れたあのときのことを忘れようにも忘れられなかった。ホグワーツまで二人して空飛ぶ車で向かい、校庭の木に衝突して折れたのだ。

新学期の始まる一週間くらい前にみんな家にもどります。それからロンドンに行って、杖とか新しい教科書とかを買ってもらいます。そのとき君に会うチャンスがあるかい？

マグルに負けずにがんばれ！

ロンドンに出てこいよな。

ロンより

追伸　パーシーは首席だよ。先週パーシーに手紙がきたんだ。

ハリーはもう一度写真に目をやった。パーシーは七年生、ホグワーツでの最終学年となるが、ことさら得意満面に写っていた。きちんととかした髪にトルコ帽を小粋《こいき》にかぶってそこに「首席」バッジを留めつけ、四角い縁のメガネがエジプトの太陽に輝いている。

ハリーはプレゼントの包みに取りかかった。ガラスのミニチュア独楽《ごま》のようなものが入っていた。その下にロンのメモがもう一枚あった。

ハリー――これは携帯の「かくれん防止器」でスニーコスコープって言うんだ。胡散《うさん》くさいやつが近くにいると光ってくるくる回り出すんだ。ビルは、こんなもの魔法使いのお上《のぼ》りさん用のちゃちなみやげで信用できないって言う。だって昨日の夕食のときもずっと光りっぱなしだったからね。だけど、フレッドとジョージがビルのスープにカブトムシを入れたのにビルは気づいてなかったんだ。

じゃあね――――ロン

スニーコスコープをベッド脇の小机に置くと、独楽《こま》のように尖端でバランスを取ってしっかりと立った。夜光時計の針の光が反射している。ハリーはうれしそうにしばらくそれを眺めていたが、やがてヘドウィグの持ってきた包みを取り上げた。

中身はまたプレゼントだった。今度はハーマイオニーからの誕生祝いカードと手紙が入っていた。

ハリー、お元気?

ロンからの手紙で、あなたのおじさまへの電話のことを聞きました。あなたが無事だといいけれど。

私はいま、フランスで休暇を過ごしています。それで、これをどうやってあなたに送ったらよいかわからなかったの――税関で開けられたら困るでしょう? ――そしたら、ヘドウィグがやってきたの! きっと、あなたの誕生日にいままでとちがってなにかプレゼントが届くようにしたかったんだわ。あなたへのプレゼントは「ふくろう通信販売」で買いました。「日刊予言者新聞《にっかんよげんしゃしんぶん》」に広告が載っていたの(私、新聞を定期購読しています。魔法界での出来事をいつも知っておくって、とてもいいことよ)。一週間前のロンとご家族の写真を見た? ロンたらいろんなことが勉強できて、私、ほんとに羨《うらや》ましい。――古代エジプトの魔法使いたちってすばらしかったのよ。

フランスにも、いくつか興味深い魔法の地方史があります。私、こちらで発見したことをつけ加えるのに、『魔法史《まほうし》』の宿題を全部書き替えてしまったの。長すぎないといいんだけど。ビンズ先生がおっしゃった長さより、羊皮紙《ようひし》二巻分長くなっちゃった。

ロンが休暇の最後の週にロンドンに行くんですって。あなたはこられる？　おじさまやおばさまが許してくださる？　あなたがこられるよう願っているわ。もし、だめだったら、ホグワーツ特急で九月一日に会いましょうね！

友情を込めて　ハーマイオニーより

追伸　ロンから聞いたけど、パーシーが首席ですって。パーシー、きっと大喜びでしょうね。ロンはあんまりうれしくないみたいだったけど。

ハリーはまた笑い、ハーマイオニーの手紙を横に置いてプレゼントを取り上げた。とても重いものだった。ハーマイオニーのことだから、きっと難しい呪文がぎっしり詰まった大きな本にちがいない――しかし、そうではなかった。包み紙を破ると、ハリーの心臓は飛び上がった。黒い滑らかな革のケースに銀文字で「箒磨《ほうきみが》きセット」と刻印されている。

「ハーマイオニー、わーお!」

ジッパーを開けながらハリーは小声でさけんだ。

「フリートウッズ社製　高級仕上げ箒柄磨《ほうきえみが》き」の大瓶《おおびん》一本、銀製のピカピカした「箒の尾鋏《おばさみ》」一丁、長距離飛行用に箒に留められるようになった小さな真鍮《しんちゅう》のコンパスが一個、それと「自分でできる箒の手入れガイドブック」が入っていた。

ホグワーツの友達に会えないのもさびしいが、加えて一番恋しかったのはクィディッチだった。魔法界で一番人気のスポーツ――箒に乗って競技する、非常に危険だけれどわくわくするスポーツだ。ハリーは、クィディッチの選手として非常に優秀で、今世紀最年少の選手としてホグワーツの寮代表に選ばれた。ハリーの宝物の一つが競技用箒「ニンバス２０００」だった。

ハリーは革のケースを脇に置き、最後の包みを取り上げた。茶色の包み紙に書かれたミミズののたくったような字で、だれかがすぐわかった――ホグワーツの森番、ハグリッドからだ。一番上の包み紙を破り取ると、なにやら緑色で革のようなものがちらっと見えた。ところが、ちゃんと荷を解く前に包みが奇妙な震え方をし、得体の知れない中身が大きな音を立てて噛《か》みついてきた。――まるで顎《あご》があるようだ。

ハリーは身がすくんだ。ハグリッドがわざと危険なものをハリーに送るはずはない。だが、ハグリッドには前歴がある。巨大蜘蛛《ぐも》と友達だったり、凶暴な三頭犬《さんとうけん》をパブでだれかから買ったり、違法《いほう》のドラゴンの卵をこっそり小屋に持ち込んだり……。

ハリーは怖々《こわごわ》包みを突ついてみた。中のなにやらがまたパクンと噛んだ。ハリーはベッド脇のスタンドに手を伸ばし、それを片手にしっかりにぎりしめ、高々と振り上げて、いつでも攻撃できるようにした。そうしておいて、もう一つの手で残りの包み紙をつかみ、引きはがした。

コロリと落ちたのは――本だった。スマートな緑の表紙にあざやかな金の飾り文字で『怪物的な怪物の本』と書いてあるのが目に入った、と思う間もなくその本は背表紙を上にしてひょいと立ち上がり、奇妙な蟹《かに》よろしく、ベッドの上をガサガサ横這《よこば》いした。

「う、わっ」ハリーは声を殺してさけんだ。

本はベッドから転がり落ちてガツンと大きな音を立て、部屋の向こうにシャカシャカシャカと猛スピードで移動していく。ハリーはそのあとを音も立てずに追いかけた。本はハリーの机の下の暗い陰に隠れている。ダーズリー一家が熟睡していることを祈りながら、ハリーは四つん這《ば》いになり、本に手を伸ばした。

「あいたっ！」

本はハリーの手を噛《か》み、パタパタ羽ばたいてハリーを飛び越し、また背表紙を上にしてシャカシャカ走った。ハリーはあちこち引っ張り回された末に、飛びかかるようにしてようやく本を押さえつけた。隣の部屋で、おじのバーノンがグーッと眠たそうな大きな寝息をたてた。

ハリーは、暴れる本を両腕でがっちり締めつけ、急いで箪笥《たんす》の中からベルトを引っ張り出し、それを本にしっかり巻きつけてバックルを留めた。その光景をずっとヘドウィグとエロールがしげしげと見ていた。「怪物の本」は怒ったように身を震わせたが、もうパタパタもパックンもできなかった。ハリーは本をベッドに投げ出し、やっとハグリッドからのカードに手を伸ばした。

よう、ハリー。誕生日おめでとう！
こいつは来学期、役に立つぞ。いまはこれ以上は言わねえ。あとは会ったときにな。
マグルの連中、おまえさんをちゃんと待遇してくれてるんだろうな。
元気でな。

ハグリッド

噛《か》みつく本が役に立つなんてハグリッドが言っても、なんだかろくなことにはならないような予感がした。でも、ハグリッドのバースデイ・カードをロンやハーマイオニーのと並べて立てながら、ハリーはますます笑顔になった。残るはホグワーツからの手紙だけとなった。
いつもより封筒が分厚いと思いながら封を切り、中から羊皮紙《ようひし》の一枚目を取り出して読んだ。

拝啓　ポッター殿
新学期は九月一日に始まることをお知らせいたします。ホグワーツ特急はキングズ・クロス駅、九と四分の三番線から十一時に出発します。
三年生は週末に何回かホグズミード村に行くことが許されます。同封の許可証にご両親もしくは　保護者の同意署名《しょめい》をもらってください。
来学期の教科書リストを同封いたします。

敬具《けいぐ》

副校長《ふくこうちょう》　ミネルバ・マクゴナガル

ハリーはホグズミード許可証を引っ張り出して眺《なが》めた。もう笑えなかった。週末にホグズミードに行けたらどんなに楽しいだろう。そこが端から端まで魔法の村だということを聞いてはいたが、まだ一度もそこに足を踏み入れたことはなかった。しかし、バーノンおじさんやペチュニアおばさんに、いったいどう言ったら署名してもらえるんだ？

夜光時計を見ると、もう午前二時だった。

ホグズミードの許可証のことは目が覚めてから考えようと、ハリーはベッドにもどり、自分で作った日付表の今日のところにバツ印をつけた。ホグワーツにもどるまでの日数がまた一日少なくなった。メガネを外し、三枚の誕生祝いカードに顔を向けて横になったが、目は開けたままだった。

きわめて普通でないハリー・ポッターだったが、そのときのハリーは、みなと同じ気持ちだった。生まれてはじめて、誕生日がうれしいと思ったのだ。

第2章　マージおばさんの大失敗

翌朝、朝食に下りていくと、ダーズリーの三人はもうキッチンのテーブルに着いて、新品のテレビを見ていた。居間にあるテレビとキッチンにある冷蔵庫との間が遠くて歩くのが大変だと文句たらたらのダドリーのために、夏休みの〝お帰りなさい〟プレゼントに買ってあったものだ。ダドリーは夏休みの大半をキッチンで過ごし、豚のような小さな目をテレビに釘《くぎ》づけにしたまま、五重顎《ごじゅうあご》をだぶつかせてひっきりなしになにかを食べていた。

ハリーはダドリーとおじのバーノンの間に座った。おじさんはがっちりでっぷりした大きな人で、首がほとんどなく、巨大な口ひげを蓄えていた。ハリーに、誕生祝いのひとつも言うどころか、ハリーがキッチンに入ってきたことさえだれも気づかぬ様子だ。ハリーはもう慣れっこになっていて、気にもしなかった。トーストを一枚食べ、何気なくテレビに目をやると、アナウンサーが脱獄囚のニュースを読んでいる最中だった。

「……ブラックは武器を所持しており、きわめて危険ですので、どうぞご注意ください。通報用ホットラインが特設されています。ブラックを見かけた方は、すぐにお知らせください」

「ヤツが極悪人だとは聞くまでもない」

バーノンおじさんは新聞を読みながら上目遣いに脱獄囚の顔を見てフンと鼻を鳴らした。

「一目見ればわかる。汚らしい怠け者め！　あの髪の毛を見ろ！」

おじさんはじろりと横睨《にら》みにハリーを見た。ハリーのくしゃくしゃ頭はいつもバーノンおじさんのいらいらの種だった。テレビの男は、やつれた顔にまといつくようにもつれた髪がぼうぼうと肘《ひじ》のあたりまで伸びている。それに比べれば、自分はずいぶん身だしなみがよいじゃないか、とハリーは思った。

画面がアナウンサーの顔にもどった。

「農林水産省が今日報告したところによれば——」

「ちょっと待った！」

バーノンはアナウンサーをはったと睨みつけて、噛《か》みつくように言った。

「その極悪人がどこから脱獄したか聞いてないぞ！　なんのためのニュースだ？

彼奴《きゃつ》はいまにもその辺に現れるかもしれんじゃないか！」

馬面《うまづら》でガリガリにやせているおばのペチュニアが、あわててキッチンの窓を向き、しっかりと外を窺《うかが》った。ペチュニアおばさんはホットラインに電話したくてたまらないのだとハリーにはわかっていた。なにしろおばは世界一お節介で、規則に従うだけの退屈なご近所さんの粗探《あらさが》しに、人生の大半を費やしている。

「いったい連中はいつになったらわかるんだ！」

バーノンおじさんは、赤ら顔と同じ色の巨大な拳《こぶし》でテーブルをたたいた。

「あいつらを始末するには絞首刑しかないんだ！」

「ほんとにそうだわ」

ペチュニアおばさんは、お隣のインゲン豆の蔓《つた》を透かすように目を凝らしながら言った。

バーノンおじさんは残りの茶を飲み干し、腕時計をちらっと見た。

「ペチュニア、わしはそろそろ出かけるぞ。マージの汽車は十時着だ」

二階にある「箒磨《ほうきみが》きセット」のことを考えていたハリーは、ガツンといやな衝撃とともに現実世界に引きもどされた。

「マージおばさん？」ハリーの口から言葉が勝手に飛び出した。「マ、マージおばさんがここにくる？」

マージおばさんはバーノンの妹だ。ハリーと血のつながりはなかったが（ハリーの母親はペチュニアの妹だった）、ずっと「おばさん」と呼ぶように言いつけられてきた。マージおばさんは地方にある大きな庭つきの家に住み、ブルドッグのブリーダーをしていた。マージおばさんは大切な犬を放っておくわけにはいかないと、プリベット通りにもそれほど頻繁に滞在するわけではなかったが、その一回一回の恐ろしさは、ありありとハリーの記憶に焼きついている。

ダドリーの五回目の誕生日のこと。「動いたら負け」というゲームでダドリーに勝たせるため、マージおばさんは杖でハリーの向こう脛《ずね》をいやというほどたたいて、ハリーを動かした。それから数年後のクリスマスに現れたときは、コンピュータ仕掛けのロボットをダドリーに、犬用ビスケットを一箱ハリーに持ってきた。前回の訪問は、ハリーがホグワーツに入学する一年前。マージおばさんお気に入りのブルドッグ、リッパーの前足をうっかり踏んでしまったハリーが、犬に追いかけられて庭の木の上に追い上げられてしまったにもかかわらず、マージは真夜中過ぎまで犬を呼びもどそうとしなかった。ダドリーはその事件を思い出すたびに、いまでも涙が出るほど笑う。

「マージは一週間ここに泊まる」バーノンが歯をむき出した。

「ついでだから言っておこう」おじはずんぐりした指を脅すようにハリーに突きつ

けた。「マージを迎えに行く前に、はっきりさせておきたいことがいくつかある」

ダドリーがにんまりしてテレビから視線を離した。ハリーが父親に痛めつけられるところを見物するのは、ダドリーお気に入りの娯楽だ。

「第一に」バーノンおじさんはうなるように言った。「マージと話すときは、いいか、礼儀をわきまえた言葉を使うんだぞ」

「いいよ」ハリーは気に入らなかった。「おばさんが僕にもそうするならね」

「第二に」ハリーの答えを聞かなかったかのように、おじは続けた。

「マージはおまえの異常さについてはなにも知らん。なにか――なにかきてれつなことは、マージがいる間いっさい起こすな。行儀よくしろ。わかったか？」

「そうするよ。おばさんもそうするなら」ハリーは歯を食いしばったまま答えた。

「そして、第三に――」おじさんの卑《いや》しげな小さな目が、大きな赤ら顔に切れ目を入れたように細くなった。「マージには、おまえが『セント・ブルータス更生不能非行少年院』に収容されていると言ってある」

「なんだって？」ハリーはさけんだ。

「おまえは口裏《くちうら》を合わせるんだ。いいか、小僧。さもないとひどい目にあうぞ」

おじさんは吐き捨てるように言った。

ハリーはあまりのことに蒼白になり、煮えくり返るような気持ちでおじを見つめ、座ったまま動けなかった。あのマージが一週間も泊まる。——ダーズリー一家からの誕生プレゼントの中でも最悪だ。バーノンおじさんの使い古しの靴下もひどかったけれど——。

「さて、ペチュニアや」おじはよっこらしょとばかりに腰を上げた。「では、わしは駅に行ってくる。ダッダー、一緒にくるか？」

「行かない」父親のハリー脅しが終わったので、ダドリーの興味はまたテレビにもどっていた。

「ダディちゃんは、おばちゃんがくるからカッコよくしなくちゃ」

ダドリーの分厚いブロンドの髪をなでながら、ペチュニアおばさんは言った。

「ママが素敵な蝶《ちょう》ネクタイを買っておいたのよ」

おじさんはダドリーのでっぷりした肩をたたき「それじゃ、あとでな」と言うと、キッチンを出ていった。

ハリーは恐怖で呆然《ぼうぜん》と座り込んでいたが、急にあることを思いついた。食べかけのトーストを放り出して急いで立ち上がり、おじのあとを追って玄関へ走った。

バーノンおじさんは運転用の上着を引っかけているところだった。

「おまえを連れていく気はない」

おじは振り返ってハリーが見つめているのに気づき、うなるように言った。

「僕も行きたいわけじゃない」ハリーが冷たく言った。「お願いがあるんです」

おじさんは胡散《うさん》くさそうな目つきをした。

「ホグ――学校で、三年生になったら、町に出かけてもいいことになっているんです」

「それで？」

ドアの脇の掛け金から車のキーを外しながら、おじはぶっきらぼうに言った。

「許可証におじさんの署名が要るんです」ハリーは一気に言った。

「なんでわしがそんなことせにゃならん？」おじがせせら笑った。

「それは――」ハリーは慎重に言葉を選んだ。「マージおばさんに、僕があそこに行っているっていうふりをするのは、大変なことだと思うんだ。ほら、セントなんとかっていう……」

「セント・ブルータス更生不能非行少年院！」

おじは大声を出したが、その声にまぎれもなく恐怖の色が感じ取れたので、ハリーはしめたと思った。

「それ、それなんだ」

ハリーは落ち着いておじさんの大きな赤ら顔を見上げながら言った。

「覚えるのが大変で。それらしく聞こえるようにしないといけないでしょう？　うっかり口が滑りでもしたら?」

「グウの音《ね》も出ないほどたたきのめされたいか?」おじは拳《こぶし》を振り上げ、じりっとハリーに詰め寄った。しかしハリーは、がんとしてその場を動かなかった。

「たたきのめしたって、僕が言っちゃったことを、マージおばさんは忘れてくれるかな」ハリーが厳《いかめ》しく言った。

おじの顔が醜悪な土気色になり、拳を振り上げたまま立ちすくんだ。

「でも、許可証にサインしてくれるなら」ハリーは急いで言葉を続けた。「どこの学校に行ってることになっているか、絶対忘れないって約束するよ。それに、マグル──普通の人みたいにしてるよ、ちゃんと」

バーノンおじさんは歯をむき出し、こめかみに青筋を立てたままだったが、ハリーにはおじが思案しているのが見てとれた。

「よかろう」やっと、おじがぶっきらぼうに言った。「マージがいる間、おまえの行動を監視《かんし》することにしよう。最後までおまえが守るべきことを守り、話の辻褄《つじつま》を合わせたなら、そのクソ許可証とやらにサインしようじゃないか」

おじさんはくるりと背を向けて玄関のドアを開け、思い切りバシャーンと閉めたので、一番上の小さなガラスが一枚外れ、落ちてきた。

ハリーはキッチンにはもどらず、二階の自分の部屋に上がった。本当のマグルらしく振る舞うなら、すぐに準備を始めなければ。ハリーはしょんぼりとなって、プレゼントと誕生祝いカードをのろのろと片づけ、床板の緩んだところに宿題と一緒に隠した。それからヘドウィグの籠《かご》に近寄った。エロールはなんとか回復したようだ。二羽とも翼に頭を埋《うず》めて眠っていた。ハリーはため息をつき、ちょんと突ついて二羽とも起こした。

「ヘドウィグ」ハリーは悲しげに言った。「一週間だけ、どこかに行っててくれないか。エロールと一緒に行きなよ。ロンが面倒をみてくれる。ロンにメモを書いて事情を説明するから。そんな目つきで僕を見ないでくれよ」

――ヘドウィグの大きな琥珀色《こはくいろ》の目が、恨みがましくハリーを見ていた。

「僕のせいじゃない。ロンやハーマイオニーと一緒にホグズミードに行けるようにするには、これしかないんだ」

十分後、（足にロンへの手紙をくくりつけられた）ヘドウィグとエロールは窓から舞い上がり、かなたへと消えた。心底惨《みじ》めな気持ちで、ハリーは空っぽの籠を箪笥《たんす》にしまった。

しかし、くよくよしている暇はなかった。次の瞬間、ペチュニアおばさんのかん高い声が、下りてきてお客を迎える準備をしなさいと、二階に向かってさけんでいた。

「その髪をなんとかおし！」

ハリーが玄関ホールに下りたとたん、おばがぴしゃっと言った。

髪をなでつけるなんて、努力する意味がないとハリーは思った。マージおばさんは

ハリーにいちゃもんをつけるのが大好きなのだから、だらしなくしているほうがうれしいにちがいない。

そうこうするうちに、外の砂利道が軋《きし》む音がした。バーノンの車が私道に入ってきたらしい。車のドアがバタンと鳴り、庭の小道を歩く足音がした。

「玄関のドアをお開け！」ペチュニアおばさんが押し殺した声でハリーに言った。

胸の奥が真っ暗になりながら、ハリーはドアを開けた。

戸口にマージが立っていた。

バーノンとそっくりで、巨大ながっちりした体に赤ら顔、それにおじほどたっぷりしてはいないが、口ひげまである。片手にとてつもなく大きなスーツケースを提げ、もう片方の腕に根性悪の老いたブルドッグを抱えている。

「わたしのダッダーはどこかね？」マージおばさんのだみ声が響いた。「わたしの甥《おい》っ子ちゃんはどこだい？」

ダドリーが玄関ホールの向こうからよたよたとやってきた。ブロンドの髪をでかい頭にぺたりとなでつけ、いく重にも重なった顎《あご》の下からわずかに蝶《ちょう》ネクタイをのぞか

せている。マージおばさんは、ウッと息が止まるほどの勢いでスーツケースをハリーの鳩尾《みずおち》あたりに押しつけ、ダドリーを片腕で抱きしめてその頬一杯に深々とキスをした。

ダドリーががまんしてマージおばさんに抱きしめられているのは十分な見返りがあるからだと、ハリーにはよくわかっていた。二人が離れたときには、まぎれもなくダドリーのぶくっとした手に、二十ポンドのピン札《さつ》がにぎられていた。

「ペチュニア！」とさけぶなり、ハリーをまるでコート掛けのスタンドのように無視してその横を大股に通り過ぎ、マージはペチュニアにキスをした。というより、マージがその大きな顎をペチュニアの尖《とが》った頬骨にぶっつけた、というほうが当たっている。

今度はバーノンおじさんが入ってきて、機嫌よく笑いながら玄関のドアを閉めた。

「マージ、お茶は？　リッパーはなにがいいかね？」おじが聞いた。

「リッパーはわたしのお茶受け皿からお茶を飲むよ」

マージおばさんはそう言いながら、みなと一緒に一団となってキッチンに入っていった。玄関ホールにはハリーとスーツケースだけが残された。だからといってハリーが不満だったわけではない。マージおばさんと離れていられる口実なら、なんだって大歓迎だ。そこでハリーはできるだけ時間をかけて、スーツケースを二階の客用の寝室へ引っ張り上げはじめた。

ハリーがキッチンにもどったときには、マージおばさんは紅茶とフルーツケーキを振る舞われ、リッパーは隅のほうでやかましい音を立てて皿をなめていた。紅茶と涎《よだれ》が飛び散って磨いた床に染みがつくと、ペチュニアおばさんが少し顔をしかめるのをハリーは見逃さなかった。ペチュニアは動物が大嫌いだ。

「マージ、ほかの犬はだれが面倒をみてるのかね?」おじが聞いた。

「ああ、ファブスター大佐が世話してくれてるよ」マージの太い声が答えた。「退役したんでね。なにかやることがあるのは大佐にとっても好都合さ。だがね、年寄りのリッパーを置いてくるのはかわいそうで。わたしがそばにいないと、この子はやせ衰えるんだ」

ハリーが席に着くと、リッパーがまたうなり出した。そこではじめて、マージはハリーに気づいた。

「おんや!」おばさんが一言吠えた。「おまえ、まだここにいたのかい?」

「はい」ハリーが答えた。

「なんだい、その『はい』は。そんな恩知らずなものの言い方をするんじゃない」

マージおばさんがうなるように言った。

「バーノンとペチュニアがおまえを置いとくのは、たいそうなお情けってもんだ。

わたしならお断りだね。うちの戸口に捨てられてたなら、おまえはまっすぐ孤児院行きだったよ」

ダーズリー一家と暮らすより孤児院に行ったほうがましだと、ハリーはよっぽど言ってやりたかった。だが、ホグズミード許可証のことを思い浮かべて危うく踏み止《とど》まった。ハリーはむりやり作り笑いをした。

「わたしに向かって、小ばかにした笑い方をするんじゃないよ！」

マージのだみ声が響いた。

「この前会ったときからさっぱり進歩がないじゃないか。学校でおまえに礼儀のひとつもたたき込んでくれりゃいいものを」おばさんは紅茶をガブリと飲み、口ひげを拭《ぬぐ》った。

「バーノン、この子をどこの学校にやってると言ったかね？」

「セント・ブルータス」おじさんがすばやく答えた。「更生不能のケースでは一流の施設だよ」

「そうかい。セント・ブルータスでは鞭《むち》を使うかね、え？」

テーブル越しにおばさんが吠えた。

「えーっと――」

おじさんがマージおばさんの背後からこくんとうなずいてみせた。

「はい」ハリーはそう答えた。それから、いっそのことそれらしく言ったほうがいいと思い、「しょっちゅうです」とつけ加えた。

「そうこなくちゃ」マージが言った。「ひっぱたかれて当然の子をたたかないなんて、腰抜け、腑抜《ふぬ》け、まぬけもいいとこだ。十中八、九は鞭で打ちのめしゃあいい。おまえはしょっちゅう打たれるのかい?」

「そりゃあ」ハリーが受けた。「なぁんども」

おばさんは顔をしかめた。

「やっぱりおまえの言いようが気に入らないね。そんなに気楽にぶたれるなんて言えるようじゃ、鞭の入れ方が足りないに決まってる。ペチュニア、わたしなら手紙を書くね。この子には万力《まんりき》込めてたたくことを認めるって、はっきり書いてやるんだ」

バーノンおじさんが、ハリーが自分との取引を忘れては困ると思ったのかどうか、突然話題を変えた。

「マージ、今朝のニュースを聞いたかね? あの脱獄犯をどう思うね、え?」

マージおばさんがどっかりと居座るようになると、ハリーはマージがいなかったときのプリベット通り四番地の生活が懐かしいとさえ思うようになった。バーノンとペチュニアはたいていハリーを遠ざけるようにしていて、ハリーにとってそれは願ってもないことだった。ところがマージは、ハリーの躾《しつけ》をああだこうだと口やかましく指図するため、ハリーを四六時中自分の目の届くところに置きたがった。ハリーとダドリーを比較するのもお楽しみの一つで、ダドリーに高価なプレゼントを買い与えては、どうして僕にはプレゼントがないのとハリーが言うのを待っているかのように、じろりと睨《にら》むのが至上の喜びのようだ。さらに、ハリーがこんなろくでなしになったのはこれこれのせいだと、陰湿《いんしつ》な嫌味を投げつけるのだった。

「バーノン、この子ができそこないになったからといって、自分を責めちゃいけないよ」

三日目の昼食の話題だった。

「芯《しん》から腐ってりゃ、だれがなにをやったってだめさね」

ハリーは食べることに集中しようとした。それでも手は震え、顔は怒りで火照りはじめた。

許可証を忘れるな、ハリーは自分に言い聞かせた。ホグズミードのことを考えるんだ。なんにも言うな。挑発に乗っちゃだめだ――。

マージはワイングラスに手を伸ばした。

「ブリーダーにとっちゃ基本原則の一つだがね、犬なら例外なしに原則どおりだ。牝犬《めすいぬ》に欠陥があれば、その仔犬《こいぬ》もどこかおかしくなるのさ――」

とたんにマージおばさんの手にしたワイングラスが爆発した。ガラスの破片が四方八方に飛び散り、マージは赤ら顔からワインを滴《したた》らせ、目を瞬《しばたた》かせながらアワアワ言っていた。

「マージ！　大丈夫？」ペチュニアおばさんが金切り声を上げた。

「心配いらないよ」ナプキンで顔を拭《ぬぐ》いながらマージがだみ声で答えた。「強くにぎりすぎたんだろう。ファブスター大佐のとこでも、こないだおんなじことがあった。大騒ぎすることはないよ、ペチュニア。わたしゃ握力が強いんだ……」

それでも、ペチュニアとバーノンは、そろってハリーに疑わしげな目を向けた。ハリーは、デザートを抜かして、できるだけ急いでテーブルを離れることにした。

玄関ホールに出て、壁に寄りかかり、ハリーは深呼吸をした。自制心を失って何かを爆発させたのは久しぶりだった。もう二度とこんなことを引き起こすわけにはいかない。ホグズミードの許可証がかかっているばかりではない。――これ以上事《こと》を起こせば、魔法省とまずいことになってしまう。

ハリーはまだ半人前の魔法使いで、魔法界の法律により学校の外で魔法を使うことは禁じられている。実は、ハリーには前科もある。つい一年前の夏、ハリーは正式な警告状を受け取っていた。それには、プリベット通りでふたたび魔法が使われる気配を魔法省が察知した場合、ハリーはホグワーツから退校処分になるであろう、とはっきり書いてあった。

ダーズリー一家がテーブルを離れる音が聞こえたので、ハリーは出会わないよう、急いで二階へ上がった。

それから三日間、マージおばさんがハリーに難癖《なんくせ》をつけはじめるたびに、ハリーは「自分でできる箒磨《ほうきみが》きガイドブック」のことを必死に考えてやり過ごした。これはなかなかうまくいったが、そうするとハリーの目が虚《うつ》ろになるらしく、マージおばさんはハリーが落ちこぼれだと、はっきり口に出して言いはじめた。

やっと、本当にやっとのことで、マージおばさんの滞在最終日の夜がきた。ペチュニアは豪華な料理を並べ、バーノンはワインを数本開けた。スープに始まりサーモン料理に至るまで、ただの一度もハリーの欠陥が引き合いに出されることなく進んだ。レモン・メレンゲ・パイが出たとき、バーノンが工業用ドリルを製造している自分の会社、グラニングズ社のことをみながうんざりするほど長々と話した。それからペチュニアがコーヒーを入れ、バーノンはブランデーを一本持ってきた。

「マージ、一杯どうだね？」

マージおばさんはワインでもうかなり出来上がっていた。巨大な顔が真っ赤になっていた。

「それじゃ、ほんのひと口もらおうか」マージおばさんがクスクスッと笑った。

「もう少し……もうちょい……よーしよし」

ダドリーは四切れ目のパイを食べていた。ペチュニアは小指をピンと伸ばしてコーヒーをすすっていた。ハリーは自分の部屋へと消え去りたくてたまらなかったが、バーノンの小さい目が怒っているのを見て、最後までつき合わなければならないのだと観念した。

「ふうっ」

マージおばさんは舌鼓《したつづみ》を打ち、空になったブランデー・グラスをテーブルにもどした。

「すばらしいご馳走だったよ、ペチュニア。普段の夕食はたいていあり合わせを炒《いた》めるだけさ。十二匹も犬を飼ってると、世話が大変でね……」

マージは思い切りゲップをして、ツイードの服の上から盛《も》り上がった腹をポンポンとたたいた。

「失礼。それにしても、わたしゃ、健康な体格の男の子を見るのが好きさね」

ダドリーにウィンクしながら、おばさんはしゃべり続けた。

「ダッダー、あんたはお父さんとおんなじに、ちゃんとした体格の男になるよ。あ、バーノン、もうちょぃとブランデーをもらおうかね」

「ところが、こっちはどうだい――」

マージは、ぐいとハリーを顎《あご》で指した。ハリーは胃が縮んだ。

「ガイドブックだ」ハリーは急いで思い浮かべた。

「こっちの子はなんだかみすぼらしい生まれぞこないの顔だ。犬にもこういうのがいる。去年はファブスター大佐に一匹処分させたよ。水に沈めてね。できそこないの小さなやつだった。弱々しくて、発育不良さ」

ハリーは必死に十二ページを思い浮かべていた。「後退を拒《こば》む箒《ほうき》を治す呪文」

「こないだも言ったが、要するに血統だよ。悪い血が出てしまうのさ。いやいや、ペチュニア、あんたの家族のことを悪く言ってるわけじゃない」

ペチュニアおばさんの骨ばった手をシャベルのような手でポンポンたたきながら、マージはしゃべり続けた。

「ただあんたの妹さんはできそこないだったのさ。どんな立派な家系にだってそういうのがひょっこり出てくるもんさ。それでもってろくでなしと駆け落ちして、結果はどうだい。目の前にいるよ」

ハリーは自分の皿を見つめていた。奇妙な耳鳴りがした。柄《え》ではなく箒の尾をしっかりつかむこと――たしかそうだった。しかし、ハリーにはその続きが思い出せなかった。マージおばさんの声が、バーノンおじさんの会社のドリルのように、グリグリとハリーにねじ込んできた。

「そのポッターとやらは」

マージおばさんは大声で言った。ブランデーの瓶《びん》を引っつかみ、手酌《てじゃく》でドバドバとグラスに注いだ上、テーブルクロスにも注いだ。

「そいつがなにをやってたのか、聞いてなかったね」

バーノンとペチュニアの顔が極端に緊張していた。ダドリーでさえパイから目を離し、ポカンと口を開けて親の顔を見つめた。

「ポッターは――働いていなかった」

ハリーのほうを中途半端に見やりながら、バーノンが答えた。

「失業者だった」

「そんなこったろうと思った！」

マージおばさんはブランデーをぐいっと飲み、袖《そで》で顎《あご》を拭《ぬぐ》った。

「文無しの、役立たずの、ゴクつぶしのかっぱらいが――」

「ちがう」突然ハリーが言った。座がしんとなった。ハリーは全身を震わせていた。こんなに腹が立ったのは生まれてはじめてだった。

「ブランデー、もっとどうだね！」

バーノンおじさんが蒼白な顔でさけび、瓶に残ったブランデーを全部マージのグラスに空けた。

「おまえは――」おじさんがハリーに向かってうなるように言った。「自分の部屋に行け。行くんだ――」

「いぃや、待っとくれ」

マージおばさんが、しゃっくりをしながら手を上げて制止した。小さな血走った目がハリーを見据えた。

「言うじゃないか。続けてごらんよ。親が自慢てわけかい、え？　勝手に車をぶっつけて死んじまったんだ。――どうせ酔っ払い運転だったろうさ――」

「自動車事故で死んだんじゃない！」ハリーは思わず立ち上がっていた。

「自動車事故で死んだんだ。性悪の嘘つき小僧め。きちんとした働き者の親戚に、おまえのような厄介者《やっかいもの》を押しつけていったんだ！」

マージは怒りでふくれ上がりながらさけんだ。

「おまえは礼儀知らず、恩知らず――」

マージおばさんが突然黙った。一瞬、言葉に詰まったように見えた。言葉も出ないほどの怒りでふくれ上がっているように見えた。――しかし、ふくれが止まらない。巨大な赤ら顔が膨張しはじめ、小さな目は飛び出し、口は左右にぎゅうと引っ張られてしゃべるどころではない。次の瞬間、ツイードの上着のボタンがはじけ飛び、ビシッと壁を打って落ちた。――マージおばさんは恐ろしく大きな風船のようにふくれ上がっていた。ツイードの上着のベルトを乗り越えて腹が突き出し、指もふくれてサラミ・ソーセージのよう……。

「マージ！」

おじとおばが同時にさけんだ。マージおばさんの体が椅子を離れ、天井に向かって浮き上がりはじめたのだ。いまやマージは完全な球体だった。豚のような目がついた巨大な救命ブイさながらに、両手両足を球体から不気味に突き出し、息も絶え絶えにパクパク言いながらふわふわ空中に舞い上がりはじめた。リッパーが転がるように部屋に入ってきて、狂ったように吠《ほ》えた。

「やめろおおおおお！」

バーノンおじさんはマージの片足を捕まえ、引っ張り下ろそうとしたが、自分のほうが床から持ち上げられそうになった。その瞬間にリッパーが飛びかかり、おじの足にガブリと噛《か》みついた。

止める間もなく、ハリーはダイニングルームを飛び出し、階段下の物置に向かった。ハリーがそばまで行くと、物置の戸が魔法のようにパッと開いた。数秒後、ハリーは重いトランクを玄関まで引っ張り出していた。それから飛ぶように二階に駆《か》け上がり、ベッドの下に滑り込んで緩んだ床をこじ開け、教科書や誕生祝いプレゼントの詰まった枕カバーをむんずとつかんだ。

ベッドの下から這《は》いずり出たハリーは、空のヘドウィグの鳥籠《とりかご》を引っつかみ、脱兎《だっと》のごとく階段を駆け下りてトランクのところにもどった。ちょうどそのとき、バーノンおじさんがダイニングルームから飛び出してきた。ズボンの足がズタズタで血まみれだった。

「ここにくるんだ！」おじさんががなりたてた。「もどってマージを元通りにしろ！」

しかし、ハリーは怒りで前後の見境《みさかい》がなくなっていた。トランクを蹴って開け、杖《つえ》を引っ張り出し、バーノンに突きつけた。

「当然の報いだ」ハリーは息を荒らげて言った。「身から出た錆《さび》だ。僕に近寄るな」

ハリーは後ろ手にドアの取っ手をまさぐった。

「僕は出ていく。もうたくさんだ」

ハリーはしんと静まり返った真っ暗な通りに立っていた。重いトランクを引っ張り、腋《わき》の下にヘドウィグの籠を抱えて。

第3章　夜の騎士バス

トランクを引きずり、息をはずませながらハリーはいくつかの通りを歩き、マグノリア・クレセント通りまでくると、低い石垣にどっかりと腰を下ろした。じっと座っていると、まだ収まり切らない怒りが体中を駆け巡り、心臓が狂ったように鼓動するのが聞こえる。

しかし、暗い通りに十分ほどひとりぼっちで座っていると、別な感情がハリーを襲った。パニックだ。最悪の八方塞がりだ。真っ暗闇のマグルの世界で、まったくどこに行く当てもなく、たった一人で取り残されている。もっと悪いことに、たったいま本当に魔法を使ってしまった。つまり、ほとんどまちがいなく、ホグワーツ校から追放される。「未成年魔法使いの制限事項令」をこれだけ真正面から破れば、いまこの場に魔法省の役人が空から現れて大捕《おおと》り物になってもおかしくない。

ハリーは身震いをひとつくれると、マグノリア・クレセント通りを端から端まで見回した。いったいどうなるのだろう？　逮捕されるのかそれとも魔法界の爪弾《つまはじ》き者になるのだろうか？　ハリーはロンとハーマイオニーのことを思った。そしてますます落ち込んだ。罪人《つみびと》であろうとなかろうと、二人ならきっといまのハリーを助けたいと思うにちがいない。でも、いまは二人とも外国にいる。ヘドウィグもどこかへ行ってしまって、二人とは連絡の術《すべ》もない。

それに、ハリーはマグルのお金をまったく持っていなかった。トランクの奥に入れた財布にはわずかばかりの魔法界の金貨があるだけで、両親の遺産はロンドンのグリンゴッツ魔法銀行の金庫に預けられている。このトランクを引きずって延々ロンドンまで行くのはとてもむりだ。ただし……。

ハリーはしっかり手ににぎったままの杖《つえ》を見た。どうせもう追放されたのなら――胸の鼓動が痛いほどに速くなっていた――もう少し魔法を使ったって同じことじゃないか。ハリーには父親が遺《のこ》してくれた「透明《とうめい》マント」がある。――魔法でトランクを羽のように軽くして箒《ほうき》にくくりつけ、「透明マント」をすっぽりかぶってロンドンまで飛んでいったら？　そうすれば金庫に預けてある残りの遺産を取り出せる。そして……無法者としての人生を歩み出す。考えるだけでぞっとした。しかし、いつまでも石垣に腰掛けているわけにはいかない。このままではマグルの警察に見咎《みとが》められ、トランク一杯の呪文の教科書やら箒やらを持ってこの真夜中になにをしているのか、説明に苦労するはめになる。

ハリーはふたたびトランクを開け、「透明マント」を探そうと中身を脇に押し退《の》けた。――しかし、まだ見つけもしないうちにハリーは急に顔を上げ、ふたたびまわりをきょろきょろと見回した。

首筋が妙にちくちくする。だれかに見つめられているような気がしてしかたがない。しかし、通りには人っ子一人いない。大きな四角い家々のどこからも、一条の明かりさえ漏《も》れていない。

ハリーはふたたびトランクの上にかがみ込んだ。が、とたんにまた立ち上がった。手には杖《つえ》がしっかりとにぎられている。物音がしたわけではない。むしろ気配を感じたのだ。ハリーの背後の垣根とガレージの間の狭い隙間に、だれかが――なにかが立っている。真っ黒な路地を、ハリーは目を凝らして見つめた。動いてくれさえすればわかる。野良猫なのか、それとも――なにか別のものなのか。

「ルーモス！　光よ！」

呪文を唱えると、杖の先に灯《とも》りが点り、ハリーは目がくらみそうになった。灯りを頭上に高々と掲げると、「2番地」と書かれた小石混じりの壁が照らし出され、ガレージの戸がかすかに光った。その隙間にハリーがくっきりと見たものは、大きな目をギラつかせた、得体の知れない、なにか図体の大きなものの輪郭だった。

ハリーは、思わず後ろに下がった。トランクにぶつかり足を取られた。倒れる体を支えようと片腕を伸ばしたはずみに杖が手を離れて飛び、ハリー自身は道路脇の排水溝にドサッと落ちた。

耳をつんざくようなバーンという音がしたかと思うと、急に目のくらむような明かりに照らされ、ハリーは目を覆ったが……。

危機一髪。ハリーはさけび声を上げて転がり、車道から歩道へと上がった。次の瞬間、たったいまハリーが倒れていたちょうどその場所に、巨大なタイヤが一対、ヘッドライトとともにキキーッと停まった。顔を上げると、その上に三階建ての派手な紫色のバスが見えた。どこから現れたものやら、フロントガラスの上に金文字で「夜の騎士《ナイト》バス」と書かれている。

一瞬、ハリーは打ち所が悪くて頭がおかしくなったのかと思った。すると紫の制服を着た車掌《しゃしょう》がバスから飛び降り、闇に向かって大声で呼びかけた。

「『ナイト・バス』がお迎えにまいりました。迷子の魔法使い、魔女たちの緊急お助けバスです。杖腕《つえうで》をさし出していただければ参じます。ご乗車ください。どこなりと、お望みの場所までお連れします。わたしはスタン・シャンパイク、車掌として今夜――」

車掌が突然黙った。地面に座り込んだままのハリーを見つけたのだ。ハリーは落とした杖《つえ》を拾い上げ、急いで立ち上がった。近寄ってよく見ると、スタン・シャンパイクはハリーとあまり年のちがわない、せいぜい十八、九歳の青年だ。大きな耳が突き出て、顔はにきびだらけだった。

「そんなとこですっ転がって、いってぇなにしてた？」スタンは職業口調を忘れていた。

「転んじゃって」とハリー。

「なんで転んじまった？」スタンが鼻先で笑った。

「わざと転んだわけじゃないよ」

ハリーは気を悪くした。ジーンズの片膝《かたひざ》が破れ、体を支えようと伸ばした手からは血が出ていた。突然ハリーは、なんで転んだのかを思い出した。そしてあわてて振り返り、ガレージと石垣の間の路地を見つめた。「ナイト・バス」のヘッドライトがそのあたりを煌々《こうこう》と照らしていたが、もぬけの殻《から》だった。

「いってぇ、なに見てる？」スタンが聞いた。

「なんだか黒い大きなものがいたんだ」ハリーはなんとなく隙間のあたりを指した。「犬のような……でも、小山のように……」

ハリーはスタンのほうに顔を向けた。スタンは口を半開きにしていた。スタンの目がハリーの額《ひたい》の傷に移っていくのを見て、ハリーは困ったなと思った。

「おでこ、それなんでぇ？」出し抜けにスタンが聞いた。

「なんでもない」

ハリーはあわててそう答え、傷を覆う前髪をしっかりなでつけた。魔法省がハリーを探しているかもしれないが、そうたやすく見つかるつもりはなかった。

「名めえは？」スタンがしつこく聞いた。

「ネビル・ロングボトム」ハリーは、一番最初に思い浮かんだ名前を言った。

「それで――それでこのバスは」ハリーはスタンの気を逸《そ》らそうと急いで言葉を続けた。「どこにでも行くって、君、そう言った？」

「あいよ」スタンは自慢げに言った。「お望みしでえ。土の上ならどこでもござれだ。水ん中じゃ、なーんもできねえが。ところで――」

スタンはまた疑わしげにハリーを見た。

「たしかにこのバスを呼んだな、ちげえねぇよな？　杖腕を突き出したな、ちげえねぇよな？」

「ああ」ハリーは短く答えた。「ねえ、ロンドンまでいくらかかるの？」

「十一シックル。十三出しゃあ熱いココアがつくし、十五なら湯たんぽと好きな色の歯ブラシがついてくらぁ」

ハリーはもう一度トランクの中を引っかき回し、財布を取り出して銀貨をスタンの手に押しつけた。それからヘドウィグの籠《かご》をトランクの上にバランスよく載せ、スタンと二人でトランクを持ち上げてバスに引っ張り上げた。

中には座席がなく、代わりにカーテンのかかった窓際に、真鍮《しんちゅう》製の寝台が六個並んでいた。寝台脇の腕木に蠟燭《ろうそく》が灯《とも》り、板張り壁を照らしていた。奥のほうに寝ているナイトキャップをかぶった小さな魔法使いが、寝言を言いながら寝返りを打った。

――「ムニャ……ありがとう、いまはいらない。ムニャ……ナメクジの酢漬《すづ》けを作っているところだから」

「ここがおめえさんのだ」

トランクをベッド下に押し込みながら、スタンが低い声で言った。運転席のすぐ後ろのベッドだ。運転手は肘掛《ひじかけ》椅子に座ってハンドルをにぎっていた。

「こいつぁ運転手のアーニー・プラングだ。アーン、こっちはネビル・ロングボトムだ」

アーニー・プラングは分厚いメガネをかけた年配の魔法使いで、ハリーに向かってこっくり挨拶した。ハリーは神経質にまた前髪をなでつけ、ベッドに腰掛けた。

「アーン、バス出しな」スタンがアーニーの隣の肘掛椅子に座りながら言った。

もう一度バーンというものすごい音がして、ほとんど同時にハリーは反動でベッドに放り出され、仰向けに倒れた。起き上がって暗い窓から外を見ると、まったくさっきとちがった通りを転がるように走っていた。ハリーの呆気《あっけ》に取られた顔を、スタンは愉快《ゆかい》そうに眺めていた。

「おめえさんが合図する前には、おれたちゃここにいたんだ。アーン、ここぁどこだい？　ウェールズのどっかかい？」

「ああ」アーニーが答えた。

「このバスの音、どうしてマグルには聞こえないの？」ハリーが言った。

「マグル！」スタンは軽蔑したような声を出した。「ちゃーんと聞いてねえのさ。ちゃーんと見てもいねえ。なーんも、ひとぉっつも気づかねえ」

「スタン、マダム・マーシを起こしたほうがいいぞ。まもなくアバーガブニーに着く」アーニーが言った。

スタンはハリーのベッド脇を通り、狭い木の階段を上って姿が見えなくなった。ハリーはまだ窓の外を見ていた。次第に心細くなってくる。アーニーのハンドルさばきはどう見てもうまいとは思えない。「ナイト・バス」は始終歩道に乗り上げた。それなのに絶対衝突しない。街灯、郵便ポスト、ゴミ箱、どれもバスが近づくと飛び退《の》いて道を空け、通り過ぎると元の位置にもどるのだった。

スタンがもどってきた。その後ろに旅行用マントに包《くる》まった魔女が緑色の顔を青くしてついてきた。

「マダム・マーシ、ほれ、着いたぜ」

スタンがうれしそうに言ったとたん、アーンがブレーキを踏みつけ、ベッドというベッドは三十センチほど前に突んのめった。マダム・マーシはしっかりにぎりしめたハンカチを口元に当て、危なっかしげな足取りでバスを降りていった。スタンがそのあとから荷物を投げ降ろし、バシャンとドアを閉めた。もう一度バーンがあって、バスは狭い田舎路《いなかみち》をガンガン突き進んだ。行く手の立ち木が飛び退《の》いている。

ハリーは眠れなかった。バーンバーンとたとえバスが始終大きな音を立てなくても、たとえ一度に百キロも二百キロも飛びはねなくても、やはり眠れなかっただろう。自分はいったいどうなるんだろう、ダーズリー家ではマージおばさんを天井から下ろすことができただろうか、という思いがもどってくると、胃袋がひっくり返るようだった。

スタンは「日刊予言者新聞《にっかんよげんしゃしんぶん》」を広げ、歯の間から舌先をちょっと突き出して読みはじめた。一面記事に大きな写真があり、もつれた長い髪の頬のこけた男が、ハリーを見てゆっくりと瞬《まばた》きをした。なんだか妙に見覚えのある人のような気がした。

「この人！」一瞬、ハリーは自分の悩みを忘れた。「マグルのニュースで見た人だ！」

スタンリーが一面記事を見て、クスクス笑った。

「シリウス・ブラックだ」スタンがうなずきながら言った。「あたぼうよ。こいつぁマグルのニュースになってらぁ。ネビル、どっか遠いとこでも行ってたか？」

ハリーが呆気《あっけ》に取られているのを見て、スタンはなんとなく得意げに笑いながら、新聞の一面をハリーに渡した。

「ネビル、もっと新聞を読まねぇといけねぇよ」

ハリーは新聞を蠟燭《ろうそく》の明かりに掲げて読みはじめた。

ブラックいまだ逃亡中

魔法省《まほうしょう》が今日発表したところによれば、アズカバンの要塞監獄《ようさいかんごく》の囚人中、最も凶悪と言われるシリウス・ブラックは、いまだ追跡の手を逃れ逃亡中である。コーネリウス・ファッジ魔法大臣は、今朝、「我々はブラックの再逮捕に全力で当たっている」と語り、魔法界に対して平静を保つよう呼びかけた。

ファッジ大臣は、この危機をマグルの首相に知らせたことで国際魔法戦士連盟の一部から批判されている。

大臣は「まあ、はっきり言って、こうするしかなかった。おわかりいただけませんかな」と、いらだち気味である。さらに「ブラックは狂っているのですぞ。

魔法使いだろうとマグルだろうと、ブラックに逆らった者はだれもが危険にさらされる。私は、首相閣下から、ブラックの正体は一言たりとも口外しないという確約をいただいております。それに、なんです――たとえ、口外したとしても、だれが信じると言うのです？」と語った。

マグルには、ブラックが銃（マグルが殺し合いをするための、金属製の杖《つえ》のようなもの）を持っていると伝えてあるが、魔法界は、ブラックがたった一度の呪いで十三人も殺したあの十二年前のような大虐殺《だいぎゃくさつ》が起きるのではと恐れている。

ハリーはシリウス・ブラックの暗い影のような目を覗《のぞ》き込んだ。落ち窪《くぼ》んだ顔の中でただ一か所、目だけが生きているようだった。ハリーは吸血鬼《バンパイヤ》に出会ったことはないが、「闇の魔術に対する防衛術」の授業でその絵を見たことがある。蠟《ろう》のように蒼白なブラックの顔は、まさに吸血鬼そのものだった。

「おっそろしい顔じゃねぇか？」ハリーが読むのを見ていたスタンが言った。

「この人、十三人も殺したの？」新聞をスタンに返しながら、ハリーが聞いた。「たった一つの呪文で？」

「あいな。目撃者なんてぇのもいるしな。真っ昼間だ。てーした騒ぎだったなぁ、アーン？」

く見える。

「ああ」アーンが暗い声で答えた。

スタンはくるりと後ろ向きに座り、椅子の背に手を置いた。そのほうがハリーがよく見える。

「ブラックは『例のあのしと』の一の子分だった」スタンが言った。

「え？　ヴォルデモートの？」ハリーは何気なく言ってしまった。

スタンの顔はニキビまで真っ青になった。アーンがいきなりハンドルを切ったので、バスを避けるのに農家が一軒まるまる飛び退《の》いた。

「気はたしかか？」スタンの声が上ずっていた。「なんであのしとの名めえを呼んだりした？」

「ごめん」ハリーがあわてて言った。「ごめん。ぼ、僕——忘れてた——」

「忘れてたって！」スタンが力なく言った。「肝《きも》が冷えるぜ。まぁだ心臓がドキドキしてやがら……」

「それで——それでブラックは、『例のあの人』の支持者だったんだね？」

ハリーは謝りながらも答えを促した。

「それよ」スタンはまだ胸をなでさすっていた。「そう、そのとおりよ。『例のあのしと』にどえらく近かったってぇ話だ……とにかく、ちいせえ『アリー・ポッター』が『例のあのしと』にしっぺ返ししたときにゃ」——ハリーはあわててまた前髪をなでつけた――「あのしとの手下は一網打尽だった。アーン、そうだったな？　おおかたが、『例のあのしと』がいなくなりゃおしめぇだと観念して、おとなしく捕まっちまった。だぁがシリウス・ブラックはちがったな。聞いた話だが、『例のあのしと』が支配するようになりゃ、ブラックは自分がナンバー・ツーになると思ってたってぇこった」

「とにかくだ、ブラックはマグルで込み合う道のど真ん中で追いつめられっちまって、そいでブラックが杖《つえ》を取り出して、そいで道の半分ほどぶっ飛ばしちまったのよ。巻き添え食ったのは魔法使いが一人と、ちょうどそこに居合わせたマグル十二人てぇわけよ。しでえ話じゃあねえか？　そんでもってブラックがなにしたと思う？」

スタンはひそひそ芝居がかった声で話を続けた。

「なにしたの？」

「高笑いしやがった。その場に突っ立って、笑ったのよ。魔法省からの応援隊が駆けつけてきたときにゃ、ヤツはやけにおとなしくしょっぴかれてった。大笑いしたまんまよ。――ったく狂ってる。なぁ、アーン？　ヤツは狂ってるなぁ？」

「アズカバンに入れられたとき狂ってなかったとしても、いまはおかしくなってるだろうな」アーンが持ち前のゆっくりした口調で言った。「あんなとこに足を踏み入れるぐれぇなら、おれなら自爆するほうがましだ。ただし、ヤツにはいい見せしめというもんだ……あんなことしたんだし……」

「あとの隠蔽《いんぺい》工作がてぇへんだったなぁ、アーン？　なんせ通りが吹っ飛ばされちまって、マグルがみんな死んじまってよ。ほれ、アーン、なにが起こったってことにしたんだっけ？」

「ガス爆発だ」アーニーがブスッと言った。

「そんで、こんだぁ、ヤツが逃げた」スタンは、頬の削げ落ちたブラックの顔写真をしげしげと見た。「アズカバンから逃げたなんてぇ話は聞いたことがねぇ。アーン、あるか？　どうやったか見当もつかねぇ。おっそろしい、なぁ？　どっこい、あの連中、ほれ、アズカバンの守衛のよ、あいつらにかかっちゃ、勝ち目はねぇ。なぁ、アーン？」

アーニーが突然身震いした。

「スタン、なんかちがうこと話せ。たのむからよ。あの連中、アズカバンの看守の話で、おれは腹下しを起こしそうだよ」

スタンはしぶしぶ新聞を置いた。ハリーはバスの窓に寄りかかり、前よりもっと気分が悪くなっていた。スタンが数日後に「ナイト・バス」の乗客になにを話しているか、つい想像してしまう。

「『アリー・ポッター』のこと、きーたか？　おばさんをふくらましちまってよ！

この『ナイト・バス』に乗せたんだぜ、そうだなぁ、アーン？　逃げよぉって算段だったな……」

ハリーもシリウス・ブラックと同じく、魔法界の法律を犯してしまった。マージおばさんをふくらませたのは、アズカバンに引っ張られるほどの罪だろうか？　魔法界の監獄《かんごく》のことをハリーはなにも知らなかったが、人が口にするのを耳にしたかぎりでは、十人が十人、恐ろしそうにその話をした。森番のハグリッドはつい一年前、二か月をアズカバンで過ごした。どこに連行されるか言い渡された際に見せたハグリッドの恐怖の表情を、ハリーはそう簡単に忘れることができなかった。しかも、ハグリッドはハリーが知るかぎり、最も勇敢な人の一人なのだ。

「ナイト・バス」は暗闇の中を、まわりの物を蹴散らすように突き進んだ。――木の茂み、道路の杭《くい》、電話ボックス、立ち木――そしてハリーは、不安と惨《みじ》めさでまんじりともせず、羽布団のベッドに横になっていた。しばらくして、ハリーがココアの代金を払ったことを思い出したスタンがやってきたが、バスがアングルシーからアバーディーンに突然飛んだときに、ココアをハリーの枕にぶちまけてしまった。

一人また一人と、魔法使いや魔女が寝間着にガウンを羽織り、スリッパのまま上のデッキから下りてきて、バスを降りていった。みな降りるのがうれしそうだった。

ついにハリーが最後の乗客になった。

「ほいきた、ネビル」スタンがパンと手をたたきながら言った。「ロンドンはどの辺だい？」

「ダイアゴン横丁」

「合点、承知。しっかりつかまってな……」

バーン！

バスはチャリング・クロス通りをバンバン飛ばした。ハリーは起き上がって、行く手のビルやベンチが身をよじってバスに道を譲るのを眺めた。空が白みかけてきた。数時間は潜んでいよう。そしてグリンゴッツ銀行が開いたらすぐ行こう。それから出発だ。——どこへ行くのか、それはわからないけれど。

アーンがブレーキを思いっ切り踏みつけ、「ナイト・バス」は急停車した。小さなみすぼらしいパブ、「漏《も》れ鍋《なべ》」の前だった。その裏にダイアゴン横丁への魔法の入口がある。

「ありがとう」ハリーがアーンに言った。

ハリーはバスを降り、スタンが、ハリーのトランクとヘドウィグの籠《かご》を歩道に降ろすのを手伝った。

「それじゃ、さよなら！」ハリーが言った。

しかし、スタンは聞いてもいなかった。バスの乗り口に立ったまま、「漏れ鍋」の薄暗い入口をじろじろ見ている。

「ハリー、やっと見つけた」声がした。

振り返る間もなく、ハリーの肩に手が置かれた。同時に、スタンが大声を上げた。

「おったまげた。アーン、こいよ。こっちきて、見ろよ！」

ハリーは肩に置かれた手の主を見上げた。バケツ一杯の氷が胃袋にザザーッと流れ込んだかと思った。――コーネリウス・ファッジ。まさに魔法大臣その人の手中に飛び込んでしまった。

スタンがバスから二人の脇の歩道に飛び降りた。

「大臣、ネビルのことをなぁんて呼びなすった？」スタンは興奮していた。

ファッジは小柄なでっぷりとした体に細縞の長いマントをまとい、寒そうに、疲れた様子で立っていた。

「ネビル？」ファッジが眉をひそめながら繰り返した。「ハリー・ポッターだが」

「ちげぇねぇ！」スタンは大喜びだった。「アーン！　アーン！　ネビルがだれか当ててみな！　アーン！　このしと、アリー・ポッターだ！　したいの傷が見えるぜ！」

「そうだ」ファッジがわずらわしそうに言った。「まあ、『ナイト・バス』がハリーを拾ってくれたのは大いにうれしい。だが、私はもう、ハリーと二人で『漏《も》れ鍋《なべ》』に入らねば……」

ハリーの肩にかかったファッジの手に力が加わり、ハリーは否も応もなくパブに入っていった。カウンターの後ろのドアから、だれかがランプを手に腰をかがめて現れた。しわくちゃの、歯の抜けたパブの亭主、トムだ。

「大臣、捕まえなすったかね！」トムが声をかけた。「なにかお飲み物は？　ビール？　ブランデー？」

「紅茶をポットでもらおうか」ファッジはまだハリーを放してくれない。

二人の後ろからなにか引きずるような大きな音と、ハァハァ、ゼイゼイという声が聞こえ、スタンとアーンがハリーのトランクとヘドウィグの籠を運びながら興奮してあたりを見回していた。

「なーんで本名を教えてくれねぇんだ。え？　ネビルさんよ」

スタンがハリーに向かって笑いかけた。その肩越しに、アーニーのふくろうのようなメガネ顔が興味津々で覗《のぞ》き込んでいる。

「それと、トム、個室を頼む」ファッジがことさらはっきり言った。

トムはカウンターから続く廊下へとファッジを誘《いざな》った。

「じゃあね」ハリーは惨《みじ》めな気持ちでスタンとアーンに別れを告げた。

「じゃあな、ネビルさん！」スタンが答えた。

トムのランプを先頭に、狭い通路をファッジがハリーを追い立てるように進み、やがて小部屋にたどり着いた。トムが指をパチンと鳴らすと、暖炉の火が一気に燃え上がる。トムはうやうやしく頭を下げたまま部屋から出ていった。

「ハリー、掛けたまえ」ファッジが暖炉のそばの椅子を示した。

暖炉の温もりがあるのに、ハリーは腕に鳥肌の立つ思いで腰掛けた。ファッジは細縞のマントを脱いで脇にポンと放り投げ、深緑色の背広のズボンをずり上げながらハリーの向かい側に腰を下ろした。

「私はコーネリウス・ファッジ、魔法大臣だ」

ハリーはもちろん知っていた。一度見たことがある。ただ、そのときは父の形見の「透明マント」に隠れていたので、ファッジはそのことを知るはずもない。

亭主のトムがシャツ襟《えり》の寝間着の上にエプロンをつけ、紅茶とクランペット菓子を盆に載せてふたたび現れた。トムは、ファッジとハリーの間にあるテーブルに盆を置くと、ドアを閉めて部屋を出ていった。

「さて、ハリー」ファッジは紅茶を注いだ。「遠慮なく言うが、君のおかげで大変な騒ぎになった。あんなふうにおじさん、おばさんのところから逃げ出すとは！　私はもしものことがと……だが、君が無事で、いや、なによりだった」

ファッジはクランペットを一つ取ってバターを塗り、残りを皿ごとハリーのほうに押して寄こした。

「食べなさい、ハリー。座ったまま死んでるような顔だよ。さてと……安心したまえ。ミス・マージョリー・ダーズリーの不幸な風船事件は、我々の手で処理ずみだ。数時間前、『魔法事故リセット部隊』の二名をプリベット通りに派遣した。ミス・ダーズリーはパンクして元通り。記憶は修正された。事故のことはまったく覚えていない。それで一件落着。実害なしだ」

ファッジはティー・カップを傾け、その縁越しにハリーに笑いかけた。お気に入りの甥《おい》をじっくり眺めるおじという雰囲気だ。ハリーはにわかには信じられず、なにかしゃべろうと口を開けてはみたものの、言葉が見つからず、また口を閉じた。

「あぁ、君はおじさん、おばさんの反応が心配なんだね？　それは、ハリー、非常に怒っていたことは否定しない。しかし、君がクリスマスとイースターの休暇をホグワーツで過ごすなら、来年の夏には君をまた迎える用意がある」

ハリーは詰まった喉《のど》をこじ開けた。

「僕、いつだってクリスマスとイースターはホグワーツに残っています。それに、プリベット通りには二度ともどりたくはありません」

「まあ、まあ、落ち着けば考えも変わるはずだ」ファッジが困ったような声を出した。「なんと言っても君の家族だ。それに、君たちはお互いに愛《いと》しく思っている。

――あ――心の深ぁいところでだがね」

ハリーはまちがいを正す気にもならなかった。いったい自分がどうなるのかをまだ聞いていない。

「そこで、残る問題は――」ファッジは二つ目のクランペットにバターを塗りながら言った。「夏休みの残りの二週間を君がどこで過ごすか、だ。私はこの『漏《も》れ鍋《なべ》』に部屋を取るとよいと思うが、そして――」

「待ってください」ハリーは思わずたずねた。「僕の処罰はどうなりますか？」

ファッジは目を瞬《しばたた》いた。

「処罰？」

「僕、規則を破りました！『未成年魔法使いの制限事項令』です！」

「君、君、当省はあんなちっぽけなことで君を罰したりはせん！」

ファッジはせっかちにクランペットを振りながらさけんだ。

「あれは事故だった！おばさんをふくらませた廉《かど》でアズカバン送りにするなんてことはない！」

これでは、ハリーがこれまで経験した魔法省の措置と辻褄《つじつま》が合わない。

「去年、屋敷《やしき》しもべ妖精《ようせい》がおじの家でデザートを投げつけたというだけで、僕は公式警告を受けました！」ハリーは腑《ふ》に落ちない顔をした。「そのとき魔法省は、僕があそこでまた魔法を使ったら、そのときはホグワーツを退校させられるだろうと言いました」

ハリーの目に狂いがなければ、ファッジは突然うろたえたように見えた。

「ハリー、状況は変わるものだ……我々が考慮すべきは……現状において……当然、君は退校になりたいわけではなかろう？」

「もちろん、いやです」

「それなら、なにをつべこべ言うのかね？」ファッジはさらりと笑った。「さあ、ハリー、クランペットを食べて。私はちょっと、トムに部屋の空きがあるかどうか聞いてこよう」

ファッジは歩幅も大きく部屋を出ていき、ハリーはその後ろ姿をまじまじと見つめた。なにかが決定的におかしい。ファッジが、ハリーの仕出かしたことを罰するために待ち受けていたのでなければ、いったいなんで「漏れ鍋」でハリーを待っていたのか？　それによくよく考えてみれば、たかが未成年の魔法使用事件に、魔法大臣直々《じきじき》のお出ましは普通ではない。

ファッジが亭主のトムを従えてもどってきた。

「ハリー、十一号室が空いている。快適に過ごせると思うよ。ただ一つだけ、わかってくれるとは思うが、マグルのいるロンドンへはふらふら出ていかないで欲しい。

いいかな？　ダイアゴン横丁だけにしてくれたまえ。それと、毎日、暗くなる前にここにもどること。君ならわかってくれるね。トムが私に代わって君を監視《かんし》してるよ」

「わかりました」ハリーはゆっくり答えた。「でも、なぜ？――」

「また行方不明になると困るからだよ。そうだろう？」ファッジは屈託《くったく》のない笑い方をした。「いや、いや……君がどこにいるのかわかっているほうがいいのだ……つまり……」

ファッジは大きく咳《せき》ばらいをすると、細縞のマントを取り上げた。

「さて、もう行かんと。やることが山ほどあるんでね」

「ブラックのこと、まだよい報《しら》せはないのですか？」ハリーが聞いた。

ファッジの指が、マントの銀の留め金の上をずるっと滑った。

「なんのことかね？　あぁ、耳に入ったのか。――いや、ない。まだだ。しかし、時間の問題だ。アズカバンの看守はいまだかつて失敗を知らない……それに、連中がこんなに怒ったのも見たことがない」

ファッジはぶるっと身震いをした。

「それではお別れしよう」

ファッジが手をさし出し、ハリーがそれをにぎった。ふとハリーはあることを思いついた。

「あのぉ、大臣？　お聞きしてもよろしいでしょうか？」

「いいとも」ファッジがほほえんだ。

「あの、ホグワーツの三年生はホグズミード訪問が許されるんです。でも僕のおじもおばも許可証にサインしてくれなかったんです。大臣がご署名くださいませんか？」

ファッジは困ったような顔をした。

「あー」ファッジが言った。「いや、ハリー、気の毒だが、だめだ。私は君の親でも保護者でもないので――」

「でも、魔法大臣です」ハリーは熱を込めた。「大臣が許可をくだされば――」

「いや、ハリー、気の毒だが、規則は規則なんでね」ファッジはにべもない。「来年はホグズミードに行けるかもしれないよ。実際、君は行かないほうがいいと思うが……そう……さて、私は行くとしよう。ハリー、ゆっくりしたまえ」

最後にもう一度にっこりとハリーと握手して、ファッジは部屋を出ていった。今度はトムがにこにこしながら近寄ってきた。

「ポッター様。どうぞこちらへ。お荷物は、もうお部屋に上げてございます……」

ハリーはトムのあとについて洒落《しゃれ》た木の階段を上り、「11」と書いた真鍮《しんちゅう》の表示のある部屋の前にきた。トムが鍵を開け、ドアを開いてハリーを促した。

部屋には、寝心地のよさそうなベッドと磨き上げた樫材《かし》の家具が置かれ、暖炉の火が元気よく爆《は》ぜていた。洋箪笥《ようだんす》の上にちょこんと――。

「ヘドウィグ！」ハリーは驚いた。

雪のようなふくろうが嘴《くちばし》を鳴らし、ハリーの腕にハタハタと舞い降りた。

「本当に賢いふくろうをお持ちですね」トムがうれしそうに笑った。「あなた様がお着きになって五分ほど経ってから到着しました。ポッター様、なにかご用がございましたら、どうぞいつでもご遠慮なく」トムはまた一礼すると出ていった。

ハリーは、ヘドウィグをなでながら、長いことぼうっとベッドに座っていた。窓の外で、空の色が見る見る変わっていった。深いビロードのような青から、鋼のような灰色、そしてゆっくりと黄金色の光を帯びた薄紅色へと。ほんの数時間前にプリベット通りを離れたこと、学校を追放されなかったこと、あと三週間、まったくダーズリーなしで過ごせること、なにもかも信じがたかった。

「ヘドウィグ、とっても変な夜だったよ」ハリーはあくびをした。

メガネも外さず枕にコトンと倒れ込み、ハリーは眠りに落ちた。

第４章　漏れ鍋

はじめての自由を手にはしたものの、奇妙な感覚に慣れるまで数日かかった。好きなときに起きて食べたい物を食べる。こんなことはいままでになかった。しかも、ダイアゴン横丁から出なければ、どこへでも好きなところに行ける。長い石畳の横丁は世界一魅力的な魔法グッズの店がぎっしり並んでいる。ファッジとの約束を破ってマグルの世界へさまよい出るなど、ハリーは露ほども願いはしなかった。

毎朝「漏《も》れ鍋《なべ》」で朝食をとりながら、他の泊まり客を眺めるのがハリーは好きだった。一日がかりの買い物に地方から出てきた小柄でどこか滑稽《こっけい》な魔女、「変身現代」の最近の記事について議論を戦わせているいかにも威厳のある魔法使い、そのほかにも猛々しい魔法戦士、やかましい小人《こびと》、あるときなど、どうやら鬼婆だと思われる人が、分厚いウールのバラクラバ頭巾《ずきん》にすっぽり隠れて生の肝臓を注文していた。

朝食のあと、ハリーは裏庭に出て杖《つえ》を取り出し、ゴミ箱の上の左から三番目のレンガを軽くたたき、少し後ろに下がって待つ。すると、壁にダイアゴン横丁へのアーチ型の入口が広がる。

長い夏の一日、ハリーはぶらぶら店を覗《のぞ》いて回ったり、カフェ・テラスに並んだあざやかなパラソルの下で食事をしたりした。カフェで食事をしている客たちは、互いに買い物を見せ合ったり（「ご同輩、これは望月鏡《ぼうげつきょう》だ――もうややこしい月図面で悩まずにすむぞ、なぁ？」）、シリウス・ブラック事件を議論したり（「わたし個人としては、あいつがアズカバンに連れもどされるまでは、子供たちをひとりでは外に出さないね」）していた。ハリーは、もはや毛布に潜って懐中電灯で宿題をする必要はない。フローリアン・フォーテスキュー・アイスクリーム・パーラーのテラスに座り、明るい陽の光を浴び、ときどき店主のフローリアン・フォーテスキュー氏に手伝ってもらいながら、宿題を仕上げていた。店主は中世の魔女火あぶりにずいぶん詳しいばかりか、三十分ごとにサンデーを振る舞ってくれた。

グリンゴッツの金庫からガリオン金貨、シックル銀貨、クヌート銅貨を引き出しいっぱいにした財布を、一度に空っぽにしてしまわないようにするのには相当の自制心が必要だった。あと五年間ホグワーツに通うのだ、呪文の教科書を買うお金をダーズリーにせがむのがどんなに辛《つら》いことか考えろと終始自分自身に言い聞かせ、やっとのことで純金の見事なゴブストーン・セットの誘惑を振り切った（ゴブストーンはビー玉に似た魔法のゲームで、失点するたびに、石がいっせいに負けたプレイヤーの顔めがけて、いやな臭いのする液体を吹きかける）。それに、大きなガラス球に入った完璧な銀河系の動く模型も、たまらない魅力だった。これがあれば、もう「天文学」の授業を取る必要がなくなるかもしれない。しかし、「漏れ鍋《もれなべ》」にきてから一週間後のこと、ハリーの決意を最も厳しい試練にさらすものが、お気に入りの「高級クィディッチ用具店」に現れた。

店の中で、なにやら覗き込んでいる人だかりが気になって、ハリーもその中に割り込んだ。興奮した魔法使いや魔女の中でぎゅうぎゅう揉《も》まれながら、ちらっと見えたのは新しく作られた陳列台で、そこにはハリーがいままで見たどの箒《ほうき》よりもすばらしい箒が飾られていた。

炎の雷《いかずち》・ファイアボルト

この最先端技術を駆使したレース用箒は、ダイヤモンド級硬度の研磨《けんま》仕上げによる、すっきりと流れるような形状の最高級トネリコ材の柄《え》に、固有の登録番号が手作業で刻印されています。尾の部分はシラカンバの小枝を一本一本厳選し、研ぎ上げて、空気力学的に完璧な形状に仕上げています。このため本品は、他の追随《ついずい》を許さぬバランスと、針の先ほども狂わぬ精密さを備えています。わずか十秒で時速二四〇キロメートルまで加速できる上、止めるときはブレーキ力が大ブレークします。

お値段はお問い合わせください。

「まだ出たばかり……試作品だ……」四角い顎《あご》の魔法使いが仲間に説明していた。

「世界一速い箒なんだよね、父さん？」ハリーより年下の男の子が、父親の腕にぶら下がりながらかわいい声で言った。

「アイルランド・インターナショナル・サイドから、先日、この美人箒《びじんぼうき》を七本もご注文いただきました！」店のオーナーが見物客に向かって言った。「このチームは、ワールド・カップの本命ですぞ！」

ハリーの前の大柄な魔女がどいたので、箒の横にある説明書を読むことができた。お値段はお問い合わせください……金貨何枚になるのか、ハリーは考えたくなかった。こんなに欲しいと思いつめたことは、一度もない。――しかし、ニンバス２０００でいままで試合に負けたことはなかった。十分によい箒をすでに持っているのに、ファイアボルトのためにグリンゴッツの金庫を空にしてなんの意味がある？　ハリーは結局、値段を聞かなかった。しかし、それからというもの、ファイアボルトを一目見たさに、ほとんど毎日通いつめた。

買わなければならない物もあった。薬問屋で「魔法薬学」の材料を補充したし、制服のローブの袖丈《そでたけ》や裾《すそ》が十センチほど短くなってしまったので、〝マダム・マルキンの洋装店――普段着から式服まで〟に行って新しいのを買った。一番大切なのは、新しい教科書を買うことだ。新しく加わった二科目の教科書も必要だった。『魔法生物《まほうせいぶつ》飼育学《しいくがく》』と『占《うらな》い学《がく》』だ。

本屋のショーウィンドウを覗《のぞ》いて驚いた。いつもなら飾ってあるはずの歩道用のコンクリートブロックほど大きい金箔《きんぱく》押しの呪文集が消え、代わりに大きな鉄の檻《おり》がある。その中に、百冊ほどの本が入っている。『怪物的な怪物の本』だった。すさまじい格闘技試合のように本同士が取っ組み合い、関接技をかけ合い、戦闘的にかぶりつくというありさまで、本のページがちぎれ、そこら中に飛び散っていた。

ハリーは教科書のリストをポケットから取り出して読んだ。『怪物的な怪物の本』は「魔法生物飼育学」の必修本として載っている。ハグリッドが役に立つだろうと言った意味がはじめてわかった。ハリーはほっとした。もしかしたら、ハグリッドがまたなにか恐ろしいペットを新しく飼い、ハリーに手伝って欲しいと言うかもしれないと心配していたからだ。

フローリシュ・アンド・ブロッツ書店に入っていくと、店長が急いで寄ってきた。

「ホグワーツかね？」店長が出し抜けに言った。「新しい教科書を？」

「ええ。欲しいのは――」

「どいて」性急にそう言うと、店長はハリーを押し退《の》けた。分厚い手袋をはめ、太いごつごつした杖《つえ》を取り上げ、店長は怪物本の檻《おり》の入口へと進み出た。

「待ってください」ハリーがあわてて言った。「僕、それはもう持ってます」

「持ってる？」店長の顔に、たちまちほっと安堵《あんど》の色が広がった。「やれ、助かった。今朝はもう五回も噛《か》みつかれてしまって――」

ビリビリという、あたりに響く音がした。二冊の怪物本が、他の一冊を捕まえてバラバラにしていた。

「やめろ！　やめてくれ！」店長はさけびながら杖を鉄格子の間から差し込み、からんだ本をたたいて引き離した。「もう二度と仕入れるものか。二度と！　お手上げだ！　『透明術の透明本』を二百冊仕入れたときが最悪だと思ったのに――あんなに高い金を出して、結局どこにあるのか見つからずじまいだった……えぇと、なにかほかにご用は？」

「ええ」ハリーは本のリストを見ながら答えた。「カッサンドラ・バブラッキーの『未来の霧を晴らす』をください」

「あぁ、『占い学』を始めるんだね？」

店長は手袋を外しながらそう言うと、ハリーを奥へと案内した。そこには、占いに関する本を集めたコーナーがあった。小さな机にうずたかく本が積み上げられている。『予知不能を予知する――ショックから身を護る』『球が割れる――ツキが落ちはじめたとき』などがある。

「これですね」店長が梯子《はしご》を上り、黒い背表紙の厚い本を取り出した。「『未来の霧を晴らす』これは基礎的な占い術のガイドブックとしていい本です。――手相術、水晶玉、鳥の腸《はらわた》……」

ハリーは聞いていなかった。別な本に目が吸いよせられていた。小さな机に陳列されている本の中に、それはあった。『死の前兆――最悪の事態がくると知ったとき、あなたはどうするか』。

「あぁ、それは読まないほうがいいですよ」ハリーがなにを見つめているのかに目を止めた店員が、こともなげに言った。「死の前兆があらゆるところに見えるようになって、それだけで死ぬほど怖いですよ」

それでもハリーはその本の表紙から目が離せなかった。目をぎらつかせた、クマほどもある大きな黒い犬の絵だ。気味が悪いほど見覚えがある……。

店員は『未来の霧を晴らす』をハリーの手に押しつけた。

「ほかにはなにか？」

「はい」ハリーは犬の目からむりに目を逸《そ》らし、ぼうっとしたまま教科書リストを調べた。「えーと――『中級変身術』と『基本呪文集・三学年用』をください」

十分後、新しい教科書を小脇に抱え、ハリーはフローリシュ・アンド・ブロッツ書店を出た。自分がどこに向かっているかの意識もなく、「漏《も》れ鍋《なべ》」へもどる道すがら、ハリーは何度か人にぶつかった。

重い足取りで部屋への階段を上り、中に入ってベッドに教科書をバサバサと落とした。だれかが部屋の掃除をすませたらしい。窓が開けられ、陽光が部屋に注ぎ込んでいた。ハリーの背後で、部屋からは見えないマグルの通りをバスの走る音が聞こえ、階下からはダイアゴン横丁の、これもまた姿の見えない雑踏《ざっとう》のざわめきが聞こえた。洗面所の鏡に自分の姿が映っていた。

「あれが、死の前兆のはずがない」鏡の自分に向かって、ハリーは挑むように語りかけた。「マグノリア・クレセント通りであれを見たときは、気が動転してたんだ。たぶん、あれは野良犬だったんだ……」

ハリーはいつものくせで、なんとか髪をなでつけようとした。

「勝ち目はないよ、坊や」鏡がしわがれた声で答えた。

矢のように日が経った。ロンやハーマイオニーの姿はないかと、ハリーは行く先々で探すようになった。新学期が近づいたこともあり、ホグワーツの生徒たちが大勢ダイアゴン横丁にやってきた。「高級クィディッチ用具店」で、同じグリフィンドール生のシェーマス・フィネガンやディーン・トーマスに出会った。二人とも、やはりファイアボルトを穴のあくほど見つめていた。本物のネビル・ロングボトムにもフローリシュ・アンド・ブロッツ書店の前で出くわしたが、話はしなかった。丸顔の忘れん坊のネビルは教科書のリストをしまい忘れたらしく、いかにも厳格そうなネビルの「ばあちゃん」に叱られているところだった。魔法省から逃げる途中ネビルの名を騙《かた》ったことが、このおばあさんにバレませんように、とハリーは願った。

夏休み最後の日、明日になれば必ずホグワーツ特急でロンとハーマイオニーに会える。——そんな思いでハリーは目覚めた。着替えをすませ、最後にもう一度ファイアボルトを見ようと外に出て、どこで昼食をとろうかと考えていると、だれかが大声で名前を呼んだ。

「ハリー！　ハリー！」

振り返るとそこに、二人がいた。フローリアン・フォーテスキュー・アイスクリーム・パーラーのテラスに、二人で座っていた。ロンはとてつもなくそばかすだらけに見えたし、ハーマイオニーはこんがり日焼けしていた。二人ともハリーに向かってちぎれんばかりに手を振っている。

「やっと会えたな！」ハリーが座ると、ロンがにこにこしながら言った。

「僕たち『漏《も》れ鍋《なべ》』に行ったんだけど、もう出たあとだった。フローリシュ・アンド・ブロッツにも行ってみたしマダム・マルキンのとこにも、それで――」

「学校に必要なものは先週買ってしまったんだ」ハリーが説明した。「『漏れ鍋』に泊まってるって、どうして知ってたの？」

「パパさ」ロンは屈託がない。ウィーズリー氏は魔法省に勤めている。当然マージおばさんの身に起こったことは全部聞いたはずだ。

「ハリー、ほんとにおばさんをふくらましちゃったの？」

ハーマイオニーが大まじめで聞いた。ロンが爆笑した。

「そんなつもりはなかったんだ。ただ、僕、ちょっと――キレちゃって」

「ロン、笑うようなことじゃないわ」ハーマイオニーが気色《けしき》ばんだ。「ほんとよ。むしろハリーが退学にならなかったのが驚きだわ」

「僕もそう思ってる」ハリーも認めた。「退学処分どころじゃない。逮捕されるかと思った」ハリーはロンを見た。

「ファッジがどうして僕のことを見逃したのか、君のパパ、知らないかな？」

「たぶん、君が君だからだ。ちがう？」

まだ笑いが止まらないロンが、たいていそんなもんだとばかりに肩をすぼめた。

「有名なハリー・ポッター。いつものことさ。おばさんをふくらませたのが僕だったら、魔法省がどう出るか見たくもないなぁ。もっとも、まず僕を土の下から掘り出さないといけないだろうな。だってきっと僕、ママに殺されちゃってるよ。でも、今晩パパに直接聞いてみろよ。僕たちも、『漏れ鍋』に泊まるんだ！　だから、明日は一緒にキングズ・クロス駅に行ける！　ハーマイオニーも一緒だ！」

ハーマイオニーもにっこりとうなずいた。

「パパとママが今朝ここまで送ってくれたの。ホグワーツ用のいろんな物も、全部一緒にね」

「最高！」うれしそうにハリーが言った。「じゃ、新しい教科書とか、もう全部買ったの？」

「これ見てくれよ」ロンが袋から細長い箱を引っ張り出し、開けて見せた。「ピカピカの新品の杖《つえ》。三十三センチ、柳の木、ユニコーンの尻尾の毛が一本入ってる。それに、僕たち二人とも教科書は全部そろえた」ロンは椅子の下の大きな袋を指した。「怪物本、ありゃ、なんだい、え？　僕たち、二冊欲しいって言ったら、店員が半べそだったぜ」

「ハーマイオニー、そんなにたくさんどうしたの？」ハリーは、ハーマイオニーの隣の椅子を指差した。はちきれそうな袋が、一つどころか三つもある。

「ほら私、あなたたちよりたくさん新しい科目を取るでしょ。その教科書よ。『数占い』、『魔法生物飼育学』、『占い学』、『古代ルーン文字学』、『マグル学』――」

「なんで『マグル学』なんか取るんだい？」ロンがハリーにきょろっと目配せしながら言った。「君はマグル出身じゃないか！　パパやママはマグルじゃないか！　マグルのことはとっくに知ってるだろう！」

「だって、マグルのことを魔法的視点から勉強するのって、とってもおもしろいと思うわ」ハーマイオニーが真顔で言った。

「ハーマイオニー、これから一年、食べたり眠ったりするつもりはあるの？」ハリーがたずね、ロンはからかうようにクスクス笑った。ハーマイオニーは、両方とも無視した。

「私、まだ十ガリオン持ってるわ」ハーマイオニーが財布を覗《のぞ》きながら言った。「私のお誕生日、九月なんだけど、自分でひと足早くプレゼントを買いなさいって、パパとママがお小遣いをくださったの」

「素敵なご本はいかが？」ロンが無邪気に言った。

「お気の毒さま」ハーマイオニーが落ち着きはらって言った。「私、ふくろうが欲しいの。だって、ハリーにはヘドウィグがいるし、ロンにはエロールが――」

「僕のじゃない」ロンが言った。「エロールは家族全員のふくろうなんだ。僕にはスキャバーズしかいない」

ロンはポケットからペットのネズミを引っ張り出した。

「こいつを診《み》てもらわなきゃ。どうもエジプトの水が合わなかったらしくて」

ロンがスキャバーズをテーブルに置いた。スキャバーズはいつもよりやせて見えたし、ヒゲは見るからにだらりとしていた。

「すぐそこに『魔法動物ペットショップ』があるよ」

ダイアゴン横丁のことなら、ハリーはもうなんでも知っていた。

「ロンはスキャバーズ用になにか探せるし、ハーマイオニーはふくろうが買える」

三人はアイスクリームの代金を払い、道路を渡って「魔法動物ペットショップ」に向かった。

中は狭苦しかった。壁は一分《いちぶ》の隙もなくびっしりとケージで覆われている。臭いがきつい上に、ケージの中で騒ぐガーガー、キャッキャッ、シューシューという声でやかましかった。カウンターにいる店員の魔女が、二叉《ふたまた》のイモリの世話を先客の魔法使いに教えているところだったので、三人はケージを眺めながら待った。

巨大な紫色のヒキガエルが一つがい、ペロリペロリと死んだクロバエのご馳走を飲み込んでいた。大亀が一頭、窓際で宝石をちりばめた甲羅を輝かせている。オレンジ色の毒カタツムリは、水槽の壁面をぬめぬめとゆっくり這《は》い登っていたし、太った白ウサギはポンと大きな音を立てながらシルクハットに変身したり、元のウサギにもどったりを繰り返していた。ありとあらゆる色の猫、ワタリガラスを集めたけたたましいケージ、大声でハミングしているプリン色の変な毛玉のバスケット。カウンターには大きなケージが置かれ、毛並みも艶《つや》やかなクロネズミが、つるつるした尻尾《しっぽ》を使って縄跳びのようなものに興じていた。

二叉イモリの先客がいなくなり、ロンがカウンターに行った。

「僕のネズミなんですが、エジプトから帰ってきてから、ちょっと元気がないんです」ロンが魔女に説明した。

「カウンターにバンと出してごらん」魔女はポケットからがっしりした黒縁のメガネを取り出した。

ロンは内ポケットからスキャバーズを取り出し、同類のネズミのケージの隣に置いた。跳びはねていたネズミたちは遊びをやめ、よく見えるように押し合いへし合いしながら金網の前に集まった。

ロンの持ち物はたいていそうだったが、スキャバーズもやはりお下がりで（以前は兄のパーシーのものだった）、ちょっとよれよれだった。ケージ内の毛艶のよいネズミと並べると、いっそうしょぼくれて見えた。

「ふむ」スキャバーズを摘み上げ、魔女が言った。「このネズミは何歳なの？」

「知らない」ロンが言った。「かなりの歳。前は兄のものだったんです」

「どんな力を持ってるの？」スキャバーズを念入りに調べながら、魔女が聞いた。

「えぇと――」ロンが詰まった。実はスキャバーズは、これはと思う魔力のかけらさえ示したことがない。魔女の目がスキャバーズのボロボロの左耳から、指が一本欠けた前足へと移った。それからチッチッチッと大きく舌打ちした。

「ひどい目にあってきたようだね。このネズミは」

「パーシーにもらったときからこんなふうだよ」ロンは弁解するように言った。

「こういう普通の家ネズミは、せいぜい三年が寿命なんですよ」魔女が言った。「お客さん、もしもっと長持ちするのがよければ、たとえばこんなのが……」

魔女はクロネズミを指し示した。とたんにクロネズミはまた縄跳びを始めた。

「目立ちたがり屋」ロンがつぶやいた。

「別なのをお望みじゃないなら、この『ネズミ栄養ドリンク』を使ってみてください」魔女はカウンターの下から小さな赤い瓶《びん》を取り出した。

「オーケー。いくらですか？――アイタッ！」

ロンが身をかがめたとたん、なにやら大きなオレンジ色のものが一番上にあったケージの上から飛び降り、ロンの頭に着地したのだ。シャーッシャーッと狂ったようにわめきながら、それはスキャバーズめがけて突進した。

「こらっ！　クルックシャンクス、だめっ！」

さけんだ魔女の手を石鹸《せっけん》のようにつるりとすり抜けぶざまにベタッと床に落ちた後、スキャバーズは出口めがけて遁走《とんそう》した。

「スキャバーズ！」

ロンは大声で名を呼びながらスキャバーズを追って脱兎《だっと》のごとく店を飛び出し、ハリーもあとに続いた。

十分近く探して、やっとスキャバーズが見つかった。「高級クィディッチ用具店」の外にあるゴミ箱の下に隠れていた。震えるスキャバーズをポケットに入れ、ロンは自分の頭をさすりながら体をしゃんとさせた。

「あれはいったいなんだったんだ？」

「巨大な猫か、小さなトラか、どっちかだ」ハリーが答えた。

「ハーマイオニーはどこ？」

「たぶん、ふくろうを買ってるんだろ」

雑踏の中を引き返し、二人は「魔法動物ペットショップ」にもどった。店に着くと同時に、中からハーマイオニーが出てきた。しかし、ふくろうを持ってはいなかった。両腕にしっかり抱きしめていたのは巨大な赤猫だ。

「君、あの怪物を買ったのか？」ロンは口をあんぐり開けていた。

「この子、素敵でしょう、ね？」ハーマイオニーは得意満面だった。

見解の相違だな、とハリーは思った。赤味がかったオレンジ色の毛がたっぷりとしてふわふわだったが、どう見てもちょっとガニ股《また》だし、気難しそうな顔がおかしな具合につぶれていて、まるでレンガの壁に正面衝突したみたいだ。スキャバーズが隠れて見えないので、猫はハーマイオニーの腕の中で、満足げにゴロゴロ甘え声を出していた。

「ハーマイオニー、そいつ、危うく僕の頭の皮を剥《は》ぐところだったんだぞ！」

「そんなつもりはなかったのよ、ねえ、クルックシャンクス？」

「それに、スキャバーズのことはどうしてくれるんだい？」ロンは胸ポケットの出っ張りを指さした。「こいつは安静にしてなきゃいけないんだ。そんなのにまわりをうろうろされたら安心できないだろ？」

「それで思い出したわ。ロン、あなた『ネズミ栄養ドリンク』を忘れてたわよ」

ハーマイオニーは小さな赤い瓶《びん》をロンの手にピシャリと渡した。

「それに、取り越し苦労はおやめなさい。クルックシャンクスは私の女子寮で寝るんだし、スキャバーズはあなたの男子寮でしょ。なにが問題なの？　かわいそうなクルックシャンクス。あの魔女が言ってたわ。この子、もうずいぶん長いことあの店にいたって。だれも欲しがる人がいなかったんだって」

「そりゃ不思議だね」ロンが皮肉っぽく言った。そして、三人は「漏《も》れ鍋《なべ》」に向かって歩きはじめた。

ウィーズリー氏が「日刊予言者新聞《にっかんよげんしゃしんぶん》」を読みながら、バーに座っていた。

「ハリー！」ウィーズリー氏が目を上げてハリーに笑いかけた。「元気かね？」

「はい。元気です」ハリーが答えた。三人は買い物をどっさり抱えてウィーズリー氏のそばに座った。

ウィーズリー氏が下に置いた新聞から、すっかりおなじみになったシリウス・ブラックの顔がハリーをじっと見上げていた。

「それじゃ、ブラックはまだ捕まってないんですね？」とハリーが聞いた。

「うむ」ウィーズリー氏はきわめて深刻な表情を見せた。「魔法省全員が、通常の任務を返上してブラック捜しに努力しているんだが、まだ吉報がない」

「僕たちが捕まえたら賞金がもらえるのかな？」ロンが聞いた。「また少しお金がもらえたらいいだろうなあ――」

「ロン、ばかなことを言うんじゃない」見るとウィーズリー氏の顔は強《こわ》ばっていた。「十三歳の魔法使いにブラックが捕まえられるわけがない。やつを連れもどすのは、アズカバンの看守なんだよ。肝に銘じておきなさい」

ウィーズリー夫人が山のように買い物を抱えてバーに入ってきた。後ろに引き連れているのは、ホグワーツの五年生に進級する双子のフレッドとジョージ、全校で首席に選ばれたパーシー、それにウィーズリー家の末っ子で一人娘のジニーの四人だ。

ジニーは前からずっとハリーに夢中なのだが、ハリーを見たとたん、いつもよりなおいっそうどぎまぎしたようだった。去年ホグワーツで、ハリーに命を助けられたせいかもしれない。真っ赤になって、ハリーの顔を見ることもできずに「こんにちは」と、消え入るように言った。一方パーシーは、まるでハリーとは初対面でもあるかのようにまじめくさって挨拶した。

「ハリー、お目にかかれてまことにまことにうれしい」

「やあ、パーシー」ハリーは必死で笑いをこらえた。

「お変わりないでしょうね?」握手しながらパーシーがもったいぶって聞いた。なんだか市長にでも紹介されるような感じだった。

「おかげさまで、元気です――」

「ハリー!」フレッドがパーシーを肘《ひじ》で押し退《の》け、前に出て深々とお辞儀《じぎ》をした。

「お懐かしきご尊顔を拝し、なんたる光栄――」

「ご機嫌うるわしく」フレッドを押し退けて、今度はジョージがハリーの手を取った。「恭悦至極《きょうえつしごく》に存じたてまつり」

パーシーが顔をしかめた。

「いいかげんにおやめなさい」ウィーズリー夫人が言った。

「お母上！」フレッドが、たったいま母親に気づいたかのようにその手を取った。

「お目もじ叶《かな》い、なんたる幸せ――」

「おやめって、言ってるでしょう」

ウィーズリー夫人は空いている椅子に買い物を置いた。

「こんにちは、ハリー。わが家のすばらしいニュースを聞いたでしょう？」

パーシーの胸に光る真新しい銀バッジを指さし、ウィーズリー夫人が晴れがましさに胸を張って言った。

「わが家の二人目の首席なのよ！」

「そして最後のね」フレッドが声をひそめて言った。

「そのとおりでしょうよ」ウィーズリー夫人が急にキッとなった。「二人とも、監督《かんとく》生《せい》になれなかったようですものね」

「なんで僕たちが監督生なんかにならなきゃならないんだい？」ジョージが考えるだけで反吐《へど》が出るという顔をした。「人生真っ暗じゃござんせんか」

ジニーがクックックッと笑った。

「妹のもっとよいお手本になりなさい！」ウィーズリー夫人はきっぱり言った。

「お母さん。ジニーのお手本なら、ほかの兄たちがいますよ」パーシーが鼻高々で言った。「僕は夕食のために着替えてきます」

パーシーがいなくなるとジョージがため息をついてハリーに話しかけた。

「おれたち、あいつをピラミッドに閉じ込めてやろうとしたんだけど、ママに見つかっちゃってさ」

その夜の夕食は楽しかった。宿の亭主のトムが食堂のテーブルを三つつなげてくれて、ウィーズリー家の七人、ハリー、ハーマイオニーの全員がフルコースの豪勢な食事を次々と平らげた。

「パパ、明日、どうやってキングズ・クロス駅に行くの？」

豪華なチョコレート・ケーキのデザートにかぶりつきながら、フレッドが聞いた。

「魔法省が車を二台用意してくれる」ウィーズリー氏が答えた。

みないっせいにウィーズリー氏の顔を見た。

「どうして？」パーシーが訝《いぶか》しげに聞いた。

「パース、そりゃ、君のためだ」ジョージがまじめくさって言った。「それに、小さな旗が車の前につくぜ。ＨＢって書いてな――」

「――ＨＢって『首席』――じゃなかった、『石頭』の頭文字さ」

フレッドがあとを受けて続けた。

パーシーとウィーズリー夫人以外は、思わずデザートの上にブーッと吹き出した。

「お父さん、どうしてお役所から車がくるんですか？」

パーシーがまったく気にしていないふうを装いながら聞いた。

「そりゃ、私たちにはもう車がなくなってしまったし、それに、私が勤めているので、ご好意で……」

何気ない言い方だったが、ウィーズリー氏の耳が真っ赤になるのをハリーは見逃さなかった。なにかプレッシャーがかかったときのロンと同じだ。

「大助かりだわ」ウィーズリー夫人がきびきびと言った。「みんな、どんなに大荷物なのかわかってるの？　マグルの地下鉄なんかに乗ったら、さぞかし見物でしょうよ……。みんな、荷造りはすんだんでしょうね？」

「ロンは新しく買ったものをまだトランクに入れていないんです」パーシーがいかにも苦難に耐えているような声を出した。「僕のベッドの上に置きっぱなしなんです」

「ロン、早く行ってちゃんとしまいなさい。明日の朝はあんまり時間がないのよ」ウィーズリー夫人がテーブルの向こう端から呼びかけた。ロンは、しかめ面でパーシーを見た。

夕食も終わり、みな満腹で眠くなった。明日持っていくものを確かめるため、一人また一人と階段を上ってそれぞれの部屋にもどった。ロンとパーシーはハリーの隣部屋だった。自分のトランクを閉め、鍵をかけたそのとき、だれかのどなり声が壁越しに聞こえてきた。何事かと、ハリーは部屋を出た。

十二号室のドアが半開きになって、パーシーがどなっていた。

「ここに、ベッド脇の机にあったんだぞ。磨《みが》こうと思って外して置いといたんだから――」

「いいか、僕は触ってないぞ」ロンもどなり返した。

「どうしたんだい？」ハリーが聞いた。

「僕の首席バッジがなくなった」ハリーを振り向きざま、パーシーが答えた。

「スキャバーズのネズミ栄養ドリンクもないんだ」ロンはトランクの中身をポイポイ放り出して探していた。「もしかしたらバーに忘れたかな――」

「僕のバッジを見つけるまでは、どこにも行かせないぞ！」パーシーがさけんだ。

「僕、スキャバーズを探してくる。僕は荷造りが終わったから」ロンにそう言って、ハリーは階段を下りた。

もうすっかり明かりの消えたバーに行く途中、廊下の中ほどまできたとき、またしても別の二人が食堂の奥で言い争っている声が聞こえてきた。ウィーズリー夫妻の声だった。口げんかをハリーが聞いてしまったと、二人には知られたくない。どうしようとためらっていると、ふと自分の名前が聞こえてきた。ハリーは思わず立ち止まり、食堂のドアに近寄った。

「……ハリーに教えないなんてばかな話があるか」ウィーズリー氏が熱くなっている。「ハリーには知る権利があるんだ。ファッジには何度もそう言ったんだが、ファッジは譲らないんだ。ハリーを子供扱いしている。ハリーはもう十三歳なんだよ。それに――」

「アーサー、事実を知れば、あの子が怖がるだけです！」ウィーズリー夫人が激しく言い返した。「ハリーがあんなことを引きずったまま学校にもどるほうがいいって、あなた、本気でそうおっしゃるの？　とんでもないわ！　知らないほうがハリーは幸せなのよ」

「あの子に惨《みじ》めな思いをさせたいわけじゃない。私はあの子に自分自身で警戒させたいだけなんだ」ウィーズリー氏がやり返した。「ハリーやロンがどんな子か、母さんも知ってるだろう。二人でふらふら出歩いて――もう『禁じられた森』にも入り込んでいるんだよ！　今学期はハリーはそんなことをしちゃいかんのだ！　ハリーが家から逃げ出したあの夜、あの子の身になにか起きていたかもしれないと考えると――もし『夜の騎士《ナイト》バス』があの子を拾っていなかったら、賭けてもいい、魔法省に発見される前にあの子は死んでいたよ」

「でも、あの子は死んでいませんわ。無事なのよ。だからわざわざなにも――」

「モリー母さん。シリウス・ブラックは頭がおかしくなっているとみんなが言う。たぶんそうだろう。しかし、アズカバンから脱獄する才覚があった。しかも不可能と言われている脱獄をだ。もう一月も経つのに、だれ一人、ブラックの足跡さえ見ていない。ファッジが『日刊予言者新聞《にっかんよげんしゃしんぶん》』になんと言おうと、事実、我々がブラックを捕まえる見込みは薄いのだよ。まるで勝手に魔法をかける杖《つえ》を発明するのと同じぐらい難しいことだ。一つだけはっきり我々がつかんでいるのは、ヤツの狙いが――」

「でも、ハリーはホグワーツにいれば絶対安全ですわ」

「我々はアズカバンも絶対まちがいないと思っていたんだよ。アズカバンを破って出られるなら、ブラックはホグワーツにだって破って入れる」

「でも、だれもはっきりとはわからないじゃありませんか。ブラックがハリーを狙ってるなんて――」

ドスンと木をたたく音が聞こえた。ウィーズリー氏が拳《こぶし》でテーブルを打った音にちがいない。

「モリー、何度言えばわかるんだね？　新聞に載っていないのは、ファッジがそれを秘密にしておきたいからなんだ。しかし、ブラックが脱走したあの夜、ファッジはアズカバンに視察《しさつ》に行ってたんだ。看守たちがファッジに報告したそうだ。ブラックがこのところ寝言を言うって。いつもおんなじ寝言だ。『あいつはホグワーツにいる……あいつはホグワーツにいる』と。ブラックはね、モリー、常軌《じょうき》を逸《いっ》している。ハリーの死を望んでいるんだ。私の考えでは、やつは、ハリーを殺せば『例のあの人』の権力がもどると思っているんだ。ハリーが『例のあの人』に引導《いんどう》を渡したあの夜、ブラックはすべてを失った。そして十二年間、やつはアズカバンの独房でそのことだけを思いつめていた……」

沈黙が流れた。ハリーは続きを聞き漏《も》らすまいと必死で、ドアにいっそうぴたりと張りついた。

「そうね、アーサー、あなたは正しいと思うことをなさらなければ。でも、アルバス・ダンブルドアのことをお忘れよ。ダンブルドアが校長をなさっているかぎり、ホグワーツではけっしてハリーを傷つけることはできないと思います。ダンブルドアはこのことをすべてご存知なんでしょう？」

「もちろん知っていらっしゃる。アズカバンの看守たちを学校の入口付近に配備してもよいかどうか、我々役所としても、校長にお伺《うかが》いを立てなければならなかった。ダンブルドアはご不満ではあったが、同意した」

「ご不満？　ブラックを捕まえるための配備なのに、なにがご不満なんです？」

「ダンブルドアはアズカバンの看守たちがお嫌いなんだ」ウィーズリー氏の口調は重苦しかった。「それを言うなら、私も嫌いだ……。しかしブラックのような魔法使いが相手では、いやな連中とも手を組まなければならんこともある」

「看守たちがハリーを救ってくれたなら――」

「そうしたら、私はもう一言もあの連中の悪口は言わんよ」

ウィーズリー氏が疲れた口調で言った。

「母さん、もう遅い。そろそろやすもうか……」

ハリーは椅子の動く音を聞いた。できるだけ音を立てずにハリーは急いでバーに続く廊下を進み、その場から姿を隠した。食堂のドアが開き、数秒後に足音がして、ウィーズリー夫妻が階段を上がっていった。

「ネズミ栄養ドリンク」の瓶《びん》は、午後にみなが座ったテーブルの下に落ちていた。ハリーはウィーズリー夫妻の部屋のドアが閉まる音の聞こえるまで待った。そして瓶を持って引き返し、二階にもどった。

フレッドとジョージが踊り場の暗がりにうずくまり、声を殺して息が苦しくなるほど笑っていた。バッジを探してパーシーが、ロンとの二人部屋をひっくり返す大騒ぎを聞いているようだ。

「おれたちが持ってるのさ」フレッドがハリーにささやいた。「バッジを改善してやったよ」

バッジには「首席」ではなく「石頭」と書いてあった。

ハリーはむりに笑ってみせ、ロンに「ネズミ栄養ドリンク」を渡すと自分の部屋に入って鍵をかけ、ベッドに横たわった。

シリウス・ブラックは、僕を狙っていたのか。それで謎が解けた。ファッジは僕が無事だったのを見てほっとしたから甘かったんだ。僕がダイアゴン横丁に留《とど》まるように約束させたのは、ここなら僕を見守る魔法使いがたくさんいるからだ。明日魔法省の車二台で全員を駅まで運ぶのは、汽車に乗るまでウィーズリー一家が僕の面倒をみられるようにするためなんだ。

隣の部屋から壁越しにどなり声が低く聞こえてきた。なぜか、ハリーはそれほど恐ろしいと感じていなかった。シリウス・ブラックはたった一つの呪いで十三人を殺したと言う。ウィーズリー氏も夫人も、本当のことを知ったらハリーが恐怖でうろたえるだろうと思ったにちがいない。でも、ウィーズリー夫人の言うことにハリーも同感だった。この地上で一番安全な場所は、ダンブルドアのいるところだ。ダンブルドアはヴォルデモート卿《きょう》が恐れた唯一の人物だと、だれもがいつもそう言っているではないか？　シリウス・ブラックがヴォルデモートの右腕なら、当然同じようにダンブルドアを恐れているのではないか？

それに、みなが取り沙汰しているアズカバンの看守がいる。みなその看守を死ぬほど怖がっている。学校の周囲にぐるりとこの看守たちが配備されるなら、ブラックが学校内に入り込む可能性はほとんどないだろう。

いや、ハリーを一番悩ませたのは、そんなことではない。ホグズミードに行ける見込みがいまやゼロになってしまったことだ。ブラックが捕まるまでは、ハリーが城という安全地帯から出ないで欲しいと、だれもがそう思っている。それだけではない。危険が去るまで、みながハリーのことを監視《かんし》するだろう。

ハリーは真っ暗な天井に向かって顔をしかめた。僕が自分で自分の面倒もみられないとでも思っているの？　ヴォルデモート卿の手を三度も逃れた僕だ。そんなに柔《やわ》じゃないよ……。

マグノリア・クレセント通りのあの獣の影が、なぜかふとハリーの心をよぎる。

〝最悪の事態が来ると知ったとき、あなたはどうするか……〟

「僕は殺されたりしないぞ」ハリーは声に出して言った。

「その意気だよ、坊や」部屋の鏡が眠そうな声を出した。

第5章　吸魂鬼

翌朝、亭主のトムがいつものように歯の抜けた笑顔を見せながら、紅茶を持ってハリーを起こしにきた。ハリーが着替えをすませ、むずかるヘドウィグをなだめすかして籠《かご》に入れたちょうどそのとき、ドアがバーンと開いて、トレーナーに頭を通したロンがいらついた顔で入ってきた。

「一刻も早く汽車に乗ろう。ホグワーツに行ったら、最悪、パーシーと離れられるしな。パーシーのやつ、今度は、ペネロピー・クリアウォーターの写真に僕が紅茶をこぼしたって責めるんだ」

ロンがしかめ面をした。

「ほら、パーシーのガールフレンド。鼻の頭が赤く染みになったからって、写真の枠に顔を隠しちまってさ……」

「話があるんだ」

ハリーはそう切り出したが、ちょうどフレッドとジョージが顔を出したので話が途切れた。二人は、ロンがパーシーをカンカンに怒らせたことを誉めるために顔を覗《のぞ》かせたのだ。

朝食をとりにみなで下りていくと、ウィーズリー氏が眉根を寄せながら「日刊予言者新聞《にっかんよげんしゃしんぶん》」の一面記事を読んでいた。ウィーズリー夫人はハーマイオニーとジニーに、自分が娘のころ作った「愛の妙薬《あいのみょうやく》」のことを話していた。三人ともクスクス笑ってばかりいた。

「なにを言いかけたんだい？」テーブルに着きながらロンがたずねた。

「あとで」ちょうどパーシーが鼻息も荒く入ってきたので、ハリーは小声で答えた。

旅立ちのごたごたにまぎれて、ハリーはロンやハーマイオニーに話す機会を失った。「漏れ鍋《もれなべ》」の狭い階段を、全員分のトランクを汗だくになって運び出し、出口近くに積み上げたり、ヘドウィグやらパーシーのコノハズクのヘルメスが入った籠《かご》をそのまた上に載《の》せたりと、なにやかやでそれどころではなかったからだ。山と積まれたトランクの脇には小さな柳編《やなぎあ》みの籠が置かれ、シャーッシャーッと激しい音を立てていた。

「大丈夫よ、クルックシャンクス」

ハーマイオニーが籠《かご》の外から猫なで声で呼びかけた。

「汽車に乗ったら出してあげるからね」

「出してあげない」ロンがぴしゃりと言った。「かわいそうなスキャバーズはどうなる？　え？」

ロンは自分の胸ポケットを指さした。ぽっこりと盛り上がっている。スキャバーズが中で丸くなって縮こまっているらしい。

外で魔法省からの車を待っていたウィーズリー氏が、食堂に首を突き出した。

「車がきたよ。ハリー、おいで」

旧型の深緑色の車が二台停まっていた。その先頭の車までのわずかな距離を、ウィーズリー氏はハリーにつき添って歩いた。二台ともエメラルド色のビロードのスーツを着込んだ胡散《うさん》くさい魔法使いが運転していた。

「ハリー、さあ、中へ」

ウィーズリー氏が雑踏の右から左まで、すばやく目を走らせながら促した。

ハリーは後ろの席に座った。間もなくハーマイオニーとロンが乗り込み、そして、ロンにとってはむかつく・・・パーシーも乗り込んだ。

キングズ・クロス駅までの移動は、ハリーの経験した「夜の騎士《ナイト》バス」の旅に比べれば呆気《あっけ》ないものだった。魔法省の車はほとんど普通と言ってもよかった。ただ、バーノンおじさんの新しい社用車なら絶対に通り抜けられないような狭い隙間を、この車がすり抜けられることにハリーは目をみはった。キングズ・クロス駅に着いたときには、まだ二十分の余裕があった。魔法省の運転手が、カートを探してきてトランクを車から降ろし、帽子にちょっと手をやってウィーズリー氏に挨拶した。走り去った車は、なぜか信号待ちをしている車の列を飛び越して、一番前につけていた。

ウィーズリー氏は駅に入るまでずっと、ハリーの真横にぴたりと張りついていた。

「よし、それじゃ」ウィーズリー氏が周囲を窺《うかが》いながら言った。「我々は大所帯だから、二人ずつ行こう。私が最初にハリーと一緒に通り抜けるよ」

ウィーズリー氏は、ハリーのカートを押して九番線と十番線の間にある柵《さく》へとぶらぶら歩きながらも、ちょうど九番線に到着した長距離列車のインターシティ１２５号に、興味津々のようだった。おじさんはハリーに意味ありげに目配せをくれ、何気なく柵に寄りかかった。ハリーもまねをした。

次の瞬間、ハリーたちは固い金属の障壁《しょうへき》を通り抜けて九と四分の三番線ホームに横ざまに倒れ込んだ。目を上げると、紅《くれない》色の機関車、ホグワーツ特急が煙を吐いている。その煙の下で、ホーム一杯にあふれた魔女や魔法使いが、子供たちを見送り汽車に乗せていた。

ハリーの背後に突然パーシーとジニーが現れた。息を切らしている。走って柵を通り抜けたようだ。

「あ、ペネロピーがいる!」パーシーが髪をなでつけ、一段と頬を紅潮させた。

胸に輝くバッジをガールフレンドが絶対見逃さないようにとふん反り返って歩くパーシーを見て、ジニーとハリーは顔を見合わせ、パーシーに見られないよう横を向いて吹き出した。

ウィーズリーの残りのメンバーとハーマイオニーが到着したところで、ハリーとウィーズリー氏が先頭に立って後尾車両へと歩いていった。満員のコンパートメントを通り過ぎ、ほとんどだれもいない車両を見つけてそこにトランクを積み込み、ヘドウィグとクルックシャンクスを荷物棚に載せた。そしてウィーズリー夫妻に別れを告げるために、もう一度列車の外に出た。

ウィーズリーおばさんは子供たち全員にキスをし、次にハーマイオニー、最後にハリーにキスした。ハリーは少しうろたえながらも、おばさんにぎゅっと抱きしめられてとてもうれしかった。

「ハリー、むちゃしないでね。いいこと?」

おばさんはハリーを離したが、なぜか目が潤んでいた。それから巨大な手提げカバンを取り出した。

「みんなにサンドイッチを作ってきたわ。はい、ロン……いいえ、ちがいますよ。

コンビーフじゃありません……フレッド？　フレッドはどこ？　はい、あなたのですよ……」

「ハリー」ウィーズリー氏がそっと呼んだ。「ちょっとこっちへおいで」

おじさんは顎《あご》で柱のほうを示した。ウィーズリーおばさんを囲む群れを抜け出し、ハリーはウィーズリーおじさんに従って柱の陰に入った。

「君が出発する前に、どうしても言っておかなければならないことがある――」

ウィーズリー氏の声は緊張していた。

「おじさん、いいんです。僕、もう知っています」

「知っている？　どうしてまた？」

「僕――あの――おじさんとおばさんが昨日の夜、話しているのを聞いてしまったんです。僕、聞こえてしまったんです」

それからハリーはあわててつけ加えた。

「ごめんなさい――」

「そうか。できることなら、君にそんな知らせ方をしたくはなかった」

ウィーズリーおじさんは気遣わしげに言った。

「いいえ――これでよかったんです、本当に。これで、おじさんはファッジ大臣との約束を破らずにすむし、僕はなにが起こっているのかがわかったんですから」

「ハリー、きっと怖いだろうね――」

「怖くありません」ハリーは心からそう答えた。ウィーズリーおじさんが信じられないという顔をしたので、「本当です」とつけ加えた。

「僕、強がってるんじゃありません。でも、まじめに考えて、シリウス・ブラックがヴォルデモートより手強いなんてこと、ありえないでしょう？」

ウィーズリーおじさんはその名を聞いただけで怯《ひる》んだが、聞かなかったふりをしていた。

「ハリー、君は、ファッジが考えているより、なんと言うか、ずっと肝《きも》が据《す》わっている。それは私も知っている。君が怖がっていないのは、私としても、もちろんうれしい。しかしだ――」

「アーサー！」

ウィーズリーおばさんが呼んだ。おばさんは羊飼いが群れを追うように、子供たちを汽車に追い込んでいた。

「アーサー、なにをしてらっしゃるの？　もう出てしまいますよ！」

「モリー母さん。ハリーはいま行くよ！」

そう言いながら、ウィーズリー氏はもう一度ハリーに向きなおり、声をいっそう低くして、急き込んでこう言った。

「いいかね、約束してくれ――」

「――僕がおとなしくして城の外には出ないってことをですか？」ハリーは憂鬱《ゆううつ》だった。

「それだけじゃない」

おじさんはこれまでハリーが見たこともないような真剣な顔をしていた。

「ハリー、私に誓ってくれ。ブラックを探したりしないって」

「えっ？」ハリーはウィーズリーおじさんを見つめた。

汽笛が大きく鳴り響いた。駅員たちが汽車のドアを次々と閉めはじめている。

「ハリー、約束してくれ」ウィーズリーおじさんはますます早口になった。「どんなことがあっても――」

「僕を殺そうとしている人を、なんで僕のほうから探したりするんです？」ハリーはきょとんとして言った。

「誓ってくれ。君がなにを聞こうと――」

「アーサー、早く！」ウィーズリーおばさんがさけんだ。

汽車はシューッと煙を吐《は》き、動き出した。ハリーはドアまで走った。ロンがドアをパッと開け、一歩下がってハリーを乗せた。みな窓から身を乗り出し、汽車がカーブして二人の姿が見えなくなるまでウィーズリー夫妻に手を振り続けた。

さやいた。

「君たちだけに話があるんだ」

汽車がスピードを上げはじめると、ハリーは、ロンとハーマイオニーに向かってささやいた。

「ジニー、どっかに行ってて」ロンが言った。

「あら、ご挨拶ね」ジニーは機嫌をそこね、ぷりぷりしながら離れていった。

ハリー、ロン、ハーマイオニーはだれもいないコンパートメントを探して通路を歩いた。どこもいっぱいだったが、最後尾にただ一つ空いているところがあった。

中にいるのは一人だけだった。男が一人、窓側の席でぐっすり眠っている。三人は入口に立ってコンパートメントを確かめた。ホグワーツ特急はいつも生徒のために貸切になっていて、ワゴン販売の魔女以外、車中でおとなを見たことがなかった。

見知らぬ客は、あちこちつぎの当たった、かなりみすぼらしいローブを着ている。疲れ果てて、病んでいるようにも見えた。まだ若そうに見えるのに、鳶色《とびいろ》の髪は白髪交じりだ。

「この人、だれだと思う？」窓から一番遠い席を取り、引き戸を閉めて三人が腰を落ち着けたとき、ロンが声をひそめて聞いた。

「ルーピン先生」ハーマイオニーがすぐに答えた。

「どうして知ってるんだ？」

「鞄に書いてあるわ」

ハーマイオニーは男の頭の上にある荷物棚を指さした。くたびれた小振りの鞄は、きちんとつなぎ合わせた紐《ひも》でぐるぐる巻きになっていた。鞄の片隅に、Ｒ・Ｊ・ルーピン教授と、はがれかけた文字が押してあった。

「いったいなにを教えるんだろ？」

ルーピン先生の青白い横顔を見て、顔をしかめながらロンが言った。

「決まってるじゃない」ハーマイオニーが小声で言った。「空いているのは一つしかないでしょ？『闇の魔術に対する防衛術』よ」

ハリーもロンもハーマイオニーも、「闇の魔術に対する防衛術」の授業を二人の先生から受けたが、二人とも一年しか持たなかった。この学科は呪われているという噂《うわさ》が立っていた。

「ま、この人がちゃんと教えられるならいいけどね」ロンは見込み薄だな、という口調だ。「強力な呪いをかけられたら一発で参っちまうように見えないか？　ところで……」

ロンはハリーのほうを向いた。

「なんの話なんだい？」

ハリーはウィーズリー夫妻の言い合いのことや、いましがたウィーズリー氏が警告したことについて、すべてを二人に話した。聞き終わるとロンは愕然《がくぜん》とし、ハーマイオニーは両手で口を押さえていた。やがてハーマイオニーは手を離し、こう言った。

「シリウス・ブラックが脱獄したのは、あなたの命を狙うためですって？　あぁ、ハリー……ほんとに、ほんとに気をつけなきゃ。自分からわざわざトラブルに飛び込んでいったりしないでね。ねっ、ハリー……」

「僕、自分から飛び込んでいったりするもんか」ハリーは焦《じ》れったそうに言った。

「いつもトラブルのほうが飛び込んでくるんだ」

「ハリーを殺そうとしてる危険人物だぜ。自分から、のこのこ会いにいくばかがいるかい？」ロンは震えていた。

二人とも、ハリーが考えた以上に強い反応を示した。ロンもハーマイオニーも、ブラックのことをハリーよりずっと恐れているようだった。

「ブラックがどうやってアズカバンから逃げたのか、だれにもわからない。これまで脱獄した者は一人もいない。しかもブラックは一番厳しい監視《かんし》を受けていたんだ」

ロンは落ち着かない様子で話した。

「だけど、また捕まるでしょう？」ハーマイオニーが力を込めて言った。「だって、マグルまで総動員してブラックを追跡しているじゃない……」

「なんの音だろう？」突然ロンが言った。

小さく口笛を吹くような音が、かすかにどこからか聞こえてくる。三人はコンパートメントを見回した。

「ハリー、君のトランクからだ」

ロンは立ち上がって荷物棚に手を伸ばし、やがてハリーのローブの間から「携帯かくれん防止器《スニーコスコープ》」を引っ張り出した。ロンの手のひらの上でそれは激しく回転し、まぶしいほどに輝いていた。

「それ、スニーコスコープ？」

ハーマイオニーは興味津々で、よく見ようと立ち上がった。

「うん……だけど、安物だよ」ロンが言った。「エロールの足にハリーへの手紙をくくりつけようとしたら、めっちゃ回ったもの」

「そのとき、なにか怪しげなことをしてなかったの？」ハーマイオニーがすかさず突っ込んだ。

「してない！　でも……エロールを使っちゃいけなかったんだ。じいさん、長旅には向かないしね。……だけど、ハリーにプレゼントを届けるのに、ほかにどうすりゃいいって言うんだい？」

「早くトランクにもどして」スニーコスコープが耳をつんざくような音を出したので、ハリーがルーピン先生のほうを顎《あご》で指しながら注意した。「じゃないと、この人が目を覚ますよ」

ロンはスニーコスコープを、バーノンおじさんのとびきりオンボロの靴下の中に押し込んで音を殺し、その上からトランクのふたを閉めた。

「ホグズミードで、あれをチェックしてもらえるかもしれない」ロンが席に座りなおした。「『ダービシュ・アンド・バングズ』の店で、魔法の機械とかいろいろ売ってるって、フレッドとジョージが教えてくれた」

「ホグズミードのこと、よく知ってるの？」ハーマイオニーが意気込んだ。「イギリスで唯一の完全にマグルなしの村だって本で読んだけど——」

「ああ、そうだと思うよ」ロンはそんなことには関心がなさそうだ。「僕、だからってそこに行きたいわけじゃないよ。ハニーデュークスの店に行ってみたいだけさ！」

「それって、なに？」ハーマイオニーが聞いた。

「お菓子屋さ」ロンはうっとり夢見る顔になった。「なーんでもあるんだ。……激辛《げきから》ペッパー——食べると、口から煙が出るんだ。——それにイチゴムースやクリームがいっぱい詰まってる大粒のふっくらチョコレート——それから砂糖羽根ペン、授業中にこれをなめていたって、次になにを書こうか考えているみたいに見えるんだ——」

「でも、ホグズミードってとってもおもしろいところなんでしょう？」

ハーマイオニーがしつこく聞いた。

『魔法《まほう》の史跡《しせき》』を読むと、そこの旅籠《はたご》は一六一二年の小鬼《ゴブリン》の反乱で本部になったところだし、『叫《さけ》びの屋敷《やしき》』はイギリスで一番恐ろしい呪われた幽霊屋敷だって書いてあったわ――」

「――それにおっきな炭酸入りキャンディ。なめてる間、地上から数センチ浮き上がるんだ」ロンはハーマイオニーの言ったことを全然聞いてはいない。

ハーマイオニーはハリーに向きなおった。

「ちょっと学校を離れて、ホグズミードを探検するのも素敵じゃない？」

「だろうね」ハリーは沈んだ声で言った。「見てきたら、僕に教えてくれよ」

「どういうこと？」ロンが聞いた。

「僕、行けないいんだ。ダーズリーが許可証にサインしなかったし、ファッジ大臣もサインしてくれないんだ」

ロンがとんでもないという顔をした。

「許可してもらえないって？　そんな――そりゃないぜ。――マクゴナガルかだれかが許可してくれるよ――」

ハリーは力なく笑った。グリフィンドールの寮監《りょうかん》、マクゴナガル先生はとても厳しい先生だ。

「――じゃなきゃ、フレッドとジョージに聞けばいい。あの二人なら、城から抜け出す秘密の道を全部知ってる――」

「ロン！」ハーマイオニーの厳しい声が飛んだ。「ブラックが捕まっていないのに、ハリーは学校からこっそり抜け出すべきじゃないわ――」

「うん、僕が許可してくださいってお願いしたら、マクゴナガル先生はそうおっしゃるだろうな」ハリーが残念そうに言った。

「だけど、僕たちがハリーと一緒にいれば、ブラックはまさか――」

ロンがハーマイオニーに向かって威勢よく言った。

「まあ、ロン、ばかなこと言わないで」ハーマイオニーは手厳しい。「ブラックは雑踏のど真ん中であんなに大勢を殺したのよ。私たちがハリーのそばにいれば、ブラックが尻込みすると、本気でそう思ってるの？」

ハーマイオニーはクルックシャンクスの入った籠《かご》の紐《ひも》を解こうとしていた。

「そいつを出したらだめ！」

ロンがさけんだが、遅かった。クルックシャンクスがひらりと籠から飛び出し、伸びに続いてあくびをしたと思うとロンの膝《ひざ》に跳び乗ってきた。ロンのポケットのふくらみがブルブル震えている。ロンは怒ってクルックシャンクスを払い退《の》けた。

「どけよ！」

「ロン、やめて！」ハーマイオニーが怒った。

　ロンが言い返そうとしたそのとき、ルーピン先生がもぞもぞ動いた。三人はぎくりとして先生を見たが、頭を反対側に向けただけで、先生はわずかに口を開けて眠り続けている。

　ホグワーツ特急は順調に北へと走り、車窓には雲がだんだん厚く垂れ込め、一段と暗く荒涼とした風景が広がっていった。コンパートメントの外側の通路では生徒が追いかけっこをして往《い》ったり来たりしていた。クルックシャンクスは空いている席に落ち着き、ぺちゃんこの顔をロンに向け、黄色い目はロンのシャツのポケットに焦点を合わせていた。

　一時になると、丸っこい魔女が食べ物を積んだカートを押してコンパートメントのドアの前にやってきた。

「この人を起こすべきかなぁ？」

ルーピン先生のほうを顎《あご》で指し、ロンが戸惑いながら言った。

「なにか食べたほうがいいみたいに見えるけど」

ハーマイオニーがそっとルーピン先生のそばに行った。

「あの――先生？　もしもし――先生？」

先生は身じろぎもしない。

「大丈夫よ、嬢ちゃん」

大きな魔女鍋《なべ》スポンジケーキをひと山ハリーに渡しながら、魔女が言った。

「目を覚ましてお腹がすいているようなら、わたしは一番前の運転士のところにいますからね」

「この人、眠ってるんだよね？」魔女のおばさんがコンパートメントの引き戸を閉めると、ロンがこっそり言った。「つまり……死んでないよね。ね？」

「ない、ない。息をしてるわ」

ハリーがよこしたケーキを取りながら、ハーマイオニーがささやいた。

ルーピン先生は社交的な道連れではなかったかもしれないが、コンパートメントにいてくれたことで役に立った。昼下がりになって、車窓から見える丘陵風景が霞むほどの雨が降り出したとき、通路《つうろ》でまた足音がした。ドアを開けたのは三人が一番毛嫌いしている連中だった。ドラコ・マルフォイと、その両脇に控える腰巾着《こしぎんちゃく》のビンセント・クラッブ、グレゴリー・ゴイルだ。

ドラコ・マルフォイとハリーは、ホグワーツ特急での最初の旅で出会って以来の敵《かたき》同士だ。顎《あご》の尖《とが》った青白い顔に、いつもせせら笑いを浮かべているマルフォイは、スリザリン寮生だった。スリザリン寮代表のクィディッチ・チームではシーカーで、ハリーのグリフィンドール寮チームでのポジションと同じだ。クラッブとゴイルは、マルフォイの命令に従うために存在するかのような二人。両方とも筋肉隆々の肩幅ガッチリ体型。クラッブのほうが背が高く、鍋底《なべぞこ》カットのヘアスタイルに太い首。ゴイルはたわしのように短く刈り込んだ髪をして、長いゴリラのような腕をぶら下げている。

「へえ、だれかと思えば――」コンパートメントのドアを開けながら、マルフォイのいつもの気取った台詞回し。「ポッター、ポッティーのいかれポンチと、ウィーズリー、ウィーゼルのコソコソ君じゃあないか！」

クラッブとゴイルはトロール並みのアホ笑いをした。

「ウィーズリー、君の父親がこの夏やっと小金を手にしたって聞いたよ。母親がショックで死ななかったかい？」

ロンが出し抜けに立ち上がった拍子に、クルックシャンクスの籠《かご》を床にたたき落としてしまった。ルーピン先生がいびきをかいた。

「んっ、そいつはだれだ？」ルーピンを見つけたとたん、マルフォイが無意識に一歩引いた。

「新しい先生だ」ハリーは、そう答えながら、もしかしたらロンを引き止めなければならないかもしれないと自分も立ち上がっていた。「マルフォイ、いまなんて言ったんだ？」

マルフォイは薄青い目を細めた。先生の鼻先でご法度《はっと》のけんかを吹っかけるほどばかではない。

「行くぞ」マルフォイは苦々しげにクラッブとゴイルに声をかけ、姿を消した。

ハリーとロンはまた座った。ロンは拳《こぶし》をさすっていた。

「今年はマルフォイにごちゃごちゃ言わせないぞ」ロンは熱くなっていた。「本気だぞ。僕の家族の悪口を一言でも言ってみろ。首根っこを引っつかまえて、こうやって

──」

ロンは空を切るように乱暴な動作をした。

「ロン」ハーマイオニーがルーピン先生を指して、その指を唇に当てた。「気をつけて……」

ルーピン先生はそれでもぐっすり眠り続けていた。

汽車がさらに北へ進むと、雨も激しさを増した。窓の外は雨足がかすかに光るだけの灰色一色で、その色も墨色に変わり、やがて通路と荷物棚にポッとランプが点《とも》った。汽車は揺れ、雨は激しく窓を打ち、風はうなりを上げる。それでもルーピン先生は眠っている。

「もう着くころだ」

ロンが身を乗り出し、ルーピン先生の体越しに、すでに真っ暗になっている窓の外を見た。

ロンの言葉が終わるか終わらないかのうちに、汽車が速度を落としはじめた。

「調子いいぞ」

ロンは立ち上がり、そっとルーピン先生の横をすり抜けて窓から外を見ようとした。

「腹ぺこだ。宴会が待ち遠しい……」

「まだ着かないはずよ」ハーマイオニーが時計を見ながら言った。

「じゃ、なんで止まるんだ?」

汽車はますます速度を落とした。ピストンの音が弱くなり、窓を打つ雨風の音がいっそう激しく聞こえた。

一番ドアに近いところにいたハリーが立ち上がって、通路の様子を窺《うかが》った。同じ車両のどのコンパートメントからも、不思議そうな顔が突き出ていた。

汽車がガクンと止まった。どこか遠くのほうから、ドサリ、ドシンと荷物棚からトランクが落ちる音が聞こえてきた。そして、なんの前触れもなく明かりがいっせいに消え、あたりが真っ暗闇になった。

「いったいなにが起こったんだ?」ハリーの後ろでロンの声がした。

「いたっ!」ハーマイオニーがうめいた。「ロン、いまの、私の足だったのよ!」

ハリーは手探りで自分の席にもどった。

「故障しちゃったのかな？」

「さあ？……」

引っかくような音がして、ハリーの目にロンの輪郭がぼんやりと見えた。ロンは窓ガラスの曇りを丸く拭《ふ》き、外を覗《のぞ》いていた。

「なんだかあっちで動いてる。だれか乗り込んでくるみたいだ」ロンが言った。

コンパートメントのドアが急に開き、だれかがハリーの足の上に倒れ込んできて、ハリーは痛い思いをした。

「ごめんね！　なにがどうなったかわかる？　あいたっ！　ごめんね――」

「やあ、ネビル」ハリーは闇の中を手探りでネビルのマントをつかみ、助け起こした。

「ハリー？　君なの？　どうなってるの？」

「わからない。座って――」

シャーッと大きな鳴き声、続いて痛そうなさけび声が聞こえた。ネビルがクルックシャンクスの上に座ろうとしたのだ。

「私、運転士のところに行って、何事なのか聞いてくるわ」ハーマイオニーの声だ。

ハリーはハーマイオニーが前を通り過ぎる気配を感じた。それからドアを開ける音に続いてドシンという音と、同時に痛そうなさけび声が二人分聞こえた。

「だあれ？」

「そっちこそだあれ？」

「ジニーなの？」

「ハーマイオニー？」

「なにしてるの？」

「ロンを探してるの――」

「入って、ここに座れよ――」

「ここじゃないよ！」ハリーがあわてて言った。「ここは僕がいるんだ！」

「あいたっ！」ネビルだ。

「静かに！」突然しわがれ声がした。

ルーピン先生がついに目を覚ましたらしい。先生のいる奥のほうで、なにか動く音をハリーは聞いた。みなが黙った。

柔らかなカチリという音のあとに、灯《あか》りが揺らめき、コンパートメントを照らした。ルーピン先生は手のひら一杯に炎を持っているようだった。炎が先生の疲れたような灰色の顔を照らしている。目だけが油断なく、鋭く警戒していた。

「動かないで」

さっきと同じしわがれ声でそう言うと、先生はゆっくりと立ち上がり、手のひらの灯《あか》りを前に突き出した。

先生がドアにたどり着く前に、ドアがゆっくりと開いた。

ルーピン先生が手にした揺らめく炎に照らし出され入口に立っているのは、マントを着た、天井までも届きそうな黒い影だった。顔はすっぽりと頭巾《ずきん》で覆われている。ハリーは上から下へとその影に目を走らせた。そして、胃が縮むようなものを見てしまった。マントから突き出ている手。灰白色に冷たく光り、穢《けが》らわしいかさぶたに覆われ、水中で腐敗した死骸《しがい》のような手……。

ほんの一瞬しか見えなかった。まるでその生き物がハリーの視線に気づいたかのように、その手は黒い覆いの襞《ひだ》の中へ突如引っ込められた。

それから頭巾に覆われた得体の知れない何者かは、ガラガラと音を立てながらゆっくりとながく息を吸い込んだ。まるでその周囲から、空気以外のなにかを吸い込もうとでもするかのように。

ぞっとするような冷気が全員を襲った。ハリーは自分の息が胸の途中でつかえるような気がした。寒気が皮膚の下深くまで潜り込む。ハリーの胸の中へ、そして心臓そのものへと……。

ハリーの目玉がひっくり返った。なにも見えない。ハリーは冷気に溺《おぼ》れていった。

耳の中に、まるで水が流れ込むような音がした。下へ下へと引き込まれていく。うなりが次第に大きくなる……。

すると、どこか遠くからさけび声が聞こえた。ぞっとするような怯《おび》えたさけび、哀願のさけびだ。だれか知らないそのさけびの主を、ハリーは助けたかった。腕を動かそうとしたが、どうにもならない……。濃い霧がハリーのまわりに、ハリーの体の中に渦巻いている――。

「ハリー！　ハリー！　しっかりして」だれかがハリーの頰をたたいている。

「う、うーん？」

ハリーは目を開けた。体の上にランプがあった。床が揺れている――ホグワーツ特急がふたたび動き出し、車内は明るくなっていた。ハリーは座席から床に滑り落ちたらしい。ロンとハーマイオニーがすぐ脇にかがみ込んでいた。その上から覗《のぞ》き込んでいるネビルとルーピン先生が見える。ハリーはとても気分が悪かった。鼻のメガネを押し上げようと手を当てると、顔に冷や汗が流れていた。

ロンとハーマイオニーがハリーを抱えて席にもどした。

「大丈夫かい？」ロンが怖々《こわごわ》聞いた。

「ああ」ハリーはドアのほうをちらっと見た。頭巾の生き物は消えていた。「なにが起こったの？　どこに行ったんだ――あいつは？　だれがさけんだの？」

「だれもさけびやしないよ」ますます心配そうにロンが答えた。

ハリーは明るくなったコンパートメントをぐるりと見た。ジニーとネビルが、二人とも蒼白な顔でハリーを見返している。

「でも、僕、さけび声を聞いたんだ――」

パキッという大きな音で、みな飛び上がった。ルーピン先生が巨大な板チョコを割っていた。

「さあ」先生がハリーに特別大きいひと切れを渡しながら言った。「食べるといい。気分がよくなるから」

ハリーは受け取ったが食べなかった。

「あれはなんだったのですか？」ハリーがルーピン先生に聞いた。

「ディメンター、吸魂鬼《きゅうこんき》だ」

他のみなにもチョコレートを配りながら、ルーピン先生が答えた。

「アズカバンの吸魂鬼《ディメンター》の一人だ」

みないっせいに先生を見つめた。ルーピン先生は、空になったチョコレートの包み紙を丸めてポケットに入れた。

「食べなさい」先生が繰り返した。

「元気になる。わたしは運転士と話してこなければ。失礼……」

先生はハリーの横をゆらりと通り過ぎ、通路へと消えた。

「ハリー、ほんとに大丈夫？」ハーマイオニーが心配そうにハリーをじっと見た。

「僕、わけがわからない……なにがあったの？」ハリーはまだ流れている額《ひたい》の汗を拭《ぬぐ》った。

「ええ――あれが――あの吸魂鬼が――あそこに立って、ぐるりと見回したの。……っていうか、そう思っただけ。だって顔が見えなかったんだもの……。そしたら――あなたが――あなたが――」

「僕、君が引きつけかなにか起こしたのかと思った」

ロンが言った。まだ恐ろしさが消えない顔だった。

「君、なんだか硬直して、座席から落ちて、ひくひくしはじめたんだ――」

「そしたら、ルーピン先生があなたをまたいで吸魂鬼のほうに歩いていって、杖《つえ》を取り出したの」ハーマイオニーが続けた。「そしてこう言ったわ。『シリウス・ブラックをマントの下に匿《かくま》っている者はだれもいない。去れ』って。でも、あいつは動かなかった。そしたら先生がなにかブツブツ唱えて、銀色のものが吸魂鬼に向かって杖から飛び出して、そしたら、あいつは背を向けてすーっといなくなったの……」

「怖かったよぉ」ネビルの声がいつもより上ずっていた。「あいつが入ってきたときどんなに寒かったか、みんな感じたよね？」

「僕、妙な気持ちになった」ロンが気味悪そうに肩を揺すった。「もう一生楽しい気分になれないんじゃないかって……」

ジニーはハリーと同じくらい気分が悪そうで、隅のほうで膝《ひざ》を抱え、小声ですすり上げていた。ハーマイオニーがそばに行って、慰めるようにジニーを抱いた。

「だけど、だれか――座席から落ちた?」ハリーが気まずそうに聞いた。

「ううん」ロンがまた心配そうにハリーを見た。「ジニーがめちゃくちゃ震えてたけど……」

ハリーにはなにがなんだかわからなかった。インフルエンザの病み上がりのように、弱り、震えていた。しかも恥ずかしくなってきた。みなは大丈夫だったのに、なぜ自分だけがこんなにひどいことになったのだろう?

ルーピン先生がもどってきた。入ってくるなり先生はちょっと立ち止まり、全員を見回して、ふっと笑った。

「おやおや、チョコレートに毒なんか入れてないよ……」

ハリーはひと口かじった。驚いたことに、たちまち手足の先まで一気に暖かさが広がった。

「あと十分でホグワーツに着く。ハリー、大丈夫かい?」ルーピン先生が言った。

なぜ自分の名前を知っているのか、ハリーは聞かなかった。

「はい」バツが悪くて、ハリーはつぶやくように答えた。

到着まで、だれもが口数を減らした。ようやく汽車はホグズミード駅で停車し、下車するのがまたひと騒動だった。ふくろうがホーホー、猫はニャーニャー、ネビルのペットのヒキガエルは帽子の下でゲロゲロ鳴いた。狭いプラットホームは凍るような冷たさで、氷のような雨がたたきつけていた。

「イッチ年生はこっちだ！」

懐かしい声が聞こえた。ハリー、ロン、ハーマイオニーが振り向くと、プラットホームの向こう端にハグリッドの巨大な輪郭が見えた。びくびくの新入生を、例年のように湖を渡る旅に連れていくために、ハグリッドが手招きしている。

「三人とも元気かぁ？」

ハグリッドが群れの頭越しに大声で呼びかけた。三人ともハグリッドに手を振ったが、話しかける機会はなかった。まわりの人波が、三人をホームから逸《そ》れる方向へと押し流していた。三人ともその流れに従い、凸凹《でこぼこ》のぬかるんだ馬車道に出た。そこに、ざっと百台の馬車が生徒たちを待ち受けていた。馬車は透明の馬に引かれている、とハリーはそう思うしかなかった。なにしろ馬車に乗り込んで扉を閉めるとひとりでに走り出し、ガタゴトと揺れながら隊列を組んで進んでいくのだ。

馬車はかすかにかびと藁《わら》の匂いがした。ハリーはチョコレートを食べて気分はよくなっていたが、まだ体に力が入らなかった。ロンとハーマイオニーは、ハリーがまた気絶することを恐れているかのように、横目で始終ハリーを窺《うかが》っていた。

馬車は壮大な鉄の門をゆるゆると走り抜けた。門の両脇に石柱があり、そのてっぺんに羽を生やしたイノシシの像が立っている。頭巾《ずきん》をかぶった、そびえ立つような吸魂鬼《ディメンター》がここにも二人、門の両脇を警護しているのをハリーは見た。またしても冷たい吐き気に襲われそうになり、ハリーはボコボコした座席のクッションに深々と寄りかかり、門を通過し終わるまで目を閉じていた。城に向かう長い上り坂で、馬車はさらに速度を上げた。ハーマイオニーは小窓から身を乗り出し、次第に大きくなる城の尖塔《せんとう》や大小の塔を眺めていた。ついに、ひと揺れして馬車が止まり、ハーマイオニーとロンが降《お》りた。

ハリーが降りるときに、気取った、いかにもうれしそうな声が聞こえてきた。

「ポッター、気絶したんだって？　ロングボトムは本当のことを言ってるのかな？　本当に気絶なんかしたのかい？」

マルフォイは肘《ひじ》でハーマイオニーを押し退《の》け、ハリーと城への石段との間に立ちはだかった。喜びに顔を輝かせ、薄青い目が意地悪く光っている。

「失《う》せろ、マルフォイ」ロンは歯を食いしばっていた。

「ウィーズリー、君も気絶したのか？」マルフォイは大声で言った。「あのこわーい吸魂鬼で、ウィーズリー、君も縮み上がったのかい?」

「どうしたんだい?」

穏やかな声がした。ルーピン先生が次の馬車から降りてきたところだった。

マルフォイは横柄な目つきでルーピン先生をじろじろ見た。その目でローブのつぎはぎや、ボロボロの鞄を眺め回した。

「いいえ、なにも――えーと――せんせい」

マルフォイの声にかすかに皮肉が込められていた。クラッブとゴイルににんまり笑いかけ、マルフォイは二人を引き連れて城への石段を上った。

ハーマイオニーがロンの背中を突ついて急がせた。生徒の群がる石段を、三人は群れに交じって上がり、正面玄関の巨大な樫《かし》の扉を通り、広々とした玄関ホールに入った。そこは松明《たいまつ》で明々と照らされ、上階に通ずる壮大な大理石の階段があった。

右に大広間への扉が開いている。ハリーは群れの流れについて中に入った。大広間の天井は、魔法で今日の夜空と同じ雲の多い真っ暗な空に変えられていたが、それを一目見る間もなく、名前を呼ばれた。

「ポッター! グレンジャー! 二人とも私《わたくし》のところにおいでなさい!」

二人が驚いて振り向くと、「変身術」の教授でグリフィンドールの寮監《りょうかん》、マクゴナガル先生が、生徒たちの頭越しに向こうのほうから呼んでいた。厳格な顔をした教師で、髪をきっちりと結い上げてシニョンを作り、四角い縁のメガネの奥には鋭い目があった。人込みをかき分けて先生へと歩きながら、ハリーは不吉な予感がした。マクゴナガル先生はなぜか、自分が悪いことをしたにちがいないという気持ちにさせる。

「そんな心配そうな顔をしなくてよろしい。──ちょっと私《わたくし》の事務室で話があるだけです」先生は二人にそう言った。「ウィーズリー、あなたはみんなと行きなさい」

マクゴナガル先生がハリーとハーマイオニーを引き連れて、にぎやかな生徒の群れから離れていくのを、ロンはじっと見つめていた。二人は先生に従って、玄関ホールを横切り、大理石の階段を上がって廊下を歩いた。

事務室に着くと、先生は二人に座るよう示した。小さな部屋には、心地よい暖炉の火が勢いよく燃えていた。先生は事務机の向こう側に座り、唐突に切り出した。

「ルーピン先生が前もってふくろう便をくださいました。ポッター、汽車の中で気分が悪くなったそうですね」

ハリーが答える前に、ドアを軽くノックする音がした。校医のマダム・ポンフリーが気ぜわしく入ってきた。

ハリーは顔が熱くなるのを感じた。気絶したのかなんだったのかは別にして、それだけでも十分恥ずかしいのに、みなが大騒ぎするなんて。

「僕、大丈夫です。なんにもする必要はありません」ハリーが言った。

「おや、またあなたなの？」

マダム・ポンフリーはハリーの言葉を無視し、かがみ込んでハリーの顔を近々と見つめた。

「さしずめ、またなにか危険なことをしたのでしょう？」

「ポッピー、吸魂鬼《ディメンター》なのよ」マクゴナガル先生が言った。

二人は暗い表情で目を見交わした。マダム・ポンフリーは不満そうな声を出した。

「吸魂鬼を学校のまわりに放つなんて」

マダム・ポンフリーはハリーの前髪をかき上げて額《ひたい》の熱を測りながらつぶやいた。

「倒れるのはこの子だけではないでしょうよ。そう、この子はすっかり冷え切っています。恐ろしい連中ですよ、あいつらは。もともと繊細な者に連中がどんな影響を及ぼすことか――」

「僕、繊細じゃありません！」ハリーは反発した。

「ええ、そうじゃありませんとも」マダム・ポンフリーは、今度はハリーの脈を取りながら、上の空で答えた。

「この子にはどんな処置が必要ですか？」マクゴナガル先生がきびきびと聞いた。

「絶対安静ですか？　今夜は医務室に泊めたほうがよいのでは？」

「僕、大丈夫です！」

ハリーははじかれたように立ち上がった。医務室に入院させられたとなればドラコ・マルフォイになにを言われるか、考えるだけでも苦痛だった。

「そうね、少なくともチョコレートは食べさせないと」

今度はハリーの目を覗《のぞ》き込もうとしながら、マダム・ポンフリーが言った。

「もう食べました。ルーピン先生にいただきました。みんなにくださったんです」

ハリーが急き込んで言った。

「そう。本当に？」マダム・ポンフリーは満足げだった。「それじゃ、『闇の魔術に対する防衛術』の先生がようやく見つかったということね。ちゃんとした治療法を知っている先生が」

「ポッター、本当に大丈夫なのですね？」マクゴナガル先生が念を押した。

「はい」ハリーが答えた。

「いいでしょう。ミス・グレンジャーとちょっと時間割の話をする間、外で待っていらっしゃい。そのあとで一緒に宴会に参りましょう」

ハリーはマダム・ポンフリーとともに廊下に出た。マダム・ポンフリーはブツブツひとり言をつぶやきながら医務室にもどっていく。ほんの数分待っただけで、ハーマイオニーがなんだかすごくうれしそうな顔をして現れた。そのあとからマクゴナガル先生が出てきて、三人でさきほど上ってきた大理石の階段を下り、大広間に入った。

尖《と》んがり三角帽子がずらりと並んでいた。寮の長テーブルにはそれぞれの寮生が座り、テーブルの上に浮いている何千本という蠟燭《ろうそく》の灯《あか》りに照らされてどの顔もちらちら輝いていた。くしゃくしゃな白髪の小さな魔法使い、フリットウィック先生が、古めかしい帽子と四本脚の丸椅子を大広間から運び出していた。

「あぁ」ハーマイオニーが小声で言った。「組分けを見逃しちゃった！」

ホグワーツの新入生は「組分け帽子」をかぶって、入る寮を決めてもらう。生徒ごとに、一番ふさわしい寮の名前（グリフィンドール、レイブンクロー、ハッフルパフ、スリザリン）を帽子が大声で発表するのだ。マクゴナガル先生は教職員テーブルの自分の席へと闊歩《かっぽ》し、ハリーとハーマイオニーは反対方向のグリフィンドールのテーブルに、できるだけ目立たないように歩いた。大広間の後ろのほうを二人が通ると周囲の生徒が振り返り、ハリーを指さす生徒も何人かいる。吸魂鬼《ディメンター》の前で倒れたという話が、そんなに早く伝わったのだろうか？

ロンが席を取っておいてくれた。ハリーとハーマイオニーは、ロンの両脇に座った。

「いったいなんだったの？」ロンが小声でハリーに聞いた。

ハリーが耳打ちで説明をしはじめたとき、校長先生が挨拶に立ち上がったので、ハリーは話を中断した。

ダンブルドア校長は相当の年齢だったが、いつも偉大なエネルギーを感じさせた。長い銀髪と顎《あご》ひげは一メートルあまり。半月形のメガネをかけ、鉤鼻《かぎばな》が極端に折れ曲がっていた。しばしば、いまの時代の最も偉大な魔法使いと称されているが、それだからハリーはダンブルドアを尊敬しているのではなかった。アルバス・ダンブルドアは、だれもを自然に信用したくなる気持ちにさせる。ハリーはダンブルドアがにっこりと生徒たちに笑いかけるのを見ながら、吸魂鬼がコンパートメントに入ってきたとき以来はじめて、心から安らいだ気持ちになっていた。

「おめでとう！」

ダンブルドアの顎ひげが蠟燭《ろうそく》の光でキラキラ輝いた。

「新学期おめでとう！　みなにいくつかお知らせがある。一つはとても深刻な問題じゃから、みながご馳走でぼうっとなる前に片づけてしまうほうがよかろうの……」

ダンブルドアは咳《せき》ばらいしてから言葉を続けた。

「ホグワーツ特急での捜査があったからみなも知ってのとおり、わが校は、ただいまアズカバンの吸魂鬼《きゅうこんき》、つまりディメンターたちを受け入れておる。魔法省の用でここにきておるのじゃ」

ダンブルドアは言葉を切った。ハリーはウィーズリー氏の話を思い出した……。吸魂鬼が学校を警備することを、ダンブルドアは快く思っていない。

「吸魂鬼たちは学校への入口という入口を固めておる。あの者たちがここにいるかぎり、はっきり言うておくが、だれも許可なしに学校を離れてはならんぞ。吸魂鬼は悪戯《いたずら》や変装に引っかかるような代物《しろもの》ではない。――『透明マント』でさえむだじゃ」

ダンブルドアがさらりとつけ加えた言葉に、ハリーとロンはちらりと目を見交わした。

「言い訳やお願いを聞いてもらおうとしても、吸魂鬼には生来できない相談じゃ。それじゃから、一人ひとりに注意しておく。あの者たちがみなに危害を加えるような口実を与えるではないぞ。監督生《かんとくせい》よ、男子、女子それぞれの新任の首席よ、頼みましたぞ。だれ一人として吸魂鬼といざこざを起こすことのないよう気をつけるのじゃ」

ハリーから数席離れて座っていたパーシーが、またまた胸を張り、もったいぶって周囲を見回した。ダンブルドアはふたたび言葉を切り、深刻そのものの顔つきで大広間をぐるっと見渡した。だれ一人身動きもせず、声を出す者もいなかった。

「楽しい話に移ろうかの」

ダンブルドアが言葉を続けた。

「今学期から、うれしいことに、新任の先生を二人、お迎えすることになった」

「まず、ルーピン先生。ありがたいことに、空席になっている『闇の魔術に対する防衛術』の担当をお引き受けくださった」

パラパラとあまり気のない拍手が起こった。ルーピン先生と同じコンパートメントに居合《いあ》わせた生徒だけが、ハリーも含めて大きな拍手をした。一帳羅《いっちょうら》を着込んで並んでいる先生方の間に入って、ルーピン先生はいっそうみすぼらしく見えた。

「スネイプを見てみろよ」ロンがハリーの耳元でささやいた。

「魔法薬学《まほうやくがく》」のスネイプ先生が、教職員テーブルの向こう側からルーピン先生を睨《にら》んでいる。スネイプが「闇の魔術に対する防衛術」の席を狙っているのは周知の事実だが、それでも、頬のこけた土気色の顔を歪めているスネイプの表情には、スネイプが大嫌いなハリーですらどきりとするものがあった。怒りを通り越した憎しみの表情だ。ハリーにはおなじみの、あの表情。スネイプがハリーを見るときの目つきそのものだ。

「もう一人の新任の先生は」

ルーピン先生へのパッとしない拍手がやむのを待って、ダンブルドアが続けた。

「ケトルバーン先生は『魔法生物飼育学《まほうせいぶつしいくがく》』の先生じゃったが、残念ながら前年度末をもって退職なさることになった。手足が一本でも残っているうちに余生を楽しまれたいとのことじゃ。そこで後任じゃが、うれしいことに、ほかならぬルビウス・ハグリッドが、現職の森番役に加えて教鞭《きょうべん》を取ってくださることになった」

ハリー、ロン、ハーマイオニーは驚いて顔を見合わせた。そして三人ともみなと一緒に拍手した。とくにグリフィンドールからの拍手は割れんばかりだった。ハリーが身を乗り出してハグリッドを見ると、夕日のように真っ赤な顔をして自分の巨大な手を見つめている。うれしそうにほころんだ顔も真っ黒なもじゃもじゃひげに埋《うず》もれていた。

「そうだったのか！」ロンがテーブルをたたきながらさけんだ。「噛《か》みつく本を教科書に指定するなんて、ハグリッド以外にいないよな？」

ハリー、ロン、ハーマイオニーは一番最後まで拍手し続けた。ダンブルドア校長がまた話しはじめると、ハグリッドがテーブルクロスで目を拭《ぬぐ》ったのを三人はしっかりと見た。

「さて、これで大切な話はみな終わった」ダンブルドアが宣言した。「さあ、宴《うたげ》じゃ！」

目の前の金の皿、金の杯《さかずき》に突然食べ物が、飲み物が現れた。ハリーは急に空腹を覚え、手当たり次第がつがつと食べた。

すばらしいご馳走だった。大広間には話し声、笑い声、ナイフやフォークの触《ふ》れ合う音がにぎやかに響き渡った。それでもハリー、ロン、ハーマイオニーは、宴会が終わってハグリッドと話をするのが待ち遠しかった。先生になるということがハグリッドにとってどんなにうれしいことなのか、三人にはよくわかっていた。ハグリッドは一人前の魔法使いではなかった。自身が三年生のとき、無実の罪でホグワーツから退校処分を受けたのだ。ハリー、ロン、ハーマイオニーの三人が、一年前ハグリッドの名誉を回復した。

最後に、かぼちゃタルトが金の皿から溶けるようになくなり、ダンブルドアがみな寝る時間だと宣言したあと、やっと話すチャンスがやってきた。

「おめでとう、ハグリッド！」

三人で教職員テーブルに駆け寄りながら、ハーマイオニーが黄色い声を上げた。

「みんな、おまえさんたち三人のおかげだ」

てかてかに光った顔をナプキンで拭《ぬぐ》い、ハグリッドは三人を見上げた。

「信じらんねぇ……偉いお方だ、ダンブルドアは……。ケトルバーン先生がもうたくさんだって言いなすってから、まぁっすぐおれの小屋にきなすった……こいつは、おれがやりたくてたまんなかったことなんだ……」

感きわまって、ハグリッドはナプキンに顔を埋《うず》めた。マクゴナガル先生が三人にあっちに行きなさいと合図した。

三人はグリフィンドール生に交じって大理石の階段を上り、すっかり疲れ果てながらまた廊下を通り、またまた階段を上がり、グリフィンドール塔の秘密の入口にたどり着いた。ピンクのドレスを着た「太った婦人《レディ》」の大きな肖像画がたずねた。

「合言葉は？」

「道を空けて！　道を空けて！」後ろからパーシーがさけぶ声がした。

「新しい合言葉は『フォルチュナ・マジョール！　たなぼた！』」

「あーあ」

ネビル・ロングボトムが悲しげな声を出した。合言葉を覚えるのがいつも一苦労なのだ。

肖像画の裏の穴を通り、談話室を横切り、女子寮と男子寮に別れ、それぞれの階段を上がった。ハリーは螺旋《らせん》階段を上りながら、頭の中はただただ帰ってこられてうれしいという想いで一杯だった。懐かしい、円形の寝室には四本柱の天蓋《てんがい》つきベッドが五つ置かれていた。ハリーはぐるりと見回して、やっと我が家に帰ってきたような気がした。

第6章　鉤爪と茶の葉

翌朝、ハリー、ロン、ハーマイオニーが朝食をとりに大広間に行くと、最初にドラコ・マルフォイが目に入った。どうやら、とてもおかしな話をして大勢のスリザリン生を沸《わ》かせているらしい。三人が通りかかると、マルフォイはばかばかしい仕草で気絶するまねをし、どっと笑い声が上がった。

「知らんぷりよ」ハリーのすぐ後ろにいたハーマイオニーが言った。「無視して。相手にするだけ損……」

「あーら、ポッター！」

パグ犬のような顔をしたスリザリンの女子生徒、パンジー・パーキンソンがかん高い声で呼びかけた。

「ポッター！　吸魂鬼《ディメンター》がくるわよ。ほら、ポッター！　うううううううう！」

ハリーはグリフィンドールの席にドサッと座った。隣にジョージ・ウィーズリーがいた。

「三年生の新学期の時間割だ」ジョージが時間割を手渡しながら聞いた。「ハリー、なんかあったのか？」

「マルフォイのやつ」ジョージの向こう隣に座り、スリザリンのテーブルを睨《にら》みつけながら、ロンが言った。

ジョージが目をやると、ちょうど、マルフォイが、またしても恐怖で気絶するまねをしているところだった。

「あの、ろくでなし野郎」ジョージは落ち着いたものだ。「昨日の夜はあんなに気取っちゃいられなかったようだぜ。列車の中で吸魂鬼がこっちに近づいてきたときにゃ、おれたちのコンパートメントに駆け込んできたくらいだ。なぁ、フレッド？」

「ほとんどお漏《も》らししかかってたぜ」フレッドが軽蔑の目でマルフォイを見た。

「おれだってうれしくはなかったさ」ジョージが言った。「あいつら、恐ろしいよな。あの吸魂鬼ってやつらは」

「なんだか体の内側を凍らせるんだ。そうだろ？」フレッドだ。

「だけど、気を失ったりしなかっただろ？」ハリーが低い声で聞いた。

「忘れろよ、ハリー」ジョージが励ますように言った。「親父が、いつだったか、アズカバンに行かなきゃならない用事があったんだ。フレッド、覚えてるか？　あんなひどいところには行ったことがないって、親父が言ってたよな。帰ってきたときにゃ、すっかり弱って、震えてたな……。やつらは幸福ってものをその場から吸い取ってしまうんだ。吸魂鬼《ディメンター》ってやつはさ。あそこじゃ、囚人はだいたいおかしくなっちまう」

「ま、おれたちとのクィディッチ第一戦のあとでマルフォイがどのくらい幸せでいられるか、拝見しようじゃないか」フレッドが言った。「グリフィンドール対スリザリン。シーズン開幕戦だ。覚えてるか？」

ハリーとマルフォイがクィディッチで対戦したのはたった一度。マルフォイの完敗だった。少し気をよくして、ハリーはソーセージと焼トマトに手を伸ばした。

ハーマイオニーは新しい時間割を調べていた。

「わあ、うれしい。今日から新しい学科がもう始まるわ」幸せそうな声だ。

「ねえ、ハーマイオニー」ロンがハーマイオニーの肩越しに覗《のぞ》き込んで顔をしかめた。「君の時間割、メチャクチャじゃないか。ほら――一日に十科目もあるぜ。そんなに時間があるわけないよ」

「なんとかなるわ。マクゴナガル先生と一緒にちゃんと決めたんだから」

「でも、ほら」ロンが笑い出した。「この日の午前中、わかるか？　九時、『占い学』。そして、その下だ。九時、『マグル学』。それから――」

まさか、とロンは身を乗り出して、よくよく時間割を見た。

「おいおい――その下に、『数占い学』、九時ときたもんだ。そりゃ、君が優秀なのは知ってるよ、ハーマイオニー。だけど、そこまで優秀な人間がいるわけないだろ。三つの授業にいっぺんにどうやって出席するんだ？」

「ばか言わないで。一度に三つのクラスに出るわけないでしょ」

ハーマイオニーは口速《くちばや》に答えた。

「じゃ、どうなんだ――」

「ママレード取ってくれない」ハーマイオニーが言った。

「だけど――」

「ねえ、ロン。私の時間割がちょっと詰《つ》まってるからって、あなたには関係ないでしょ？」ハーマイオニーがぴしゃりと言った。「言ったでしょ。私、マクゴナガル先生と一緒に決めたの」

ハグリッドが大広間に入ってきた。長い厚手木綿《モールスキン》のオーバーを着て、片方の巨大な手にケナガイタチの死骸《しがい》をぶら下げ、無意識にぐるぐる振り回している。

「元気か？」

教職員テーブルに向かいながら、立ち止まったハグリッドが真顔で声をかけた。

「おまえさんたちがおれのイッチ番最初の授業だ！　昼食のすぐあとだぞ！　五時

起きして、なんだかんだ準備してたんだ……うまくいきゃいいが……おれが、先生……いやはや……」

ハグリッドはいかにもうれしそうに笑い、教職員テーブルに向かった。まだケナガイタチをぐるぐる振り回している。

「なんの準備をしてたんだろ？」ロンの声はちょっぴり心配そうだった。

生徒が各々最初の授業に向かいはじめ、大広間が次第に空になってきた。ロンが自分の時間割を調べた。

「僕たちも行ったほうがいい。ほら、『占い学』は北塔《きたとう》のてっぺんでやるんだ。着くのに十分はかかる……」

あわてて朝食をすませ、フレッドとジョージにまたねと言って、三人はきたときと同じように大広間を横切った。スリザリンのテーブルを通り過ぎる際、マルフォイがまたもや気絶するふりをした。どっと笑う声が、ハリーが玄関ホールに入るまで追いかけてきた。

城の中を通って北塔へ向かう道のりは遠かった。ホグワーツで二年を過ごしても、城の隅々までを知り尽くしてはいない。その上、北塔には入ったこともない。

「どっか――ぜったい――近――道が――ある――はず――だ」

七つ目の長い階段を上り、見たこともない踊り場にたどり着くと、ロンが喘《あえ》ぎながら言った。あたりにはなにもなく、石壁にぽつんとだだ広い草地の大きな絵が一枚かかっていた。

「こっちだと思うわ」右のほうの人気のない通路を覗《のぞ》いて、ハーマイオニーが言った。

「そんなはずないよ」ロンだ。「そっちは南だ。ほら、窓から湖がちょっぴり見えるだろ……」

ハリーは絵を見物していた。太った灰色葦毛《あしげ》の馬がのんびりと草地に現れ、無頓《むとん》着《ちゃく》に草を食《は》みはじめた。ホグワーツの絵は、中身が動いたり、額を抜け出して互いに訪問したりする。ハリーはもう慣れっこになってはいたが、絵を見物するのはやはり楽しかった。まもなくずんぐりした小さい騎士が、鎧兜《よろいかぶと》をガチャつかせ、仔馬《こうま》を追いかけながら絵の中に現れた。鎧の膝《ひざ》のところに草がついているところからして、いましがた落馬したばかりの様子だ。

「やぁやぁ！」ハリー、ロン、ハーマイオニーを見つけて騎士がさけんだ。

「わが領地に侵入せし、ふとどきな輩《やから》は何者ぞ！　もしや、わが落馬を嘲《あざけ》りにきたるか？　抜け、汝《なんじ》が刃《やいば》を。いざ、犬ども！」

小さな騎士が鞘《さや》を払い、剣を抜き、怒りに跳びはねながら荒々しく剣を振り回すのを、三人は驚いて見つめた。なにしろ剣が長すぎて、一段と激しく振った拍子にバランスを失い、騎士は顔から先に草地に突んのめってしまったのだ。

「大丈夫ですか？」ハリーは絵に近づいた。

「下がれ、下賤《げせん》のホラ吹きめ！　下がりおろう、悪党め！」

騎士はふたたび剣をにぎり、剣にすがって立ち上がろうとしたが、刃《やいば》は深々と草地に突き刺さってしまって、騎士が金剛力《こんごうりき》で引いても二度とふたたび抜くことはできなかった。ついに、騎士は草地にどっかり座り込み、兜の前面を押し上げて汗まみれの顔を拭《ぬぐ》った。

「あの」騎士が疲労困憊《こんぱい》しているのに乗じて、ハリーが声をかけた。「僕たち、北塔《きたとう》を探してるんです。道をご存知ではありませんか？」

「探求であったか！」

騎士の怒りはとたんに消え去ったようだ。鎧《よろい》をガチャつかせて立ち上がると、騎士は一声さけんだ。

「我が朋輩《ほうばい》よ、我に続け。求めよさらば見つからん。さもなくば突撃し、勇猛果敢に果てるのみ！」

剣を引っ張り抜こうと、もう一度むだなあがきをしたあと、太った仔馬《こうま》にまたがろうとしてこれも失敗し、騎士はまた一声さけんだ。

「されば、徒歩《かち》あるのみ。紳士淑女諸君！　進め！　進め！」

騎士はガチャガチャ派手な音をさせて走り、額縁の左側に飛び込み、見えなくなった。

三人は騎士を追って、鎧の音を頼りに廊下を急いだ。ときどき騎士が前方の絵の中を走り抜けるのが見えた。

「各々方《おのおのがた》ご油断召《め》さるな。最悪のときはいまだ至らず！」

騎士がさけんだ。フープスカート姿の婦人たちを描いた前方の絵の中で、驚き呆《あき》れる婦人方の真ん前に騎士の姿が現れた。その絵は狭い螺旋《らせん》階段の壁に掛かっていた。ハリー、ロン、ハーマイオニーは息を切らしながら急な螺旋階段を上った。上るに従ってめまいがひどくなった。上のほうから人声が聞こえる。やっと教室にたどり着いたのだ。

「さらばじゃ！」なにやら怪しげな僧侶たちの絵に首を突っ込みながら、騎士がまたさけんだ。「さらば、わが戦友よ！　もしまた汝《なんじ》らが、高貴な魂、鋼鉄の筋肉を必要とすることあらば、カドガン卿《きょう》を呼ぶがよい」

「そりゃ、お呼びしますとも」騎士がいなくなってからロンがつぶやいた。「だれか変なのが必要になったらね」

最後の数段を上り切ると、小さな踊り場に出た。他の生徒たちも大方そこに集まっていた。踊り場からの出口はどこにもなかった。ロンがハリーを突ついて天井を指さした。そこに丸い撥《は》ね扉があり、真鍮《しんちゅう》の表札がついている。

「シビル・トレローニー、『占い学』教授」ハリーが読み上げた。

「どうやってあそこに行くのかなぁ？」

その声に答えるかのように、撥ね扉がパッと開き、銀色の梯子《はしご》がハリーのすぐ足元に下りてきた。みな、しんとなった。

「お先にどうぞ」ロンがニヤッと笑った。そこでハリーがまず上ることにした。

ハリーが行き着いたのは、これまで見たこともないような奇妙な教室だった。むしろ、とても教室とは見えない。どこかの屋根裏部屋と昔風の紅茶専門店を掛け合わせたようなところだ。ざっと二十卓以上の小さな丸テーブルが所狭しと並べられ、それぞれのテーブルのまわりには繻子《しゅす》張りの肘掛《ひじかけ》椅子やふかふかした小さな丸椅子が置かれていた。深紅の仄暗《ほのぐら》い灯《あか》りが部屋を満たし、窓という窓のカーテンは閉め切られている。ランプはほとんどが暗赤色のスカーフで覆われていた。息苦しいほどの暑さだ。暖炉の上にはいろいろなものがごちゃごちゃ置かれ、大きな銅のヤカンが火にかけられ、その火から気分が悪くなるほどの濃厚な香りが漂っていた。丸い壁面一杯に棚があり、埃《ほこり》をかぶった羽根、蠟燭《ろうそく》の燃えさし、何組ものボロボロのトランプ、数え切れないほどの銀色の水晶玉、ずらりと並んだ紅茶カップなどが、雑然と詰め込まれていた。

ロンがハリーのすぐそばに現れ、他の生徒たちも二人のまわりに集まった。みな声をひそめて話している。

「先生はどこだい？」ロンが言った。

「ようこそ」暗がりから、突然声がした。霧のかなたから聞こえるようなか細い声だ。「この現世《うつしよ》で、とうとうみなさまにお目にかかれてうれしゅうございますわ」声が言った。

大きな、キラキラした昆虫。ハリーはとっさにそう思った。トレローニー先生は暖炉の灯《あか》りの中に進み出た。みなの目に映ったのは、ひょろりとやせた女性だ。大きなメガネをかけて、そのレンズが先生の目を実物より数倍も大きく見せていた。スパンコールで飾った透き通るショールをゆったりとまとい、折れそうな首から鎖やビーズ玉を何本もぶら下げ、腕や手は腕輪や指輪で地肌が見えない。

「お掛けなさい。あたくしの子供たちよ。さあ」

先生の言葉で、おずおずと肘掛《ひじかけ》椅子に這《は》い上がる生徒もあれば、丸椅子に身を埋《うず》める者もいた。ハリー、ロン、ハーマイオニーは同じ丸テーブルに着いた。

「『占い学』にようこそ」

トレローニー先生自身は、暖炉前の、背もたれの高いゆったりした肘掛椅子に座った。

「あたくしがトレローニー教授です。たぶん、あたくしの姿を見たことがないでしょうね。学校の俗世の騒がしさの中にしばしば降りて参りますと、あたくしの『心眼』が曇ってしまいますの」

この思いもかけない宣告に、だれ一人返す言葉もなかった。トレローニー先生はたおやかにショールをかけなおし、話を続けた。

「みなさまがお選びになったのは、『占い学』。魔法の学問の中でも一番難しいものですわ。はじめにお断りしておきましょう。『眼力』の備わっていない方には、あたくしがお教えできることはほとんどありませんのよ。この学問では、書物はあるところまでしか教えてくれませんの……」

この言葉にハリーとロンはニヤッとし、同時にハーマイオニーをちらっと見た。書物がこの学科にはあまり役に立たないと聞いて、ハーマイオニーはひどく驚いていた。

「いかに優れた魔法使いや魔女たりとも、派手な音や匂いに優れ、雲隠れ術に長《た》けていても、未来の神秘の帳《とばり》を見透かすことはできません」

巨大な目できらりきらりと生徒たちの不安そうな顔を一人ひとり見つめながら、トレローニー先生は話を続けた。

「かぎられたものだけに与えられる、『天分』とも言えましょう。あなた、そこの男の子」

先生に突然話しかけられて、ネビルは長椅子から転げ落ちそうになった。

「あなたのおばあさまはお元気？」

「元気だと思います」ネビルは不安にかられたようだった。

「あたくしがあなたの立場だったら、そんなに自信ありげな言い方はできませんことよ」

暖炉の火が、先生の長いエメラルドのイヤリングを輝かせた。ネビルがゴクリと唾を飲んだ。トレローニー先生は穏やかに続けた。

「一年間、占いの基本的な方法をお勉強いたしましょう。今学期はお茶の葉を読むことに専念いたします。来学期は手相学に進みましょう。ところで、あなた」

先生は急にパーバティ・パチルを見据《みす》えた。

「赤毛の男子にお気をつけあそばせ」

パーバティは目を丸くしてすぐ後ろに座っていたロンを見つめ、椅子を引いて少しロンから離れた。

「夏の学期には」トレローニー先生はかまわず続けた。「水晶玉に進みましょう。――ただし、炎の呪いを乗り切れたらでございますよ。つまり、不幸なことに、二月にこのクラスは性質《たち》の悪い流感で中断されることになり、あたくし自身も声が出なくなりますの。イースターのころ、クラスのだれかとは永久にお別れすることになりますわ」

この予告で張りつめた沈黙が流れた。トレローニー先生は気にかける様子もない。

「あなた、よろしいかしら」

先生の一番近くにいたラベンダー・ブラウンが、座っていた椅子の中で身を縮めた。

「一番大きな銀のティーポットを取っていただけないこと?」

ラベンダーはほっとした様子で立ち上がり、棚から巨大なポットを取ってきて、トレローニー先生のテーブルに置いた。

「まあ、ありがとう。ところで、あなたの恐れていることですけれど、十月十六日の金曜日に起こりますよ」

ラベンダーが震えた。

「それでは、みなさま、二人ずつ組になってくださいな。棚から紅茶のカップを取って、あたくしのところへいらっしゃい。紅茶を注《つ》いでさし上げましょう。それからお座りになって、お飲みなさい。最後に滓《おり》が残るところまでお飲みなさい。左手でカップを持ち、滓をカップの内側に沿って三度回しましょう。それからカップを受け皿の上に伏せてください。最後の一滴が切れるのを待ってご自分のカップを相手に渡し、読んでもらいます。『未来の霧を晴らす』の五ページ、六ページを見て、葉の模様を読みましょう。あたくしはみなさまの中に移動して、お助けしたりお教えしたりいたしますわ。あぁ、それから、あなた――」

ちょうど立ち上がりかけていたネビルの腕を押さえ、先生が言った。

「二個目のカップを割ってしまったら、次のはブルーの模様の入ったのにしてくださる？　あたくし、ピンクのが気に入ってますのよ」

まさにそのとおり、ネビルが棚に近寄ったとたん、カチャンと陶磁器の割れる音がした。トレローニー先生がほうきと塵取《ちりと》りを持って、すうっとネビルのそばにやってきた。

「ブルーのにしてね。よろしいかしら。……ありがとう……」

ハリーとロンのカップにお茶が注《つ》がれ、二人ともテーブルにもどって火傷するようなお茶を急いで飲んだ。トレローニー先生に言われたとおり、滓の入ったカップを回し、水気を切り、それから二人で交換した。

「よしと！」二人で五ページと六ページを開けながら、ロンが言った。

「僕のカップになにが見える？」

「ふやけた茶色いものがいっぱい」

ハリーが答えた。部屋に漂う濃厚な香料の匂いでハリーは眠くなり、頭がぼうっとなった。

「子供たちよ、心を広げるのです。そして自分の目で俗世を見透かすのです！」トレローニー先生が薄暗がりの中で声を張り上げた。ハリーは集中しようとがんばった。

「よーし。なんだか歪んだ十字架があるよ……」ハリーは『未来の霧を晴らす』を参照しながら言った。「ということは、〝試練と苦難〟が君を待ち受ける――気の毒に――。でも、太陽らしきものがあるよ。ちょっと待って……これは〝大いなる幸福〟だ……それじゃ、君は苦しむけどとっても幸せ……」

「君、はっきり言うけど、心眼の検査をしてもらう必要ありだね」ロンの言葉で吹き出しそうになるのを、二人は必死で押し殺した。トレローニー先生がこちらをじっと見ている。

「じゃ、僕の番だ……」

ロンがまじめに額《ひたい》にしわを寄せ、ハリーのカップをじっと見た。

「なにか山高帽みたいな形になってる」ロンの予言だ。「魔法省で働くことになるかも……」

ロンはカップを逆さまにした。

「だけど、こう見るとむしろどんぐりに近いな……これはなんだろなぁ？」

ロンは『未来の霧を晴らす』をずっとたどった。

「たなぼた、予期せぬ大金。すげえ。少し貸してくれ。それからこっちにもなんかあるぞ」ロンはまたカップを回した。「なんか動物みたい。うん、これが頭なら……カバかな……いや、羊かも……」

ハリーが思わず吹き出したので、トレローニー先生がくるりと振り向いた。

「あたくしが見てみましょうね」

咎《とが》めるようにロンにそう言うと、先生はすうっとやってきて、ハリーのカップをロンからすばやく取り上げた。

トレローニー先生はカップを時計と反対回りに回しながらじっと中を見た。みながしんとなって見つめた。

「隼《はやぶさ》……まあ、あなたは恐ろしい敵をお持ちね」

「でも、そんなことだれでも知ってるわ」ハーマイオニーが聞こえよがしにささやいた。トレローニー先生は、キッとハーマイオニーを睨《にら》んだ。

「だって、そうなんですもの。ハリーと『例のあの人』のことなら、みんなが知ってるわ」

ハリーもロンも、驚きと称賛の入り交じった目でハーマイオニーを見た。ハーマイオニーが先生に対してこんな口のきき方をするのを、二人は見たことがなかった。トレローニー先生はあえて反論しなかった。大きな目をふたたびハリーのカップにもどし、またカップを回しはじめた。

「棍棒《こんぼう》……攻撃。おや、まあ、これは幸せなカップではありませんわね……」

「僕、それは山高帽だと思ったけど」ロンがおずおずと言った。

「髑髏《どくろ》……行く手に危険が。まあ、あなた……」

みなが固唾《かたず》を飲んでじっとトレローニー先生を見つめる中《の》で、先生は最後にもう一度カップを回した。そしてハッと息を呑み、悲鳴を上げた。

またしてもカチャンと陶磁器の割れる音がした。ネビルが二個めのカップを割ったのだ。トレローニー先生は空いていた肘掛《ひじかけ》椅子に身を沈め、ピカピカ飾りたてた手を胸に当て、目を閉じていた。

「おお――かわいそうな子――いいえ――言わないほうがよろしいわ――ええ――お聞きにならないでちょうだい……」

「先生、どういうことですか?」

ディーン・トーマスがすぐさま聞いた。みな立ち上がってそろそろとハリーとロンのテーブルの周囲に集まり、ハリーのカップをよく見ようと、トレローニー先生の座っている椅子に近づいた。

「まあ、あなた」トレローニー先生の巨大な目がドラマチックに見開かれた。「あなたにはグリムが取り憑《つ》いています」

「なにがですって?」ハリーが聞いた。

ハリーだけが知らないわけではなかった。ディーン・トーマスはハリーに向かって肩をすくめて見せたし、ラベンダー・ブラウンはわけがわからないという表情をしている。しかし、他のほとんどの生徒は恐怖のあまり手で口を覆っていた。

「グリム、あなた、死神犬ですよ！」

トレローニー先生は、ハリーに通じなかったのがショックだったらしい。

「墓場に取り憑く巨大な亡霊犬です！　かわいそうな子。これは不吉な予兆——大凶の前兆——死の予告です！」

ハリーは胃の底が抜けた気がした。フローリシュ・アンド・ブロッツ書店にあった『死の前兆』の表紙の犬——マグノリア・クレセント通りの暗がりにいた犬……ラベンダー・ブラウンも今度は口を両手で押さえた。みながハリーを見た。いや、一人を除いて。ハーマイオニーは、立ち上がってトレローニー先生の椅子の後ろに回った。

「死神犬《グリム》には見えないと思うわ」ハーマイオニーは容赦《ようしゃ》なく言った。

トレローニー先生は、嫌悪感を募《つの》らせてハーマイオニーをじろりと品定めした。

「こんなことを言ってごめんあそばせ。あなたにはほとんどオーラが感じられませんのよ。未来の響きへの感受性というものがほとんどございませんわ」

シェーマス・フィネガンは首を左右に傾けていた。

「こうやって見ると、死神犬に見えなくもないよ」シェーマスはほとんど両目を閉じていた。「でもこっちから見るとむしろロバかな」今度は左に首を傾けていた。

「僕が死ぬか死なないか、さっさと決めたらいいだろう！」

自分でも驚きながらハリーはそう言った。もうだれもハリーをまっすぐ見ようとはしなかった。

「今日の授業はここまでにいたしましょう」

トレローニー先生が一段と霧のかなたのような声で言った。

「そう……どうぞお片づけなさってね……」

みな押し黙ってカップをトレローニー先生に返し、教科書をまとめ、鞄を閉じた。ロンまでがハリーの目を避けていた。

「またお会いするまで」トレローニー先生が消え入るような声で言った。

「みなさまが幸運でありますよう。ああ、あなた――」先生はネビルを指さした。

「あなたは次の授業に遅れるでしょう。ですから授業についていけるよう、とくによくお勉強なさいね」

ハリー、ロン、ハーマイオニーは無言でトレローニー先生の梯子《はしご》を下り、曲りくねった階段を下り、マクゴナガル先生の「変身術」のクラスに向かった。マクゴナガル先生の教室を探し当てるのにずいぶん時間がかかり、「占い学」のクラスを早く出たわりには、ぎりぎりだった。

ハリーは教室の一番後ろの席を選んだが、それでもまぶしいスポットライトにさらされているような気がした。クラス中がまるでいつ何時ばったり死ぬかわからないと言わんばかりに、ちらりちらりとハリーを盗み見ていた。マクゴナガル先生が話す「動物もどき《アニメーガス》（自由に動物に変身できる魔法使い）」についての講義も、ほとんど耳に入らなかった。先生が目の前で目のまわりにメガネと同じ形の縞《しま》のあるトラ猫に変身したのも、だれも見ていなかった。

「まったく、今日はみなさんどうしたのですか？」

マクゴナガル先生はポンという軽い音とともに元の姿にもどるなり、クラス中を見回した。

「別にかまいませんが、私《わたくし》の変身がクラスの拍手を浴びなかったのはこれがはじめてです」

みながいっせいにハリーのほうを振り向いたが、だれも口を開かない。するとハーマイオニーが手を挙げた。

「先生、私たち、『占い学』の最初の授業を受けてきたばかりなんです。お茶の葉を読んで、それで――」

すか?」

「ああ、そういうことですか」マクゴナガル先生は顔をしかめた。「ミス・グレンジャー、それ以上は言わなくて結構です。今年はいったいだれが死ぬことになったので

みないっせいに先生を見つめた。

「僕です」しばらくしてハリーが答えた。

「わかりました」

マクゴナガル先生は、きらりと光る目でハリーをしっかりと見た。

「では、ポッター、教えておきましょう。シビル・トレローニーは本校に着任してからというもの、一年に一人の生徒の死を予言してきました。でも、いまだにだれ一人として死んではいません。死の前兆を予言するのは、新しい生徒を迎えるときのあの方のお気に入りの流儀です。私《わたくし》は同僚の先生の悪口はけっして言いません。それでなければ——」

マクゴナガル先生はここで一瞬言葉を切った。みな、先生の鼻の穴が大きくふくらむのを見た。それから先生は、少し落ち着きを取りもどして話を続けた。

「『占い学』というものは魔法の中でも一番不正確な分野の一つです。私《わたくし》があの分野に関しては忍耐強くないということを、みなさんに隠すつもりはありません。真の予言者はめったにいません。そしてトレローニー先生は……」

マクゴナガル先生はふたたび言葉を切り、ごく当たり前の調子で言葉を続けた。

「ポッター、私《わたくし》の見るところ、あなたは健康そのものです。ですから、今日の宿題を免除したりいたしませんからそのつもりで。ただし、もしあなたが死んだら、提出しなくても結構です」

ハーマイオニーが吹き出した。ハリーはちょっぴり気分が軽くなった。トレローニー先生の教室の、赤《あか》い仄暗《ほのぐら》い灯りとぼうっとなりそうな香水から離れてみれば、紅茶の葉の塊《かたまり》ごときに恐れをなすのはかえっておかしいように思えた。しかし、だれもがそう思ったわけではない。ロンはまだ心配そうだったし、ラベンダーは「でも、ネビルのカップはどうなの？」とささやいた。

「変身術」の授業が終わり、三人はどやどやと昼食に向かう生徒たちに交じって、大広間に移動した。

「ロン、元気出して」ハーマイオニーがシチューの大皿をロンのほうに押しながら言った。「マクゴナガル先生のおっしゃったこと、聞いたでしょう」

ロンはシチューを小皿に取り分けフォークを手にしたが、口をつけなかった。

「ハリー」ロンが低い深刻な声で呼びかけた。「君、どこかで大きな黒い犬を見かけたりしなかったよね？」

「うん、見たよ」ハリーが答えた。「ダーズリーのところから逃げたあの夜に」

ロンの取り落としたフォークがカタカタと音を立てた。

「たぶん野良犬よ」ハーマイオニーは落ち着きはらっていた。

気は確かか、とでも言いたげな目つきで、ロンがハーマイオニーを見た。

「ハーマイオニー、ハリーが死神犬《グリム》を見たなら、それは――それはよくないよ。僕の――僕のビリウスおじさんがあれを見たんだ。そしたら――そしたら二十四時間後に死んじゃった！」

「偶然よ！」ハーマイオニーはかぼちゃジュースを注《つ》ぎながら、さらりと言ってのけた。

「君、自分の言っていることがわかってるのか！」ロンは熱くなりはじめた。「死神犬と聞けば、たいがいの魔法使いは震え上がってお先真っ暗なんだぜ！」

「そういうことなのよ」ハーマイオニーは余裕しゃくしゃくだ。「つまり、死神犬を見ると怖くて死んじゃうのよ。死神犬は不吉な予兆じゃなくて、死の原因だわ！　ハリーはまだ生きてて、ここにいるわ。だってハリーはばかじゃないもの。あれを見ても、そうね、つまり『それじゃもう死んだも同然だ』なんてばかなことを考えなかったからよ」

ロンは言い返そうと口をパクパクさせたが、言葉が出なかった。ハーマイオニーは鞄を開け、新しい学科、「数占い学」の教科書を取り出し、ジュースの入った水差しに立てかけた。

『占い学』って、とってもいいかげんだと思うわ」

読みたいページを探しながらハーマイオニーが言った。

「言わせていただくなら、当てずっぽうが多すぎる」

「あのカップの中の死神犬は、全然いいかげんなんかじゃなかった！」ロンはカッカしていた。

「ハリーに『羊だ』なんて言ってたときは、そんなに自信がおありになるようには見えませんでしたけどね」ハーマイオニーは冷静に返した。

「トレローニー先生は君にまともなオーラがないって言った！　君ったら、たった一つでも、自分がくずに見えることが気に入らないんだ」

これはハーマイオニーの弱みを衝いた。ハーマイオニーは「数占い」の教科書でテーブルをバーンとたたいた。あまりの勢いに、肉やらにんじんやらがそこら中に飛び散った。

「お茶の葉の塊《かたまり》に死の予兆を読むふりをすることが、『占い学』での優秀さなんだったら、私、この学科とこのままおつき合いする自信がないわ！　あの授業は『数占い』のクラスに比べたら、まったくのくずよ！」

ハーマイオニーは鞄を引っつかみ、つんけんしながら去っていった。

ロンはその後ろ姿にしかめ面をした。

「あいつ、いったいなに言ってんだよ！」ロンがハリーに話しかけた。「まだ一度も『数占い』の授業に出てないんだぜ、あいつ」

昼食のあと、城の外に出られるのがハリーにはうれしかった。昨日の雨は上がって、空は澄み切った薄ねずみ色だった。しっとりとして柔らかにはずむ草地を踏みしめ、三人は「魔法生物飼育学」の最初の授業に向かっていた。

ロンとハーマイオニーは互いに口をきかない。ハリーも黙って二人の横を歩き、禁じられた森の端にあるハグリッドの小屋をめざして、芝生を下っていった。前を歩いている、いやというほど見慣れた三人の背中に気づき、はじめてハリーはスリザリンとの合同授業なのだと知った。マルフォイがクラッブとゴイルに生き生きと話しかけ、二人がゲラゲラ笑っていた。なにを話しているのかは、聞かなくてもわかる。

ハグリッドが小屋の外で生徒を待っていた。厚手木綿《モールスキン》のオーバーを着込み、足元にはボアハウンド犬のファング。早く始めたくてうずうずしている様子だ。

「さあ、急げ。早くこいや！」生徒が近づくとハグリッドが声をかけた。

「今日はみんなにいいもんがあるぞ！　すごい授業だぞ！　みんなきたか？　ようし、ついてこいや！」

ほんの一瞬ハリーは、ハグリッドが生徒たちを「森」に連れていくのではと、ぎくりとした。ハリーは、もう一生分くらいのいやな思いをあの森で経験した。ハグリッドは森の縁に沿ってどんどん進み、五分後には放牧場のようなところにみなを連れてきた。そこにはなにもいない。

「みんな、ここの柵のまわりに集まれ！」ハグリッドが号令をかけた。

「そーだ――ちゃんと見えるようにしろよ。さーて、イッチ番先にやるこたぁ、教科書を開くこった――」

「どうやって？」ドラコ・マルフォイの冷たい気取った声だ。

「あぁ？」ハグリッドだ。

「どうやって教科書を開けばいいんです？」マルフォイが繰り返した。

マルフォイは『怪物的な怪物の本』を取り出したが、紐《ひも》でぐるぐる巻きに縛ってある。他の生徒も本を取り出した。ハリーのようにベルトで縛っている生徒もあれば、きっちりした袋に押し込んでいたり、大きなクリップで挟んでいる生徒もいた。

「だ、だぁれも教科書をまだ開けなんだのか？」

クラス全員が首を縦に振った。ハグリッドはがっかりしたようだった。

「おまえさんたち、なぜりゃよかったんだ」ハグリッドは、当たり前のことなのに、とでも言いたげだった。

ハグリッドはハーマイオニーの教科書を取り上げ、本を縛りつけていたスペロテープをビリリと剥《は》がした。本は噛《か》みつこうとしたが、ハグリッドの巨大な親指で背表紙をひとなでされると、ぶるっと震えてがばっと開き、ハグリッドの手の中でおとなしくなった。

「ああ、僕たちって、みんな、なんて愚かだったんだろう！」マルフォイが鼻先で笑った。「なでりゃよかったんだ！　どうして思いつかなかったのかねぇ！」

「お……おれはこいつらが愉快《ゆかい》なやつらだと思ったんだが」

ハグリッドが自信なさそうにハーマイオニーに言った。

「ああ、恐ろしく愉快ですよ！」マルフォイが言った。「僕たちの手を噛《か》み切ろうとする本を持たせるなんて、まったくユーモアたっぷりだ！」

「黙れ、マルフォイ」ハリーが静かに言った。

ハグリッドはうなだれている。ハリーはハグリッドの最初の授業をなんとか成功させてやりたかった。

「えーと、そんじゃ」ハグリッドはなにを言うつもりだったか忘れてしまったらしい。「そんで……えーと、教科書はある、と。そいで……えーと……こんだぁ、魔法生物が必要だ。うん。そんじゃ、おれが連れてくる。待っとれよ……」

ハグリッドは大股《おおまた》で森へと入り、姿が見えなくなった。

「まったく、この学校はどうなってるんだろうねぇ」マルフォイが声を張り上げた。「あのウドの大木が教師になって教えるなんて、父上に申し上げたら卒倒なさるだろうなぁ――」

「黙れ、マルフォイ」ハリーが繰《く》り返し言った。

「ポッター、気をつけろ。吸魂鬼《ディメンター》がおまえのすぐ後ろに――」

「ワオォォォォォォー！」ラベンダー・ブラウンが放牧場の向こう側を指さして、かん高い声を出した。

ハリーが見たこともないような奇妙きてれつな生き物が十数頭、早足でこちらへ向かってくる。胴体、後足、尻尾《しっぽ》は馬で、前足と羽、そして頭部は巨大な鳥のように見える。鋼色《はがねいろ》の残忍な嘴《くちばし》と、大きくギラギラしたオレンジ色の目が、鷲《わし》そっくり。前足の鉤爪《かぎづめ》は十五、六センチもあろうか、見るからに殺傷力がありそうだ。それぞれ分厚い革の首輪をつけ、それをつなぐ長い鎖の端をハグリッドの大きな手が全部まとめてにぎっている。ハグリッドは怪獣の後ろから駆け足で放牧場に入ってきた。

「ドウ、ドウ！」

ハグリッドが大きくかけ声をかけ、鎖を振るって生き物を生徒たちの立っている柵のほうへ追いやった。ハグリッドが生徒のところへやってきて、怪獣を柵につなぐ間、じわりじわりとみな後ずさりしていった。

「ヒッポグリフだ！」

みんなに手を振りながら、ハグリッドがうれしそうに大声を出した。

「美しかろう、え？」

ハグリッドの言うことが、ハリーにはわかる気がした。半鳥半馬の生き物を見た最初のショックさえ乗り越えれば、ヒッポグリフの輝くような毛並みが羽から毛へと滑らかに変わっていくさまは、見応えがあった。それぞれ色がちがい、嵐の空のような灰色、赤銅色、赤斑《あかふ》の入った褐色、艶々《つやつや》した栗毛、漆黒《しっこく》など、とりどりだ。

「そんじゃ――」ハグリッドは両手を揉みながら、生徒たちにうれしそうに笑いかけた。「もうちっと、こっちゃこいや……」

だれも行きたがらない。ハリー、ロン、ハーマイオニーだけが、怖々《こわごわ》柵に近づいた。

「まんず、イッチ番先にヒッポグリフについて知らなければなんねえことは、こいつらは誇り高い。すぐ怒るぞ、ヒッポグリフは。侮辱《ぶじょく》しては絶対なんねぇ。そんなことをしてみろ、それがおまえさんたちの最後の仕業になるかもしんねぇぞ」

マルフォイ、クラッブ、ゴイルは、聞いてもいなかった。なにやらひそひそ話をしている。どうやったらうまく授業をぶち壊しにできるか企んでいるのではと、ハリーはいやな予感がした。

「必ず、ヒッポグリフが先に動くのを待つんだぞ」ハグリッドの話は続く。「それが礼儀ってもんだろう、な？　こいつのそばまで歩いてゆく。そんでもってお辞儀《じぎ》する。そんで、待つんだ。こいつがお辞儀を返したら、触ってもいいっちゅうこった。もしお辞儀を返さなんだら、すばやく離れろ。こいつの鉤爪《かぎづめ》は痛いからな」

「よーし――だれが一番乗りだ？」

答える代わりに、ほとんどの生徒がますます後ろに下がった。ハリー、ロン、ハーマイオニーでさえ、うまくいかないのではと思った。ヒッポグリフは猛々《たけだけ》しく首を振りたて、たくましい羽をばたつかせている。つながれているのが気に入らない様子だ。

「だれもおらんのか？」ハグリッドがすがるような目をした。

「僕、やるよ」ハリーが名乗り出た。

すぐ後ろであっと息を呑《の》む声がして、ラベンダーとパーバティがささやいた。

「あぁぁ、だめよ、ハリー。お茶の葉を忘れたの！」

ハリーは二人を無視して、放牧場の柵を乗り越えた。

「偉いぞ、ハリー！」ハグリッドが大声を出した。「よーし、そんじゃ――バックビークとやってみよう」

ハグリッドは鎖を一本解き、灰色のヒッポグリフを群れから引き離して革の首輪を外した。放牧場の柵の向こうでは、生徒全員が息をひそめて見つめていた。マルフォイは意地悪く目を細めている。

「さあ、落ち着け、ハリー」ハグリッドが静かに言った。「目を逸《そ》らすなよ。なるべく瞬《まばた》きするな――ヒッポグリフは、目をしょぼしょぼさせるやつを信用せんからな……」

たちまち目が潤んできたが、ハリーは瞬きをしなかった。バックビークは巨大な鋭い嘴《くちばし》をハリーに向け、猛々《たけだけ》しいオレンジ色の目の片方だけで睨《にら》んでいた。

「そうだ」ハグリッドが声をかけた。「ハリー、それでええんだ……それ、お辞儀《じぎ》だぞ……」

首根っこをバックビークの前にさらすなど本当は気が進まなかったが、ハリーは言われたとおりにした。軽く頭を下げ、そして目を上げた。

ヒッポグリフは依然として気位高くハリーを見据《みす》えていた。動かない。

「あー」ハグリッドの声が心配そうだった。「よぉし――さがって、ハリー。ゆっくりだ――」

しかし、そのときだ。驚いたことに、突然ヒッポグリフが鱗《うろこ》に覆われた前足を折り、どう見てもお辞儀だと思われる格好をした。

「やったぞ、ハリー！」ハグリッドが狂喜した。「よぉし――触ってもええぞ！

嘴《くちばし》をなぜてやれ、ほれ！」

〝下がってもいい〟と言われたほうがうれしいのに、と思いながらもハリーはゆっくりとヒッポグリフに近寄り、手を伸ばした。何度か嘴をなでると、ヒッポグリフはそれを楽しむかのようにとろりと目を閉じた。

全員の拍手が聞こえた。マルフォイ、クラッブ、ゴイルの三人だけは、ひどくがっかりしたようだ。

「よぉし、そんじゃハリー、こいつはおまえさんを背中に乗せてくれると思うぞ」

これは予想外だった。箒《ほうき》ならお手の物だが、ヒッポグリフがまったく同じなのかどうか、自信がない。

「そっから、登れ。翼のつけ根んとっからだ。羽を引っこ抜かねえよう気をつけろ。いやがるからな……」

ハリーはバックビークの翼のつけ根に足をかけ、背中に飛び乗った。おもむろにバックビークが立ち上がった。いったいどこにつかまればいいのかわからない。目の前は一面羽で覆われている。

「そぉれ行け！」ハグリッドがヒッポグリフの尻をパシンとたたいた。

なんの前触れもなしに、四メートルほどもある翼がハリーの左右で開き、羽ばたいた。飛翔《ひしょう》する前に、辛《かろ》うじてヒッポグリフの首にしがみつく。箒とは大ちがいだ。

どちらが好きか、ハリーには言わずもがなだ。ヒッポグリフの翼がハリーの両脇で羽ばたくので、快適とは言えない。それに、両足が翼に引っかかり、いまにも振り落とされそうでひやひやものだ。艶《つや》やかな羽毛で指が滑る。かといって、さらに力を入れてつかむことなど、とてもできない。ニンバス２０００のあの滑らかな動きとはちがって、尻が翼に合わせて上下するヒッポグリフの背中の上で、いまやハリーは前にゆらゆら、後ろにぐらぐらするばかりだった。

　バックビークはハリーを乗せて放牧場の上空を一周したあと、地上をめざした。この瞬間を恐れていた。バックビークの滑らかな首が下を向くと同時に、ハリーはのけ反るような体勢を取った。そうしなければ嘴の上を滑り落ちるように思えた。やがて前後ばらばらな四肢《しし》が、ドサッと着地する衝撃《しょうげき》が伝わり、ハリーはようやくのことで踏み止《とど》まってふたたび上体を立てた。

「よぉくできた、ハリー！」ハグリッドは大声を出し、マルフォイ、クラッブ、ゴイル以外の全員が歓声を上げた。「よぉしと。ほかにやってみたい者《もん》はおるか？」

　ハリーの成功に励まされ、他の生徒も怖々《こわごわ》ながら放牧場に入ってくる。ハグリッドは一頭ずつヒッポグリフを解き放ち、やがて放牧場のあちらこちらで、おずおずとみながお辞儀《じぎ》を始めた。ネビルのヒッポグリフは頑固に膝《ひざ》を折ろうとせず、ネビルは何度もあわてて逃げていた。ロンとハーマイオニーは、ハリーが見ている前で栗毛《くりげ》のヒッポグリフで練習した。

マルフォイたち三人は、ハリーの乗ったバックビークに向かった。バックビークがお辞儀したので、マルフォイは尊大な態度でその嘴《くちばし》をなでていた。

「簡単じゃないか」

もったいぶって、わざとハリーに聞こえるようにマルフォイが言った。

「ポッターにできるんだ、簡単にちがいないと思ったよ。……おまえ、全然危険なんかじゃないなぁ？」マルフォイはヒッポグリフに話しかけた。「そうだろう？　醜《みにく》いデカぶつの野獣君」

鋼色《はがねいろ》の鉤爪《かぎづめ》が光った。マルフォイがヒーッと悲鳴を上げ、次の瞬間ハグリッドがバックビークに首輪をつけようと格闘していた。バックビークはさらにマルフォイを攻撃しようと暴れ、一方のマルフォイは、ローブが見る見る血に染《そ》まり、草の上で身を丸めていた。

「死んじゃう！」マルフォイがわめいた。クラス中がパニックに陥っていた。

「僕、死んじゃう。見てよ！　あいつ、僕を殺した！」

「死にゃあせん！」ハグリッドは蒼白になっていた。「だれか、手伝ってくれ。――この子をこっから連れ出さにゃぁ」

ハグリッドがマルフォイを軽々と抱え上げ、ハーマイオニーが走っていってゲートを開けた。ハリーは、マルフォイの腕に深々と長い裂け目ができているのを見た。血が草地に点々と飛び散っていた。マルフォイを抱えたハグリッドは、急ぎ城に向かって坂を駆《か》け上がっていった。

スリザリンの生徒は全員、口々にハグリッドを罵倒《ばとう》した。

「魔法生物飼育学」の生徒たちは、大ショックを受けてそのあとを追っていった。

「すぐクビにすべきよ！」パンジー・パーキンソンが泣きながら言った。

「マルフォイが悪いんだ！」ディーン・トーマスがきっぱり言った。

クラッブとゴイルが脅すように力瘤《ちからこぶ》を作って腕を曲げ伸ばししている。

石段を上り、全員ががらんとした玄関ホールに入った。

「大丈夫かどうか、わたし見てくる！」パンジーはそう言うと、みなが見守る中、大理石の階段を駆け上がっていった。スリザリン生はまだハグリッドのことをブツブツ罵《のの》りながら、地下牢にある自分たちの寮の談話室に向かった。ハリー、ロン、ハーマイオニーは、グリフィンドール塔に向かって階段を上った。

「マルフォイは大丈夫かしら？」ハーマイオニーが心配そうに言った。

「そりゃ、大丈夫さ。マダム・ポンフリーは切り傷なんかあっという間に治すよ」

ハリーはもっとひどい傷を、校医に魔法で治してもらったことがある。

「だけど、ハグリッドの最初の授業であんなことが起こったのは、まずいよな？」

ロンも心配そうだ。「マルフォイのやつ、やっぱりひっかき回してくれたよな……」

夕食の時間になるやいなや、ハグリッドの顔が見たくて三人は真っ先に大広間に向かった。しかし、ハグリッドの姿はなかった。

「ハグリッドをクビにしたりしないわよね？」

ハーマイオニーはステーキ・キドニー・パイにも手をつけず、不安そうに言った。

「そんなことしないといいけど」ロンもなにも食べていない。

ハリーはスリザリンのテーブルを見ていた。クラッブとゴイルも交じり、大勢が塊《かたまり》になって何事かさかんに話をしていた。マルフォイがけがをしたときの様子を、都合のいいようにでっち上げているにちがいない。

「まあね、休み明けの初日としちゃあ、なかなか波乱に富んだ一日だったと言えなくもないよな」ロンは落ち込んでいた。

夕食後、込み合ったグリフィンドールの談話室でマクゴナガル先生の宿題を始めてはみたものの、三人ともしばしば中断しては塔の窓からちらちらと外を見た。

「ハグリッドの小屋に灯《あか》りが見える」突然ハリーが言った。

ロンが腕時計を見た。

「急げば、ハグリッドに会いにいけるかもしれない。まだ時間も早いし……」

「それはどうかしら」ハーマイオニーがゆっくりそう言いながら、ちらりと自分を見たのにハリーは気づいた。

「僕、校内を歩くのは許されてるんだよ」ハリーはむきになった。

「シリウス・ブラックは、ここではまだ吸魂鬼《ディメンター》を突破していないだろ？」

三人は宿題を片づけ、肖像画の抜け穴から外に出た。果たして外出していいものかどうか完全に自信があったわけではないので、正面玄関に着くまでだれにも会わなかったのはうれしかった。

まだ湿り気を帯びたままの芝生が、黄昏《たそがれ》の中でほとんど真っ黒に見える。ハグリッドの小屋に着いてドアをノックすると、中から「入ってくれ」とうめくような声が返ってきた。

ハグリッドはシャツ姿で、洗い込まれた白木のテーブルの前に座っていた。ボアハウンド犬のファングがハグリッドの膝《ひざ》に頭を載せている。一目見ただけで、ハグリッドが相当深酒をしていることがわかる。バケツほどもある錫製《すずせい》のジョッキを前に、ハグリッドは焦点の合わない目で三人を見た。

「こいつぁ新記録だ」三人がだれかわかったらしく、ハグリッドがどんよりと言った。「一日しかもたねえ先生なんざ、これまでいなかったろう」

「ハグリッド、まさか、クビになったんじゃ！」ハーマイオニーが息を呑《の》んだ。

「まぁだだ」ハグリッドはしょげ切って、なにが入っているやら大ジョッキをぐいと傾けた。「だけんど、時間の問題だわな。マルフォイのことで……」

「あいつ、どんな具合？」三人とも腰掛けながら、ロンが聞いた。「たいしたことないんだろ？」

「マダム・ポンフリーができるだけの手当てをした」ハグリッドがぼんやりと答えた。「だけんど、マルフォイはまだ疼《うず》くと言っとる……包帯ぐるぐる巻きで……うめいとる……」

「ふりをしてるだけだ」ハリーが即座に言った。「マダム・ポンフリーならなんでも治せる。去年なんか、僕の片腕の骨を再生させたんだよ。マルフォイは汚い手を使って、けがを最大限に利用しようとしてるんだ」

「学校の理事たちに知らせが行った。当然な」ハグリッドは萎《しお》れ切っている。「おれがはじめっから飛ばしすぎたって、理事たちが言うとる。ヒッポグリフはもっとあとにすべきだった。……レタス食い虫《フローバーワーム》かなんかっから始めていりゃ……イッチ番の授業にはあいつが最高だと思ったんだがな……みんなおれが悪い……」

「ハグリッド、悪いのはマルフォイのほうよ！」ハーマイオニーが真剣に言った。

「僕たちが証人だ」ハリーが引き取った。「侮辱《ぶじょく》したりするとヒッポグリフが攻撃するって、ハグリッドはそう言った。聞いてなかったマルフォイが悪いんだ。ダンブルドアに、なにが起こったのかちゃんと話すよ」

「そうだよ。ハグリッド、心配しないで。僕たちがついてる」ロンが言った。

ハグリッドの真っ黒なコガネムシのような目の目尻のしわから、涙がポロポロこぼれ落ちた。ハリーとロンをぐいと引き寄せ、ハグリッドは二人を骨も砕けるほど抱きしめた。

「ハグリッド、もう十分飲んだと思うわ」ハーマイオニーは厳しくそう言うと、テーブルからジョッキを取り上げ、中身を捨てに外に出た。

「あぁ、あの子の言うとおりだな」ハグリッドはハリーとロンを放した。二人は胸をさすりながらよろよろと離れた。ハグリッドはよいしょと声を出して立ち上がり、ふらふらとハーマイオニーのあとから外に出た。水の撥《は》ねる大きな音が聞こえてきた。

「ハグリッドはなにをしてるの?」空のジョッキを持ってもどってきたハーマイオニーに、ハリーが心配そうに聞いた。

「水の入った樽《たる》に頭を突っ込んでるわ」ハーマイオニーがジョッキを置いた。

長い髪とひげをびしょ濡れにして目を拭《ぬぐ》いながら、ハグリッドがもどってきた。

「さっぱりした」

ハグリッドが犬のように頭をぶるぶるっと振るうので、三人もびしょ濡れになった。

「なあ、会いにきてくれて、ありがとうよ。ほんとにおれ――」

ハグリッドは急に立ち止まり、まるではじめてそこにいるのに気づいたように、ハリーをじっと見つめた。

「おまえたち、いったいなにしちょる。えっ？」

ハグリッドがあまりに急に大声を出したので、三人とも三十センチほども跳び上がった。

「ハリー、暗くなってからうろうろしちゃいかん！　おまえさんたち！　二人とも！　ハリーを出しちゃいかん！」

ハグリッドはのっしのっしとハリーに近づき、腕をつかまえてドアまで引っ張っていった。

「くるんだ！」ハグリッドは怒ったように言った。「おれが学校まで送っていく。もう二度と、暗くなってからおれに会いにきたりするんじゃねえ。おれにはそんな価値はねえ」

第7章　洋箪笥のまね妖怪

マルフォイは木曜日の昼近くまで姿を見せず、スリザリンとグリフィンドール合同の「魔法薬学」の授業が半分ほど終わったころに現れた。包帯を巻いた右腕を吊り、ふん反り返って地下牢教室に入ってくるさまは、ハリーに言わせれば、まるで恐ろしい戦いに生き残った英雄気取りだ。

「ドラコ、どう?」パンジー・パーキンソンが取ってつけたような笑顔で言った。

「ひどく痛むの?」

「ああ」

マルフォイは勇敢に耐えているようなしかめ面を見せたが、パンジーが向こうを向いたとたん、クラッブとゴイルにウィンクするのをハリーは見逃さなかった。

「座りたまえ、さあ」スネイプ先生は気遣い気味に促した。

ハリーとロンは腹立たしげに顔を見合わせた。遅れて入ってきたのが自分たちだったら、「座りたまえ」なんて言うどころか厳罰を科したにちがいない。スネイプの授業では、マルフォイはいつも、なにをしてもお咎《とが》めなしだった。スネイプはスリザリンの寮監《りょうかん》で、たいてい他の生徒より自分の寮生を贔屓《ひいき》にした。

今日は新しい薬の「縮み薬」を作っていたが、マルフォイはハリーとロンのすぐ隣に自分の鍋《なべ》を据《す》え、三人が同じテーブルで材料を準備することになった。

「先生」マルフォイが呼んだ。「先生、僕、雛菊《ひなぎく》の根を刻むのを手伝ってもらわないと。こんな腕なので――」

「ウィーズリー、マルフォイの根を切ってやりたまえ」

スネイプはこちらを見もせずに言った。ロンが赤レンガ色になった。

「お前の腕はどこも悪くないんだ」ロンが歯を食いしばってマルフォイに言った。

マルフォイはテーブルの向こうでニヤリとした。

「ウィーズリー、スネイプ先生のおっしゃったことが聞こえたろう。根を刻めよ」

ロンはナイフをつかみ、マルフォイの分の根を引き寄せ、めった切りにした。根は大小不揃いに切れた。

「せんせーい」マルフォイが気取った声を出した。「ウィーズリーが僕の根をめった切りにしました」

スネイプがテーブルにやってきて鉤鼻《かぎばな》の上からじろりと根を見据《みす》え、それからロンに向かって、油っこい黒い長髪の下からニタリといやな笑い方をした。

「ウィーズリー、君の根とマルフォイのとを取り替えたまえ」

「先生、そんな――――！」

ロンは十五分もかけて、慎重に自分の根をきっちり同じに揃えて刻んだばかりだった。

「いますぐだ」

スネイプは独特の危険きわまりない声で言った。

ロンは見事に切り揃えた根をテーブルの向こう側のマルフォイへぐいと押しやり、ふたたびナイフをつかんだ。

「先生、それから、僕、この『萎《しな》び無花果《いちじく》』の皮をむいてもらわないと」

マルフォイの声は底意地の悪い笑いをたっぷり含んでいた。

「ポッター、マルフォイの無花果をむいてあげたまえ」

スネイプはいつものように、ハリーのためだけにとっておきの、憎しみのこもった視線を投げつけた。

ハリーはマルフォイの「萎び無花果」の、ロンは結局自分が使うはめになっためった切りの根の作業に取りかかることになった。ハリーはできるだけ急いで無花果の皮をむき、一言も言わずにテーブルの向こうのマルフォイに投げ返した。マルフォイはいままでよりいっそうニンマリしていた。

「君たち、ご友人のハグリッドを近ごろ見かけたかい？」マルフォイが低い声で聞いた。

「君の知ったこっちゃない」ロンが目も合わさずに、ぶっきらぼうに言った。

「気の毒に、先生でいられるのも、もう長いことないだろうな」マルフォイの口調は悲しむふりが見え見えだ。「父上は僕のけがのことを快く思っていらっしゃらないし――」

「いい気になるなよ、マルフォイ。じゃないと本当にけがさせてやるぜ」ロンが凄《すご》んだ。

「――父上は学校の理事会に訴えた。それに、魔法省にも。父上は力があるんだ。わかってるよねぇ。それに、こんなに長引く傷だし――」マルフォイはわざと大きなため息をついてみせた。

「僕の腕、果たして元通りになるんだろうか？」

「そうか、それで君はそんなふりをしているのか」ハリーは怒りで手が震え、手許が狂って死んだイモムシの頭を切り落としてしまった。

「ハグリッドを辞《や》めさせようとして！」

「そうだねぇ」マルフォイは声を落とし、ひそひそささやいた。「ポッター、それもあるけど。でも、ほかにもいろいろいいことがあってね。ウィーズリー、僕のイモムシを輪切りにしろ」

数個先の鍋《なべ》で、ネビルが問題を起こしていた。「魔法薬」の授業ではネビルはいつも支離滅裂《しりめつれつ》だ。ネビルにとっては最悪の学科だった。恐怖のスネイプ先生の前となると、いつもの十倍もへまをやった。明るい黄緑色になるはずだった水薬が、なんと――。

「オレンジ色か。ロングボトム」

スネイプが薬を柄杓《ひしゃく》で大鍋からすくい上げ、それを上からタラタラと垂らし入れて、みんなに見えるようにした。

「オレンジ色。君、教えていただきたいものだが、君の分厚い頭骸骨を突き抜けて中に染み込んでいくものはあるのかね？　我輩《わがはい》ははっきり言ったはずだ。ネズミの脾《ひ》臓《ぞう》は一つでいいと。聞こえなかったのか？　ヒルの汁はほんの少しでいいと明確に申し上げたつもりだが？　ロングボトム、いったい我輩はどうすれば君に理解していただけるのかな？」

ネビルは赤くなって小刻みに震えている。いまにも涙をこぼしそうだった。

「先生、お願いです」ハーマイオニーだ。「先生、私に手伝わせてください。ネビルにちゃんとなおさせます――」

「でしゃばるよう頼んだ覚えはないがね、ミス・グレンジャー」

スネイプは冷たく言い放ち、ハーマイオニーはネビルと同じくらい赤くなった。

「ロングボトム、この授業の最後に、この薬を君のヒキガエルに数滴飲ませてどうなるか見てみることにする。そうすれば、おそらく君もまともにやろうという気になるだろう」

スネイプは、恐怖で息もできないネビルを残し、その場を去った。

「助けてよ！」ネビルがハーマイオニーにうめくように頼んだ。

「おい、ハリー」

シェーマス・フィネガンが、ハリーの真鍮《しんちゅう》の台秤を借りようと身を乗り出した。

「見たか、今朝の『日刊予言者新聞《にっかんよげんしゃしんぶん》』？――シリウス・ブラックが目撃されたって書いてあったよ」

「どこで？」

ハリーとロンが急き込んで聞いた。テーブルの向こうでは、マルフォイが目を上げて耳をそばだてた。

「ここからあまり遠くない」シェーマスは興奮気味だ。「マグルの女性が目撃したんだ。もち、その人はほんとのことはわかってない。マグルはブラックが普通の犯罪者だと思ってるだろ？　だからその人、捜査本部のホットラインに電話したんだ。魔法省が現場に着いたときにはもぬけの殻《から》さ」

「ここからあまり遠くない、か……」

ロンがいわくありげな目でハリーを見た。ロンが振り返ると、マルフォイがじっと見つめていた。

「マルフォイ、なんだ？　ほかにむく皮でもあるのか？」

マルフォイの目はギラギラと意地悪く光り、ハリーを見据《みす》えたままテーブルの向こうから身を乗り出してきた。

「ポッター、一人でブラックを捕まえようって思ってるのか？」

「そうだ、そのとおりだ」ハリーは無造作に答えた。

マルフォイの薄い唇が歪み、意地悪そうにほくそえんだ。

「言うまでもないけど、」落ち着きはらってマルフォイが言った。「僕だったら、もうすでになにかやってるだろうなぁ。いい子ぶって学校にじっとしてたりはしない。ブラックを探しに出かけるだろうなぁ」

「マルフォイ、いったいなにを言い出すんだ？」ロンが乱暴に言った。

「ポッター、知らないのか？」マルフォイは薄青い目を細めて、ささやくように言った。

「なにを？」

マルフォイは嘲《あざけ》るように低く笑った。

「君はたぶん危ないことはしたくないんだろうなぁ。吸魂鬼《ディメンター》にまかせておきたいんだろう？　僕だったら、復讐してやりたい。僕なら、自分でブラックを追いつめる」

「いったいなんのことを言ってるんだ？」

ハリーは語気を強めた。しかし、スネイプの声が二人の会話を遮断《しゃだん》した。

「材料はもう全部加えたはずだ。この薬は服用する前に煮込まねばならぬ。グツグツ煮えている間、後片づけをしておけ。そのあとでロングボトムの薬を試すことにする……」

汗だくになって自分の鍋《なべ》を必死にかき回しているネビルを見て、クラッブとゴイルがあけすけに笑っている。ハーマイオニーがスネイプに気づかれないよう、唇を動かさずにネビルに指示を与えていた。ハリーとロンは残っている材料を片づけ、隅にある石の水盤《すいばん》まで行って手と柄杓《ひしゃく》を洗った。

「マルフォイはなにを言ってたんだろう？」

怪獣像《カーゴイル》の口から吐き出される氷のように冷たい水で手を洗いながら、ハリーが低い声でロンに話しかけた。

「なんで僕がブラックに復讐しなきゃならないんだ？　僕にはなんにも手を出して

ないのに——まだ」

「でっち上げさ」ロンは強烈に言い放った。「君に、なにかばかなことさせようとして……」

まもなく授業が終わるという段になって、スネイプが大鍋のそばで縮こまっているネビルのもとへ大股《おおまた》で近づいた。

「諸君、ここに集まりたまえ」スネイプが暗い目をギラギラさせた。「ロングボトムのヒキガエルがどうなるか、よく見たまえ。なんとか『縮み薬』ができ上がっていれば、ヒキガエルはおたまじゃくしになる。もし、作り方をまちがえていれば——我輩《わがはい》は疑いもなくこちらのほうだと思うが——ヒキガエルは毒にやられるはずだ」

グリフィンドール生は怖々《こわごわ》見守り、スリザリン生は逆に嬉々として見物しているようだ。スネイプがヒキガエルのトレバーを左手で摘み上げ、小さいスプーンをネビルの鍋に突っ込み、いまは緑色に変わっている水薬を二、三滴、トレバーの喉《のど》に流し入れた。

一瞬あたりがしんとなった。トレバーはゴクリと飲んだ。するとポンと軽い音がして、おたまじゃくしのトレバーがスネイプの手の中でくねくねしていた。

グリフィンドール生は拍手喝采した。スネイプはおもしろくないという顔でローブのポケットから小瓶《こびん》を取り出し、二、三滴トレバーに落とした。するとトレバーは突然元のカエルの姿にもどった。

「グリフィンドール、五点減点」

スネイプの言葉にみなの顔から笑いが吹き飛んだ。

「手伝うなと言ったはずだ、ミス・グレンジャー。授業終了」

ハリー、ロン、ハーマイオニーは玄関ホールへの階段を上った。ハリーはマルフォイの言ったことをまだ考えていたが、ロンはスネイプのことで煮《に》えくり返っていた。

「水薬がちゃんとできたからって五点減点か！　ハーマイオニー、どうして嘘つかなかったんだ？　ネビルが自分でやりましたって、言えばよかったのに！」

ハーマイオニーは答えない。ロンが振り返った。

「どこに行っちゃったんだ？」

ハリーも振り返った。二人は階段の一番上にいた。クラスの他の生徒たちが二人を追い越して大広間での昼食に向かっていた。

「すぐ後ろにいたのに」ロンが顔をしかめた。

マルフォイがクラッブとゴイルを両脇に従えてそばを通り過ぎた。通りすがりにハリーに向かってほくそえんだ。

「あ、いた」ハリーが言った。

ハーマイオニーが少し息をはずませて階段を上ってきた。片手に鞄を抱え、もう一方の手でなにかをローブの中に押し込んでいる。

「どうやったんだい?」ロンが聞いた。

「なにを?」二人に追いついたハーマイオニーが聞き返した。

「君、ついさっきは僕らのすぐ後ろにいたのに、次に見たときは階段の一番下にもどってた」

「え?」ハーマイオニーはちょっと混乱したようだった。「ああ――私、忘れ物を取りにもどったの。あっ、あぁあ……」

ハーマイオニーの鞄の縫い目が破れていた。当然だとハリーは思った。鞄には、大きな重い本が少なくとも一ダースはぎゅうぎゅう詰めになっている。

「どうしてこんなにいっぱい持ち歩いてるんだ?」ロンが聞いた。

「私がどんなにたくさんの学科を取ってるか、知ってるわよね」ハーマイオニーは息を切らしている。「ちょっと、これ持ってくれない?」

「でもさ――」ロンが渡された本をひっくり返して表紙を見ていた。

「――今日はこの科目はどれも授業がないよ。『闇の魔術に対する防衛術』が午後あるだけだよ」

「ええ、そうね」

ハーマイオニーは曖昧な返事をした。それでもおかまいなしに全部の教科書を鞄に詰めなおした。

「お昼においしいものがあるといいわ。お腹《なか》ぺこぺこ」そう言うなり、ハーマイオニーは大広間へときびきび歩いていった。

「ハーマイオニーって、なんか僕たちに隠してると思わないか？」

ロンがハリーに問いかけた。

生徒たちが「闇の魔術に対する防衛術」の最初の授業に集まったときには、ルーピン先生はまだきていなかった。みなが座って教科書と羽根ペン、羊皮紙《ようひし》を取り出し、おしゃべりに興じていると、やっと先生が教室に現れた。ルーピンは曖昧にほほえみ、くたびれた古い鞄を教師用の机に置いた。相変わらずみすぼらしい格好だったが、汽車で最初に見たときよりは健康そうに見えた。何度かちゃんとした食事をとったようだ。

「やあ、みんな」ルーピンが挨拶した。

「教科書は鞄にしまってもらおうかな。今日は実地練習をすることにしよう。杖《つえ》だけあればいいよ」

教科書をしまう生徒の中で、何人かは怪訝《けげん》そうに顔を見合わせた。いままで「闇の魔術に対する防衛術」で実地訓練など受けたことがない。ただし、昨年度のあの忘れ難い授業、前任の先生がピクシー妖精を一籠《かご》持ち込んで教室に解き放したことを一回と数えるなら別だが。

「よし、それじゃ、」ルーピン先生は生徒たちの準備ができると声をかけた。「私についておいで」

なんだろう、でもおもしろそうだと、みな立ち上がってルーピン先生に従い教室を出た。先生はだれもいない廊下を通り、角を曲がった。とたんに、最初に目に入ったのがポルターガイストのピーブズだった。空中で逆さまになって、手近の鍵穴にチューインガムを詰め込んでいた。

ピーブズは、ルーピン先生が五、六十センチほどに近づいてはじめて目を上げた。そして、くるりと丸まった爪先をごにょごにょ動かし、急に歌い出した。

「ルーニ、ルーピ、ルーピン。バーカ、マヌケ、ルーピン。ルーニ、ルーピ、ルーピン――」

ピーブズはたしかにいつでも無礼で手に負えないワルだが、先生方に対してはさすがに一目置いていた。ルーピン先生はどんな反応を示すだろう、とみな急いで先生を見た。驚いたことに、先生は相変わらずほほえんでいた。

「ピーブズ、わたしなら鍵穴からガムをはがしておくけどね」先生は朗らかに言った。「フィルチさんがほうきを取りに入れなくなるじゃないか」

フィルチはホグワーツの管理人で、根性曲りの、できそこないの魔法使いだ。生徒に対してはいつもけんか腰の態度で接し、ピーブズに対してもそれは変わらなかった。しかし、ピーブズはルーピン先生の言うことを聞くどころか、ベーッと舌を突き出した。

ルーピン先生は小さくため息をつき、杖《つえ》を取り出した。

「この簡単な呪文は役に立つよ」先生は肩越しに生徒を振り返ってこう言った。「よく見ておきなさい」

杖を肩の高さに構え、「ワディワジ！　逆詰《ぎゃくづ》め！」と唱えて杖をピーブズに向けた。

チューインガムの塊《かたまり》が、弾丸のように勢いよく鍵穴から飛び出し、ピーブズの左の鼻の穴に見事命中した。ピーブズはもんどり打って逆さま状態から反転し、悪態をつきながらズーム・アウトして消え失せた。

「先生、かっこいい」ディーン・トーマスが驚嘆した。

「ディーン、ありがとう」ルーピン先生は杖を元にもどした。「さあ、行こうか」

みなでまた歩き出したときには、全員が冴《さ》えないルーピン先生を尊敬のまなざしで見つめるようになっていた。先生は生徒を引き連れて二つ目の廊下を渡り、職員室のドアの前で立ち止まった。

ルーピン先生はドアを開け、一歩下がって声をかけた。

「さあ、お入り」

職員室は板壁《いたかべ》の奥の深い部屋で、ちぐはぐな古い椅子がたくさん置いてあった。がらんとした部屋にたった一人低い肘掛《ひじかけ》椅子に座っていたスネイプ先生が、生徒たちが列をなして入ってくるのをぐるりと見渡した。目をギラギラさせ、口元には意地悪なせせら笑いを浮かべている。ルーピン先生が最後に入ってドアを閉めると、スネイプが言った。

「ルーピン、開けておいてくれ。我輩《わがはい》は、できれば見たくないのでね」

スネイプは立ち上がり、黒いマントを翻《ひるがえ》して大股《おおまた》にみなの横を通り過ぎていく。ドアのところでくるりと振り返り、捨て台詞を吐いた。

「ルーピン、たぶんだれも君に忠告していないと思うが、このクラスにはネビル・ロングボトムがいる。この子には難しい課題を与えないようご忠告申し上げておこう。ミス・グレンジャーが耳元でひそひそ指図を与えるなら別だがね」

ネビルは真っ赤になった。ハリーはスネイプを睨《にら》みつけた。自分の授業でもネビルいじめは許せないのに、ましてや他の先生の前でいじめをやるなんてとんでもない。

ルーピン先生は眉根をきゅっと上げた。

「術の最初の段階で、ネビルに僕のアシスタントを務めてもらいたいと思ってましてね。それに、ネビルはきっと、とてもうまくやってくれると思いますよ」

すでに真っ赤なネビルの顔が、もっと赤くなる。スネイプの唇がめくれ上がった。

と、そのままバタンとドアを閉めて出ていってしまった。

「さあ、それじゃ」

ルーピン先生はみなに部屋の奥までくるよう合図した。そこには先生方が着替え用のローブを入れる古い洋箪笥《ようだんす》がポツンと置かれていた。ルーピン先生がその横に立つと、箪笥《たんす》が急にわなわなと揺れ、バーンという音とともに壁から離れた。

「心配しなくていい」

何人かが驚いて飛び退《の》いたので、ルーピン先生は静かに言った。

「中に〝まね妖怪〟――ボガートが入ってるんだ」

それは心配すべきことじゃないか、とほとんどの生徒はそう思っているようだ。ネビルは恐怖そのものの顔つきでルーピン先生を見た。シェーマス・フィネガンは、ガタガタ言いはじめた箪笥の取っ手を不安そうに見つめている。

「まね妖怪《ボガート》は暗くて狭いところを好む」ルーピン先生が語り出した。

「洋箪笥、ベッドの下の隙間、流しの下の食器棚など。――私は一度、大きな柱時計の中に引っかかっているやつに出会ったことがある。ここにいるのは昨日の午後に入り込んだもので、三年生の実習に使いたいから、先生方にはそのまま手を出さずにおいていただけるよう、校長先生にお願いしたんですよ」

「それでは、最初の問題ですが、まね妖怪のボガートとはなんでしょう?」

ハーマイオニーが手を挙げた。

「形態模写妖怪《けいたいもしゃようかい》です。私たちが一番怖いと思うのはこれだと判断すると、それに姿を変えることができます」

「私でもそんなにうまくは説明できないよ」

ルーピン先生の言葉で、ハーマイオニーも頬を染めた。

「だから、中の暗がりに居座っているまね妖怪は、まだなんの姿にもなっていない。箪笥の戸の外にいる人がなにを怖がるのか、まだ知らないからね。まね妖怪がひとりでいるときはどんな姿をしているのか、だれも知らない。しかし、私が外に出してやると、たちまちそれぞれが一番怖いと思っているものに姿を変えるはずです」

「ということは――」

ネビルが怖くてしどろもどろしているのを無視して、ルーピン先生は話を続けた。

「つまり、はじめから私たちのほうがまね妖怪より大変有利な立場にあることになりますが、ハリー、なぜだかわかるかな?」

隣のハーマイオニーが手を高く挙げ、爪先立ちになってぴょこぴょこ跳び上がるその横で答えるのは気が引けたが、それでもハリーは思い切って答えてみた。

「えーと——僕たち、人数がたくさんいるので、まね妖怪はどの姿に変身すればいいかわからない？」

「そのとおり」

ルーピン先生がそう言い、ハーマイオニーはちょっとがっかりしたように手を下ろした。

「まね妖怪退治《ボガート》をするときは、だれかと一緒にいるのが一番いい。向こうが混乱するからね。首のない死体に変身すべきか、人肉を食らうナメクジになるべきか？　私はまね妖怪がまさにその過ちを犯したところを一度見たことがある。——一度に二人を脅そうとしてね、半身ナメクジに変身したんだ。どうみても恐ろしいとは言えなかった。

まね妖怪を退散させる呪文は簡単だ。しかし精神力が必要だ。こいつを本当にやっつけるのは、笑いなんだ。君たちはまね妖怪に、君たちが滑稽《こっけい》だと思える姿をとらせる必要がある。

はじめは杖《つえ》なしで練習しよう。私に続いて言ってみて……リディクラス、ばかばかしい！」

「リディクラス、ばかばかしい！」全員がいっせいに唱えた。

「そう。とっても上手だ。でもここまでは簡単なんだけどね。呪文だけでは十分じゃないんだよ。そこで、ネビル、君の登場だ」

洋箪笥《ようだんす》がまたガタガタ揺れた。でも、ネビルはもっとガタガタ震えていた。まるで絞首台にでも向かうかのように歩み出た。

「よーし、ネビル。ひとつずつ行こうか。君が世界一怖いものはなんだい？」

ネビルの唇が動いたが、声が出てこない。

「ん？　ごめん、ネビル、聞こえなかった」ルーピン先生は明るく言った。

ネビルはまるでだれかに助けを求めるかのように、きょろきょろとあたりを見回し、それから蚊の鳴くような声でささやいた。

「スネイプ先生」

ほとんど全員が笑った。ネビル自身も申し訳なさそうにニヤッと笑った。しかし、ルーピン先生はまじめな顔のままだ。

「スネイプ先生か……ふーむ……ネビル、君はおばあさんと暮らしているね？」

「えー――はい」ネビルは不安げに答えた。「でも――僕、まね妖怪がばあちゃんに変身するのもいやです」

「いやいや、そういう意味じゃないんだよ」ルーピン先生が今度はほほえんでいる。「教えてくれないか。おばあさんはいつも、どんな服装をしていらっしゃるのかな？」

ネビルはきょとんとしたが、答えた。

「えーと……いっつもおんなじ帽子。たかぁくて、てっぺんにハゲタカの剥製《はくせい》がついてるの。それに、ながぁいドレス……たいてい、緑色……それと、ときどき狐の毛皮の襟巻《えりま》きをしてる」

「ハンドバッグは？」ルーピン先生が促した。

「おっきな赤いやつ」ネビルが答えた。

「よし、それじゃ。ネビル、その服装を、はっきり思い浮かべることができるかな？　心の目で、見えるかな？」

「はい」

ネビルは自信なさそうに答えた。次はなにがくるんだろうと心配しているのが見えた。

「ネビル、まね妖怪《ボガート》が洋箪笥からうわーっと出てくるね、そして、君を見る。そうすると、スネイプ先生の姿に変身するんだ。そしたら、君は杖《つえ》を上げて――こうだよ――そしてさけぶんだ。『リディクラス、ばかばかしい』――そして、君のおばあさんの服装に精神を集中させる。すべてうまくいけば、ボガート・スネイプ先生はてっぺんにハゲタカのついた帽子をかぶり、緑のドレスを着て赤いハンドバッグを持った姿になってしまう」

みな大爆笑だった。洋箪笥《ようだんす》が一段と激しく揺れた。

「ネビルが首尾よくやっつけたらそのあと、まね妖怪は次々に君たちに向かってくるだろう。みんな、ちょっと考えてくれるかい。なにが一番怖いかを。そして、その姿をどうやったらおかしな姿に変えられるか、想像してみて……」

部屋が静かになった。ハリーも考えた……。この世で一番恐ろしいものはなんだろう？

最初にヴォルデモート卿《きょう》を考えた。──完全な力を取りもどしたヴォルデモート。しかし、ボガート・ヴォルデモートへの反撃を考えようとしたとたん、恐ろしいイメージが意識の中に浮かび上がってきた……。

腐った、冷たく光る手、黒いマントの下にスルスルと消えた手……見えない口から吐き出される、長いしわがれた息遣い……そして水に溺《おぼ》れるような、染み込むようなあの寒さ……。

ハリーは身震いした。そして、だれも気づかなかったことを願いながら、あたりを見回した。しっかり目をつぶっている生徒が多かった。ロンはブツブツひとり言をつぶやいていた。「肢《あし》をもぎ取ってと」ハリーにはそれがなんのことかよくわかった。ロンが最高に怖いのは蜘蛛《くも》なのだ。

「みんな、いいかい？」ルーピン先生だ。

ハリーは突然恐怖に襲われた。まだ準備ができていない。どうやったら吸魂鬼《ディメンター》を恐ろしくない姿にできるのだろう？　しかし、これ以上待ってくださいとは言えない。

なにしろ、みながうなずいて、腕まくりを始めていた。

「ネビル、私たちは下がっていよう」ルーピン先生が言った。「君に場所を空けてあげよう。いいね？　次の生徒は前に出るように私が声をかけるから……。みんな下がって、さあ、ネビルがまちがいなくやっつけられるように――」

全員が後ろに下がって壁にぴたりと張りつき、ネビルひとりが洋箪笥の前に取り残された。恐怖に青ざめてはいたが、ネビルはローブの袖《そで》をたくし上げ、杖《つえ》を構えていた。

「ネビル、三つ数えてからだ」ルーピン先生が、自分の杖を洋箪笥の取っ手に向けながら言った。

「いーち、にー、さん、それ！」

ルーピン先生の杖の先から、火花がほとばしり、取っ手のつまみに当たった。洋箪笥が勢いよく開き、鉤鼻《かぎばな》の恐ろしげなスネイプ先生が、ネビルに向かって目をギラつかせながら現れた。

ネビルは杖を上げ、口をパクパクさせながら後ずさりした。スネイプがローブの懐《ふところ》に手を突っ込みながらネビルに迫った。

「リ、リ、リディクラス！」

ネビルは上ずった声で呪文を唱えた。

パチンと鞭《むち》を鳴らすような音がして、スネイプがつまずいた。今度は長い、レースで縁取りをしたドレスを着ている。見上げるように高い帽子のてっぺんに虫食いのあるハゲタカをつけ、手には巨大な真紅のハンドバッグをゆらゆらぶら下げている。

どっと笑い声が上がった。まね妖怪《ボガート》は途方にくれたように立ち止まった。ルーピン先生が大声で呼んだ。

「パーバティ、前へ！」

パーバティがキッとした顔で進み出た。スネイプがパーバティに向きなおる。またパチンと音がして、スネイプのいたところに血まみれの包帯をぐるぐる巻きにしたミイラが立っていた。目のない顔をパーバティに向け、ミイラはゆっくりとパーバティに迫った。足を引きずり、手を棒のように前に突き出して――。

「リディクラス！」パーバティがさけんだ。

包帯が一本ばらりと解けてミイラの足元に落ちた。それにからまって、ミイラは顔から先につんのめり、頭が転がり落ちた。

「シェーマス！」ルーピン先生が吠えるように呼んだ。

シェーマスがパーバティの前に躍り出た。

パチン！　ミイラのいたところに、床まで届く黒い長髪《ちょうはつ》に骸骨のような緑色がかった顔の女が立っていた――バンシーだ。口を大きく開くと、この世のものとも思われない声が部屋中に響いた。長い、嘆きの悲鳴。――ハリーは髪の毛が逆立った。

「リディクラス！」シェーマスがさけんだ。

バンシーの声がガラガラになり、バンシーは喉《のど》を押さえた。声が出なくなったのだ。

パチン！　バンシーがネズミになり、自分の尻尾《しっぽ》を追いかけてぐるぐる回りはじめた。と思ったら――パチン！――今度はガラガラヘビだ。くねくねのたうち回り、それから――パチン！――血走った目玉が一個。

「混乱してきたぞ！」ルーピンがさけんだ。「もうすぐだ！　ディーン！」

ディーンが急いで進み出た。

パチン！　目玉が、切断された手首になった。裏返しになり、蟹のように床を這《は》いはじめた。

「リディクラス！」ディーンがさけんだ。

バチンッと音がして、手がネズミ捕りに挟まれた。

「いいぞ！　ロン、次だ！」

ロンが飛び出した。

パチン！

何人かの生徒が悲鳴を上げた。毛むくじゃらの二メートル近い大蜘蛛《おおぐも》が、おどろおどろしく鋏《はさみ》をガチャガチャ言わせ、ロンに向かってきた。一瞬ハリーは、ロンが凍りついたかと思った。すると——。

「リディクラス！」

ロンが轟くような大声を出した。蜘蛛の肢《あし》が消え、ゴロゴロ転がり出した。ラベンダー・ブラウンが金切り声を出して蜘蛛を避けた。足元で蜘蛛が止まったので、ハリーは杖《つえ》を構えた。が——。

「こっちだ！」急にルーピン先生がそうさけび、急いで前に出てきた。

パチン！

肢なし蜘蛛が消えた。一瞬、どこへ消えたのかと、みなはきょろきょろと見回した。すると、銀白色の玉がルーピンの前に浮かんでいるのが見えた。ルーピンは、ほとんど面倒くさそうに「リディクラス！」と唱えた。

パチン！

「ネビル！　前へ！　やっつけるんだ！」

まね妖怪《ボガート》がゴキブリになって床に落ちたところでルーピンがさけんだ。パチン！

スネイプがもどった。ネビルは今度は決然とした表情でぐいと前に出た。

「リディクラス！」ネビルが唱えた。

ほんの一瞬、レース飾りのドレスを着たスネイプの姿が見えたが、ネビルが大声で「ハハハ！」と笑うと、まね妖怪は破裂し、何千という細い煙の筋になって消え去ってしまった。

「よくやった！」全員が拍手する中、ルーピン先生が大声を出した。

「ネビル、よくできた。みんな、よくやった。そうだな……まね妖怪と対決したグリフィンドール生一人につき五点をやろう。――ネビルは一〇点だ。二回やったからね――。ハーマイオニーとハリーも五点ずつだ」

「でも、僕、なにもしませんでした」ハリーが言った。

「ハリー、君とハーマイオニーは授業の最初に、私の質問に正しく答えてくれた」ルーピンはさりげなく言った。

「よぉし、みんな、いい授業だった。宿題だ。ボガートに関する章を読んで、まとめを提出してくれ……月曜までだ。今日はこれでおしまい」

みなは興奮を抑え切れず話し声を上げながら職員室を出た。しかし、ハリーは心がはずまなかった。ルーピン先生は、ハリーがまね妖怪と対決するのを意図的に止めた。どうしてなんだ？　汽車の中で僕が倒れるのを見たからなのか、そしてあまり強くないと思ったからなのか？　先生は僕がまた気絶すると思ったのだろうか？

だれも、なにも気づいていないようだった。

「バンシーと対決するのを見たか?」シェーマスが声高に話す。

「それに、あの手!」ディーンが自分の手を振り回しながら言った。

「それに、あの帽子をかぶったスネイプ!」

「それに、わたしのミイラ!」

「ルーピン先生は、どうして水晶玉なんかが怖いのかしら?」

ラベンダーがふと考え込んだ。

「『闇の魔術に対する防衛術』じゃ、いままでで一番いい授業だったよな?」

鞄を取りに教室にもどる途中、ロンは興奮していた。

「ほんとにいい先生だわ」ハーマイオニーも賛成した。「だけど、私もまね妖怪《ボガート》に当たりたかったわ――」

「君ならなんになったのかなぁ?」ロンがからかうように笑った。

「成績かな。一〇点満点で九点しか取れなかった宿題とか?」

第8章　「太った婦人」の逃走

「闇の魔術に対する防衛術」の授業は、たちまちほとんど全生徒の一番人気になった。ドラコ・マルフォイとその取り巻きのスリザリン生だけが、ルーピン先生の粗探しをしていた。

「あのローブのざまを見ろよ」

ルーピン先生が通ると、マルフォイは聞こえよがしのひそひそ声でこう言った。

「僕の家の『屋敷《やしき》しもべ妖精《ようせい》』の格好じゃないか」

しかし、ルーピン先生のローブがつぎはぎだろうとボロだろうと、他にはだれ一人として気にする者はいなかった。二回目からの授業も、最初と同じようにおもしろかった。まね妖怪《ボガート》のあとは赤帽鬼《レッドキャップ》。血の匂いのするところならどこにでも潜む、小鬼に似た性悪な生き物だ。城の地下牢とか、戦場跡の深い穴などに隠れ、道に迷った者を待ち伏せて棍棒《こんぼう》でなぐる。赤帽鬼が終わると、次は河童《カッパ》に移った。水に住む気味の悪い生き物で、見た目は鱗《うろこ》のあるサルだ。なにも知らずに池の浅瀬を渡る者を水中に引っ張り込み、水かきのある手で絞め殺したくてうずうずしている。

他の授業も、同じくらい楽しいといいのに、とハリーは思った。中でも「魔法薬」の授業は最悪だった。スネイプはますます復讐《ふくしゅう》ムードになっていた。理由は、はっきりしている。まね妖怪がスネイプの姿になった、ネビルがそれにばあちゃんの服をこんなふうに着せた、という話が学校中に野火のように広がったからだ。スネイプにはこれがおもしろくもおかしくもない。ルーピンという名前が出ただけで、スネイプの目はギラリと脅すように光り、ネビルいじめがいっそうひどくなった。

ハリーはトレローニー先生の、あの息の詰まるような塔教室での授業にも次第に嫌気がさしてきた。変に傾いた形や印を解読するのもそうだが、ハリーを見るたびに先生がその巨大な目に涙をいっぱい浮かべるのを無視し続けるのにはうんざりしていた。先生を崇拝に近い敬意で崇《あが》める生徒もたくさんいたが、ハリーはトレローニー先生がどうしても好きになれない。パーバティ・パチルやラベンダー・ブラウンなどは、昼食時に先生の塔に入り浸り、みなが知らないことを知ってるとばかりに鼻持ちならない得意顔でもどってくる。おまけにこの二人は、まるで臨終の床《とこ》についている人に話すように、ひそひそ声でハリーに話しかけるようになった。

「魔法生物飼育学」の授業は、最初のあの大活劇のあとはとてもつまらないものになり、楽しみにする生徒はだれもいなくなった。ハグリッドは自信を失ったらしい。授業内容は毎回毎回、レタス食い虫《フロバーワーム》の世話。ハリーは断言できる。こんなにつまらない生き物は、またとない。

「こんな虫を飼育しようなんて物好きがいるかい？」

レタス食い虫のぬらりとした喉《のど》に刻みレタスを押し込む相も変わらぬ一時間のあと、ロンがぼやいた。

しかし、十月に入ると、ハリーは別のことで忙しくなった。授業の憂さを晴らす楽しみ、クィディッチ・シーズンの到来だ。グリフィンドール・チームのキャプテン、オリバー・ウッドがある木曜日の夕方、今シーズンの戦略会議にメンバーを招集した。

クィディッチの選手は七人。三人のチェイサーがクアッフル（赤い、サッカーボールくらいの球）でゴールを狙う。ピッチの両端に立つ約十五メートルの高さの輪の中にクアッフルを投げ込んで得点する。二人のビーターは、がっしり重いバットでブラッジャー（選手を攻撃しようとビュンビュン飛び回る二個の黒い重い球）を撃退する。キーパーは一人でゴールを守る。シーカーが一番大変で、金色の、スニッチという羽の生えた小さなクルミ大のボールを捕まえるのが役目だ。捕まえるとゲームセットで、そのシーカーのチームが一挙に一五〇点獲得する。

オリバー・ウッドはたくましい十七歳。ホグワーツの七年生、いまや最終学年だ。暗くなりかけたクィディッチ競技場の片隅の、冷え冷えとしたロッカー・ルームで、六人のチームメンバーに演説するオリバーの声には、なにやら悲壮感が漂っていた。

「今年が最後のチャンスだ。——おれの最後のチャンスなんだ——クィディッチ優勝杯獲得の……」

選手の前を歩幅も大きく往《い》ったり来たりしながら、オリバーは演説した。

「おれは今年かぎりでいなくなる。二度と挑戦できない。グリフィンドールはこの七年間、一度も優勝していない。いや、言うな。運が悪かった。世界一不運だった。——けがだ——去年はトーナメントそのものがキャンセルだ……」

オリバーはゴクリと唾を飲み込んだ。思い出すだけで喉《のど》になにかがつかえたようだった。

「しかしだ、わかってるのは、おれたちが最高の——学校——一の——強烈な——チームだって——ことだ」

オリバーは一言一言いうたびに、拳《こぶし》を手のひらにたたき込んだ。おなじみの、正気とは思えない目の輝きだ。

「おれたちにはとびっきりのチェイサーが三人いる」オリバーは、アリシア・スピネット、アンジェリーナ・ジョンソン、ケイティ・ベルの三人を指さした。

「おれたちには負け知らずのビーターがいる」

「よせよ、オリバー。照れるじゃないか」

フレッドとジョージが声を揃えて言い、赤くなるふりをした。

「それに、おれたちのシーカーは、常に我がチームに勝利をもたらした！」

ウッドはバンカラ声を響かせ、熱烈な誇りの念を込めてハリーをじっと見つめた。

「それに、おれだ」思い出したようにオリバーがつけ加えた。

「君もすごいぜ、オリバー」ジョージが言った。

「決めてるキーパーだぜ」フレッドが言った。

「要するにだ」オリバーがまた往《い》ったり来たり歩きながら話を続けた。「過去二年とも、クィディッチ杯におれたちの寮の名が刻まれるべきだった。ハリーがチームに加わって以来、おれは、いただきだと思い続けてきた。しかし、いまだ優勝杯は我が手にあらず。今年が最後のチャンスだ。ついに我らがその名を刻む最後の……」

ウッドがあまりに落胆した言い方をしたので、さすがのフレッドやジョージも同情した。

「オリバー、今年はおれたちの年だ」フレッドが言った。

「やるわよ、オリバー！」アンジェリーナだ。

「絶対だ」ハリーが言った。

決意満々で、チームは練習を始めた。一週間に三回だ。日ごとに寒くじめじめした日が増え、夜はますます暗くなった。しかし、泥だろうが風だろうが雨だろうが、今度こそあの大きなクィディッチ銀杯を獲得するというハリーのすばらしい夢には、一点の曇りもなかった。

ある夜、練習を終え、寒くて体のあちこちを強ばらせながらも、ハリーは練習の成果に満足してグリフィンドール談話室にもどってきた。談話室はざわめいていた。

「なにかあったの？」ハリーはロンとハーマイオニーにたずねた。二人は暖炉近くの特等席で、「天文学」の星座図を仕上げているところだった。

「第一回目のホグズミード週末だよ」

ロンがくたびれた古い掲示板に貼り出された「お知らせ」を指さした。

「十月末。ハロウィーンさ」

「やったぜ」ハリーに続いて肖像画の穴から出てきたフレッドが言った。「ゾンコの店に行かなくちゃ。『臭《くさ》い玉《たま》』がほとんど底をついてる」

ハリーはロンのそばの椅子にドサリと座った。高揚していた気持ちが萎《な》えていった。ハーマイオニーがその気持ちを察したようだった。

「ハリー、この次にはきっと行けるわ。ブラックはすぐ捕まるに決まってる。一度は目撃されてるし」

「ホグズミードでなにかやらかすほど、ブラックはばかじゃない」ロンが言った。「ハリー、マクゴナガルに聞けよ。今度行っていいかって。次なんて永遠にこないぜ――」

「ロン！」ハーマイオニーが咎《とが》めた。「ハリーは学校内にいなきゃいけないの――」

「三年生でハリー一人だけを残していくなんて、できないよ」ロンが言い返した。「マクゴナガルに聞いてみろよ。ハリー、やれよ――」

「うん、やってみる」ハリーはそう決めた。

ハーマイオニーがなにか言おうと口を開きかけたそのとき、クルックシャンクスが軽やかに膝《ひざ》に飛び乗ってきた。大きなクモの死骸《しがい》をくわえている。

「わざわざ僕たちの目の前でそれを食うわけ？」ロンが顔をしかめた。

「お利口さんね、クルックシャンクス。ひとりで捕まえたの？」ハーマイオニーが言った。

クルックシャンクスは、黄色い目で小ばかにしたようにロンを見据《みす》えたまま、ゆっくりとクモを噛《か》んだ。

「そいつをそこから動かすなよ」ロンはいらいらしながらまた星座図に取りかかった。「スキャバーズが僕の鞄で寝てるんだから」

ハリーはあくびをした。早くベッドに行きたかった。しかし、ハリーも星座図を仕上げなければならない。鞄を引き寄せて、羊皮紙《ようひし》、インク、羽根ペンを取り出し、作業に取りかかった。

「僕のを写していいよ」

最後の星に、どうだとばかり大げさに名前を書き、その図をハリーのほうに押しやった。

ハーマイオニーは丸写しが許せず、唇をぎゅっと結んだが、なにも言わなかった。

クルックシャンクスは、ぼさぼさの尻尾《しっぽ》を振り振り瞬《まばた》きもせずにロンを見つめ続けて――と思ったところで、出し抜けに跳んだ。

「おい！」ロンがわめきながら鞄を引っつかんだが、クルックシャンクスは四本足の爪全部をロンの鞄に深々と食い込ませ、猛烈に引っかき出した。

「はなせ！　この野郎！」ロンはクルックシャンクスから鞄をもぎ取ろうとしたが、クルックシャンクスはシャーッシャーッとうなって鞄を引き裂き、てこでも離れない。

「ロン、乱暴しないで！」ハーマイオニーが悲鳴を上げた。

談話室の生徒たちがこぞって見物した。ロンは鞄を振り回したが、クルックシャンクスはぴたりと張りついたままで、スキャバーズのほうが鞄からポーンと飛び出した――。

「あの猫を捕まえろ！」ロンがさけんだ。

クルックシャンクスは抜け殻《がら》の鞄を離れ、テーブルに飛び移り、命からがら逃げるスキャバーズのあとを追った。

ジョージ・ウィーズリーがクルックシャンクスを捕まえようと手を伸ばしたが、取り逃した。スキャバーズは二十人の股の下をすり抜け、古い整理箪笥《だんす》の下に潜り込んだ。クルックシャンクスはその前で急停止し、ガニ股の足を曲げてかがみ込み、前足を箪笥の下に差し入れて烈《はげ》しくかいた。

ロンとハーマイオニーが駆けつけた。ハーマイオニーはクルックシャンクスの腹を抱え、ウンウン言って引き離した。ロンはべったり腹這《はらば》いになり、さんざんてこずったあげくに、スキャバーズの尻尾《しっぽ》をつかんで引っ張り出した。

「見ろよ！」ロンはカンカンになって、スキャバーズをハーマイオニーの目の前にぶら下げた。「こんなに骨と皮になって！　その猫をスキャバーズに近づけるな！」

「クルックシャンクスにはそれが悪いことだってわからないのよ！」ハーマイオニーは声を震わせた。「ロン、猫はネズミを追っかけるもんだわ！」

「そのケダモノ、なにかおかしいぜ！」

ロンは、必死にじたばたしているスキャバーズを、なだめすかしてポケットにもどそうとしていた。

「スキャバーズが僕の鞄の中にいるって言ったのを、そいつ聞いたんだ！」

「ばかなこと言わないで」ハーマイオニーが切り返した。「クルックシャンクスは臭いでわかるのよ、ロン。ほかにどうやって――」

「その猫、スキャバーズに恨みがあるんだ！」

まわりの野次馬がクスクス笑い出したが、ロンはおかまいなしだ。

「いいか、スキャバーズのほうが先輩なんだぜ。その上、病気なんだ！」

ロンは肩を怒らせて談話室を横切り、寝室に向かう階段へと姿を消した。


翌日もまだ、ロンは険悪なムードだった。「薬草学」の時間中も、ハリーとハーマイオニーと一緒に三人で「花咲《はなさ》か豆《まめ》」の作業をしていたのに、ロンはほとんどハーマイオニーと口をきかなかった。

豆の木からふっくらとしたピンクの莢《さや》をむしり取り、中から艶々《つやつや》した豆を押し出して桶《おけ》に入れながら、ハーマイオニーがおずおずと聞いた。

「スキャバーズはどう？」

「隠れてるよ。僕のベッドの奥で、震えながらね」

ロンは腹を立てているせいで、豆が桶に入らず、温室の床に散らばった。

「気をつけて、ウィーズリー。気をつけなさい！」

スプラウト先生がさけんだ。豆がみなの目の前でパッと花を咲かせはじめた。

次は「変身術」だった。ハリーは、授業のあとでホグズミードに行ってもよいかとマクゴナガル先生に頼もうと心を決めていたので、教室の外に並んだ生徒の一番後ろについた。どうやって切り出そうかと考えを巡らせていたところ、列の前が騒がしくなり、そちらに気を取られた。

ラベンダー・ブラウンが泣いているらしい。パーバティが抱きかかえるようにして、シェーマス・フィネガンとディーン・トーマスになにか説明していた。二人とも深刻な表情で聞いている。

「ラベンダー、どうしたの？」

ハリーやロンと騒ぎの輪に入りながら、ハーマイオニーが心配そうに聞いた。

「今朝、お家《うち》から手紙がきたの」パーバティが小声で言った。「ラベンダーのウサギのビンキー、狐に殺されちゃったんだって」

「まあ。ラベンダー、かわいそうに」ハーマイオニーが言った。

「わたし、うかつだったたわ！」ラベンダーは悲嘆にくれていた。「今日が何日か、知ってる？」

「えーっと」

「十月十六日よ！『あなたの恐れていることは、十月十六日に起こりますよ！』覚えてる？　先生は正しかったんだわ。正しかったのよ！」

いまや、クラス全員がラベンダーの周囲に集まっていた。シェーマスは小難しい顔をして頭を振っていた。ハーマイオニーは一瞬躊躇《ちゅうちょ》したが、こう聞いた。

「あなた――あなた、ビンキーが狐に殺されることをずっと恐れていたの？」

「ううん、狐ってかぎらないけど」ラベンダーはぼろぼろ涙を流しながらハーマイオニーを見た。「でも、ビンキーが死ぬことをもちろんずっと恐れてたわ。そうでしょう？」

「あら」ハーマイオニーはまた一瞬間《ま》を置いたが、やがて――「ビンキーって年寄りウサギだった？」

「ち、ちがうわ！」ラベンダーがしゃくり上げた。「あ、あの子、まだ赤ちゃんだった！」

パーバティがラベンダーの肩をいっそうきつく抱きしめた。

「じゃあ、どうして死ぬことなんか心配するの？」

ハーマイオニーが聞いた。パーバティがハーマイオニーを睨《にら》みつけた。

「ねえ、論理的に考えてよ」ハーマイオニーは集まったみなに向かって言った。

「つまり、ビンキーは今日死んだわけでもない。でしょ？　ラベンダーはその知らせを今日受け取っただけだわ――」

ラベンダーの泣き声がひときわ高くなった。

「――それに、ラベンダーがそのことをずっと恐れていたはずがないわ。だって、突然知ってショックだったんだもの――」

「ラベンダー、ハーマイオニーの言うことなんか気にするな」ロンが大声で言った。「人のペットのことなんて、どうでもいいやつなんだから」

ちょうどそのとき、マクゴナガル先生が教室のドアを開けた。まさにグッド・タイミングだった。ハーマイオニーとロンが火花を散らして睨《にら》み合っていた。教室に入ってもハリーを挟んで両側に座り、授業中ずっと口もきかなかった。

終業のベルが鳴ったが、ハリーはマクゴナガル先生にどう切り出すか、まだ迷っていた。ところが、先生のほうからホグズミードの話が出た。

「ちょっとお待ちなさい！」みなが教室から出ようとするのを、先生が呼び止めた。「みなさんは全員私《わたくし》の寮の生徒ですから、ホグズミード行きの許可証をハロウィーンまでに私に提出してください。許可証がなければホグズミードもなしです。忘れずに出すこと！」

「あのう、先生、ぼ、僕、なくしちゃったみたい――」ネビルが手を挙げた。

「ロングボトム、あなたのおばあさまが、私《わたくし》に直送なさいました。そのほうが安全だと思われたのでしょう。さあ、それだけです。帰ってよろしい」

「いまだ。行け」ロンが声を殺してハリーを促した。

「でも、ああ――」ハーマイオニーがなにか言いかけた。

「ハリー、行けったら」ロンが頑固に言い張った。

ハリーはみながいなくなるまで待ち、それから胸をドキドキさせながらマクゴナガル先生の机に近寄った。

「なんですか、ポッター？」

ハリーは深く息を吸った。

「先生、おじ、おばが――あの――許可証にサインするのを忘れました」

マクゴナガル先生は四角いメガネの上からハリーを見たが、なにも言わなかった。

「それで――あの――だめでしょうか――つまり、かまわないでしょうか、あの――僕がホグズミードに行っても？」

マクゴナガル先生は下を向いて、机の上の書類を整理しはじめた。

「だめです。ポッター、いま私《わたくし》が言ったことを聞きましたね。許可証がなければホグズミードはなしです。それが規則です」

「でも――先生。僕のおじ、おばは――ご存知のように、マグルです。わかってないんです――ホグワーツとか、許可証とか」

ハリーのそばで、ロンが強くうなずいて助っ人をしていた。

「先生が行ってもよいとおっしゃれば――」

「私《わたくし》は、言いませんよ」

マクゴナガル先生は立ち上がり、書類をきっちりと引き出しに収めた。

「許可証にはっきり書いてあるように、両親、または保護者が許可しなければなりません」

先生は向きなおり、不思議な表情を浮かべてハリーを見た。哀れみだろうか？

「残念ですが、ポッター、これが私《わたくし》の最終決定です。早く行かないと、次の授業に遅れますよ」


万事休す。ロンがマクゴナガル先生に対する悪口雑言のかぎりをぶちまけたので、ハーマイオニーがいやがった。そのハーマイオニーの「これでよかったのよ」という顔がますますロンを怒らせた。一方ハリーは、ホグズミードに行ったらまずなにをするかと、みなが楽しそうに騒いでいるのにじっと耐えなければならなかった。

「ご馳走があるさ」ハリーを慰めようとして、ロンが言った。「ね、ハロウィーンのご馳走が、その日の夜に」

「うん」ハリーは暗い声で言った。「素敵だよ」

ハロウィーンのご馳走はいつだってすばらしい。でも、みなと一緒にホグズミードで一日を過ごしたあとで食べるほうがもっとおいしいに決まっている。だれがなんと慰めようと、ひとりぼっちで取り残されるハリーの気持ちは晴れなかった。羽根ペン使いの上手《うま》いディーン・トーマスが、許可証にバーノンおじさんの偽《にせ》サインをしようと言ってくれた。しかしハリーはもう、マクゴナガル先生にサインがもらえなかったと言ってしまったので、この手は使えない。ロンは「透明マント」はどうか、と中途半端な提案をしたが、ハーマイオニーに踏みつぶされた。ダンブルドアが、吸魂鬼《ディメンター》は透明マントでもお見通しだと言ったじゃない、とロンに思い出させたのだ。パーシーは慰めにならない最低の慰め方をした。

「ホグズミードのことをみんな騒ぎたてるけど、ハリー、僕が保証する。評判ほどじゃない」真顔でそう言った。「いいかい。菓子の店はかなりいけるな。しかし、ゾンコの『悪戯専門店《いたずらせんもんてん》』は、はっきり言って危険だ。それに、そう、『叫《さけ》びの屋敷《やしき》』は一度は行ってみる価値があるな。だけど、ハリー、それだけだ。それ以外は、本当に大したものはないよ」

ハロウィーンの朝、ハリーはみなと一緒に起き、最低の気分だったがなるべく普段どおりを取り繕《つくろ》って、みなと朝食に下りていった。

「ハニーデュークスからお菓子をたくさん持ってきてあげるわ」ハーマイオニー

が、心底気の毒そうな顔をしながら言った。

「うん、たぁくさん」ロンも言った。二人はハリーの落胆ぶりを見て、クルックシャンクス論争をついに水に流した。

「僕のことは気にしないで」ハリーは精一杯平気を装った。「パーティで会おう。楽しんできて」

ハリーは玄関ホールまで二人を見送った。管理人のフィルチがドアのすぐ内側に立ち、長いリストを手に名前をチェックしていた。一人ひとり、疑わしそうに顔を覗《のぞ》き込み、行ってはいけない者が抜け出さないよう、念入りに調べていた。

「居残りか、ポッター？」

クラッブとゴイルを従えて並んでいたマルフォイが、大声で言った。

「吸魂鬼のそばを通るのが怖いのか？」

ハリーは聞き流して、ひとり大理石の階段を引き返し、だれもいない廊下を通ってグリフィンドール塔にもどった。

「合言葉は？」とろとろ眠っていた「太った婦人《レディ》」が、急に目覚めて聞いた。

「フォルチュナ・マジョール、たなぼた」ハリーは気のない言い方をした。

肖像画がパッと開き、ハリーは穴をよじ登って談話室に入った。にぎやかな一年生、二年生で一杯だった。上級生も数人いたが、飽きるほどホグズミードに行ったことがあるにちがいない。

「ハリー！　ハリー！　ハリーったら！」

コリン・クリービーだった。ハリーを崇拝している二年生で、話しかける機会をけっして逃さない。

「ハリー、ホグズミードに行かないんですか？　どうして？　あ、そうだ——」

コリンは熱っぽく周囲の友達を見回してこう言った。

「よろしかったら、ここへきて、僕たちと一緒に座りませんか？」

「あー——ううん。でも、ありがとう、コリン」

ハリーは、寄ってたかって額《ひたい》の傷をしげしげと眺められるのに耐えられない気分だった。

「僕——図書室に行かなくちゃ。やり残した宿題があって」

そう言った手前、回れ右して肖像画の穴にもどるしかなかった。

「さっきわざわざ起こしておいて、どういうわけ？」

「太った婦人《レディ》」が、出ていくハリーの後ろ姿に向かって不機嫌な声を出した。

ハリーは気が進まないままなんとなく図書室のほうに向かったが、途中《とちゅう》で気が変わった。勉強する気になれない。くるりと向きを変えたそのとたん、フィルチと鉢合《はちあ》わせした。ホグズミード行きの最後の生徒を送り出した直後なのだろう。

「なにをしている？」フィルチが疑るように歯をむき出す。

「別になにも」ハリーは本当のことを言った。

「べつになにも！」フィルチはたるんだ頬を震わせて吐き出すように言った。

「そうでござんしょうとも！　ひとりでこっそり歩き回りおって。仲間の悪童どもと、ホグズミードで『臭《くさ》い玉《たま》』とか、『ゲップ粉《ごな》』とか、『ヒューヒュー飛行虫《ひこうむし》』なんぞを買いにいかないのはどういうわけだ？」

ハリーは肩をすくめた。

「さあ、おまえのいるべき場所にもどれ。談話室にだ」

ガミガミどなったあとも、フィルチはハリーの姿が見えなくなるまでその場で睨《にら》みつけていた。

ハリーは談話室にはもどらなかった。ふくろう小屋に行ってヘドウィグに会おうかと、ぼんやり考えながら階段を上った。廊下をいくつか歩いていると、とある部屋の中から声がした。

「ハリー？」

ハリーはあともどりして声の主を探した。ルーピン先生が自分の部屋のドアの向こうから覗《のぞ》いている。

「なにをしている？」ルーピン先生の口調は、フィルチのとはまるでちがっていた。「ロンやハーマイオニーはどうしたね？」

「ホグズミードです」ハリーは何気なく言ったつもりだった。

「ああ」ルーピン先生はそう言いながら、じっとハリーを観察した。

「ちょっと中に入らないか？　ちょうど次の授業用のグリンデローが届いたところだ」

「なにがですって？」

ハリーはルーピンについて部屋に入った。部屋の隅に大きな水槽が置いてある。鋭い角《つの》を生やした気味の悪い緑色の生き物が、ガラスに顔を押しつけて百面相をしたり、細長い指を曲げ伸ばししたりしていた。

「水魔《すいま》だよ」ルーピンはなにか考えながらグリンデローを調べていた。

「こいつはあまり難しくはないはずだ。なにしろ河童《カッパ》のあとだしね。コツは、指で絞《し》められたらどう解くかだ。異常に長い指だろう？　強力だが、とても脆《もろ》いんだ」

水魔《グリンデロー》は緑色の歯をむき出し、それから隅の水草の茂みに潜り込んだ。

「紅茶はどうかな？」ルーピンはヤカンを探した。「私もちょうど飲もうと思っていたところだが」

「いただきます」ハリーはぎごちなく答えた。

ルーピン先生が杖《つえ》でたたくと、たちまちヤカンの口から湯気が噴き出した。

「お座り」ルーピンは埃《ほこり》っぽい紅茶の缶《かん》のふたを取った。「すまないが、ティー・バッグしかないんだ。――しかし、お茶の葉はうんざりだろう？」

ハリーは先生を見た。ルーピンの目がキラキラ輝いていた。

「先生はどうしてそれをご存知なんですか？」

「マクゴナガル先生が教えてくださった」

ルーピン先生は縁の欠けたマグカップをハリーに渡した。

「気にしたりはしていないだろうね？」

「いいえ」一瞬、ハリーは、マグノリア・クレセント通りで見かけた犬のことをルーピンに打ち明けようかと思ったが、思い止《とど》まった。ルーピンに臆病者と思われたくなかった。ハリーは「まね妖怪《ボガート》」にも立ち向かえないと、ルーピン先生にそう思われているようなので、なおさらだった。

ハリーの考えていることが顔に出たらしい。

「心配事があるのかい、ハリー」とルーピン先生が聞いた。

「いいえ」

ハリーは嘘をついた。紅茶を少し飲み、水魔がハリーに向かって拳《こぶし》を振り回しているのを眺めた。

「はい、あります」ハリーはルーピンの机に紅茶を置き、出し抜けに言った。「先生、まね妖怪《ボガート》と戦ったあの日のことを覚えていらっしゃいますか？」

「ああ」ルーピンがゆっくりと答えた。

「なぜ僕に戦わせてくださらなかったのですか？」ハリーの問いは唐突だった。

ルーピンはちょっと眉を上げた。

「ハリー、言わなくともわかることだと思っていたが」

ルーピンはちょっと驚いたようだった。

ハリーは、ルーピンがそんなことはないと否定すると予想していたので、意表を衝かれた。

「どうしてですか？」同じ問いを繰り返した。

「そうだね」ルーピンはかすかに眉をひそめた。「まね妖怪が君に立ち向かったら、ヴォルデモート卿《きょう》の姿になるだろうと思ったんだよ」

ハリーは目を見開いた。予想もしていない答えだった。その上、ルーピンはヴォルデモートの名前を口にした。これまで、その名を口に出して言ったのは（ハリーは別として）、ダンブルドア先生だけだった。

「たしかに、私の思いちがいだった」ルーピンはハリーに向かって顔をしかめたまま言った。「しかし、あの職員室でヴォルデモート卿の姿が現れるのはよくないと思った。みんなが恐怖にかられるだろうからね」

「たしかに最初はヴォルデモートを思い浮かべました」ハリーは正直に言った。「でも、僕――僕はすぐに吸魂鬼《ディメンター》を思ったんです」

「そうか」ルーピンは考え深げに言った。「そうなのか。いや……感心したよ」

ルーピン先生はハリーの驚いたような顔を見て、ふっと笑みを浮かべた。

「それは、君が最も恐れているものが――恐怖そのもの――だということなんだ。ハリー、とても賢明なことだよ」

なんと言ってよいかわからなかった。ハリーは紅茶をまた少し飲んだ。

「それじゃ君は、私が君にはまね妖怪と戦う能力がないと判断した、とそんなふうに考えていたのかい？」ルーピンは鋭く言い当てた。

「あの……、はい」急にハリーは気持ちが軽くなった。「ルーピン先生。あの、吸魂鬼のことですが――」

ドアをノックする音で、話が中断された。

「どうぞ」ルーピンが言った。

ドアが開いて入ってきたのは、スネイプだった。手にしたゴブレットからかすかに煙が上がっている。ハリーの姿を見つけるとはたと足を止め、暗い目を細めた。

「ああ、セブルス」ルーピンが笑顔で言った。「どうもありがとう。この机に置いていってくれないか？」

スネイプは煙を上げているゴブレットを置き、ハリーとルーピンに交互に目を走らせた。

「ちょうどいまハリーに水魔《グリンデロー》を見せていたところだ」ルーピンが水槽を指さして楽しそうに言った。

「それは結構」水魔を見もしないでスネイプが言った。「ルーピン、すぐ飲みたまえ」

「はい、はい。そうします」ルーピンが答えた。

「一鍋《なべ》分を煎《せん》じた」スネイプが言った。「もっと必要とあらば」

「たぶん、明日また少し飲まないと。セブルス、ありがとう」

「礼には及ばん」そう言うスネイプの目に、ハリーには気に入らないなにかが宿っていた。スネイプはにこりともせず二人を見据《みす》えたまま、後ずさりして部屋を出ていった。

ハリーが怪訝《けげん》そうにゴブレットを見ていたので、ルーピンがほほえんだ。

「スネイプ先生が私のためにわざわざ薬を調合してくださった。私はどうも昔から薬を煎《せん》じるのが苦手でね。これはとくに複雑な薬なんだ」

ルーピン先生はゴブレットを取り上げて匂いを嗅《か》いだ。

「砂糖を入れると効き目がなくなるのが残念だ」ルーピンはそう言ってひと口飲み、身震いした。

「どうして――?」

ルーピンはハリーを見て、ハリーが聞きかけた質問に答えた。

「このごろどうも調子がおかしくてね。この薬しか効かないんだ。スネイプ先生と同じ職場で仕事ができるのは本当にラッキーだ。これを調合できる魔法使いは少ない」

ルーピン先生はまたひと口飲んだ。ハリーはゴブレットを先生の手からたたき落としたいという、激しい衝動にかられた。

「スネイプ先生は、闇の魔術にとっても関心があるようです」ハリーが思わず口走った。

「そう?」ルーピン先生はそれほど関心を示さず、もうひと口飲んだ。

「人によっては――」

ハリーはためらったが、高みから飛び降りるような気持ちで思い切って言った。

「スネイプ先生は、『闇の魔術に対する防衛術』の講座を手に入れるためならなんでもするだろうって、そう言う人もいます」

ルーピン先生はゴブレットを飲み干し、顔をしかめた。

「ひどい味だ。さあ、ハリー。私は仕事を続けることにしよう。宴会でまた会おう」

「はい」ハリーも空になった紅茶のカップを置いた。

空のゴブレットからは、まだ煙が立ち昇っていた。


「ほーら。持てるだけ持ってきたんだ」ロンが言った。

あざやかな彩《いろど》りの菓子が、雨のようにハリーの膝《ひざ》に降り注いだ。黄昏《たそがれ》時、談話室に着いたばかりのロンとハーマイオニーは、寒風に頬を染め、人生最高の楽しい時を過ごしてきたという顔をしていた。

「ありがとう」ハリーは、「黒胡椒《くろこしょう》キャンディ」の小さな箱を摘み上げながら言った。

「ホグズミードって、どんなとこだった？　どこに行ったの？」

全部――答えはそんな感じだった。魔法用具店の「ダービシュ・アンド・バングズ」、悪戯専門店《いたずらせんもんてん》の「ゾンコ」、泡立った温かいバタービールをマグカップで引っかけた「三本の箒《ほうき》」、その他いろいろだった。

「ハリー、郵便局がすごいぜ！　ふくろうが二百羽くらいいて、みんな棚に止まってるんだ。配達速度によって、ふくろうが色分けしてあるんだ！」

「『ハニーデュークス』に新商品のヌガーがあって、試食品をただで配ってたんだ。

少し入れといたよ。見て――」

「私たち、『人食い鬼』を見たような気がするわ。『三本の箒』には、まったくあらゆるものがくるの――」

「バタービールを持ってきてあげたかったなあ。体が芯《しん》から温まるんだ――」

「あなたはなにをしていたの？」ハーマイオニーが心配そうに聞いた。「宿題やった？」

「ううん。ルーピンが部屋で紅茶を入れてくれた。それからスネイプがきて……」

ハリーはゴブレットのことを洗いざらい二人に話した。ロンは口をあんぐりと開けた。

「ルーピンがそれ、飲んだ？」ロンは息を呑《の》んだ。「マジで？」

ハーマイオニーが腕時計を見た。

「そろそろ下りたほうがいいわ。宴会があと五分で始まっちゃう……」

三人は、急いで肖像画の穴を通り、他の生徒と一緒になったあとも、まだスネイプのことを話していた。

「だけど、もしスネイプが――ねえ――」

ハーマイオニーが声を落として、あたりを注意深く見回した。

「もし、スネイプがほんとにそのつもり――ルーピンに毒を盛るつもりだったら

――ハリーの目の前ではやらないでしょう」

「うん、たぶん」

ハリーがそう答えたときには、三人は玄関ホールを横切り、大広間に向かっていた。大広間には、何百ものくり抜きかぼちゃに蠟燭《ろうそく》が点《とも》り、生きたこうもりが群がり飛んでいた。燃えるようなオレンジ色の吹き流しが、荒れ模様の空を模した天井の下で、何本もあざやかな海ヘビのようにくねくねと泳いでいた。

食事もすばらしかった。ハーマイオニーとロンは、ハニーデュークスの菓子で腹がはち切れそうだったはずなのに、全部の料理をおかわりした。ハリーは気になって教職員テーブルを何度もちらちら見たが、ルーピン先生は楽しそうでとくに変わった様子もなく、「呪文学」のチビのフリットウィック先生となにやら生き生きと話していた。ハリーはそのままスネイプへと目を移した。スネイプが、不自然なほどしばしばルーピン先生のほうを見ている。気のせいだろうか?

宴《うたげ》の締めくくりは、ホグワーツのゴーストによる余興だ。壁やらテーブルやらからポワンと現れて、編隊を組んで空中滑走をした。グリフィンドールの寮つきゴースト「ほとんど首無しニック」は、しくじった打ち首の場面を再現し、大受けした。

「ポッター、吸魂鬼《ディメンター》がよろしくってさ!」

みなが大広間を出る際、マルフォイが人込みの中からさけんだ言葉でさえ、ハリーの気分を壊せないほどその夜は楽しかった。

ハリー、ロン、ハーマイオニーは他のグリフィンドール生の後ろについて、いつもの通路を塔へと向かったが、「太った婦人《レディ》」の肖像画につながる廊下までくると、生徒たちがすし詰め状態で立ち往生していた。

「なんでみんな入らないんだろう?」ロンが怪訝《けげん》そうに言った。

ハリーはみなの頭の間から前方を窺《うかが》った。肖像画が閉まったままらしい。

「通してくれ、さあ」

パーシーの声だ。人波をかき分けて、偉そうに肩で風を切って歩いてくる。

「なにをもたもたしてるんだ?　全員合言葉を忘れたわけじゃないんだろう。——ちょっと通してくれ。僕は首席だ——」

さぁっと沈黙が流れた。前から始まり、冷気が廊下に沿って広がるようだった。パーシーが突然鋭くさけぶ声が聞こえた。

「だれか、ダンブルドア先生を呼んで。急いで」

ざわざわと頭が動き、後列の生徒は爪先立ちになった。

「どうしたの?」いまきたばかりのジニーが聞いた。

次の瞬間、ダンブルドア先生がそこに立っていた。肖像画に向かってさっと歩いていく。生徒が押し合いへし合いして道を空けた。ハリー、ロン、ハーマイオニーはなく。

にが問題なのかよく見ようと、近くまで行った。

「ああ、なんてこと――」ハーマイオニーが絶叫してハリーの腕をつかんだ。

「太った婦人《レディ》」は肖像画から消え去り、絵はめった切りにされて、キャンバスの切れ端が床に散らばっていた。絵のかなりの部分が完全に切り取られている。

ダンブルドアは、無残な姿の肖像画を一目見るなり、暗い深刻な目で振り返った。マクゴナガル、ルーピン、スネイプの先生方が、ダンブルドア校長のもとに駆けつけてくるところだった。

「『婦人《レディ》』を探さなければならん」ダンブルドアが言った。

「マクゴナガル先生。すぐにフィルチさんのところに行って、城中の絵の中を探すよう言ってくださらんか」

「見つかったらお慰み！」かん高いしわがれ声がした。

ポルターガイストのピーブズだ。みなの頭上をひょこひょこ漂いながら、いつものように、大惨事や心配事がうれしくてたまらない様子だ。

「ピーブズ、どういうことかね？」

ダンブルドアは静かに聞いた。ピーブズはニヤニヤ笑いをちょっと引っ込めた。さすがのピーブズもダンブルドアをからかう勇気はない。ねっとりした作り声で話したが、いつものかん高い声よりなお悪かった。

「校長閣下《かっか》、恥ずかしかったのですよ。見られたくなかったのですよ。あの女はズタズタでしたよ。五階の風景画の中を走ってゆくのを見ました。木にぶつからないようにしながら走ってゆきました。ひどく泣きさけびながらね」

うれしそうにそう言い、「おかわいそうに」と白々しくも言い添えた。

『婦人《レディ》』は、だれの仕業か話したかね？」ダンブルドアが静かに聞いた。

「ええ、たしかに。校長閣下」

大きな爆弾を両腕に抱きかかえているような言い草だ。

「そいつは、『婦人《レディ》』が入れてやらないんでひどく怒ってましたねえ」

ピーブズはくるりと宙返りし、自分の足の間からダンブルドアに向かってニヤニヤした。

「あいつは癇癪《かんしゃく》持ちだねえ。あのシリウス・ブラックってのは」

第9章　恐怖の敗北

ダンブルドア校長はグリフィンドール生全員に、大広間にもどるように言い渡した。十分後に、ハッフルパフ、レイブンクロー、スリザリンの寮生も、みな当惑した表情で全員大広間に集まった。

「教師全員で、城の中をくまなく捜索せねばならん」

マクゴナガル先生とフリットウィック先生が、大広間の扉という扉を全部閉め切っている間、ダンブルドア校長がそう告げた。

「ということは、気の毒じゃがみな、今夜はここに泊まることになろうの。みなの安全のためじゃ。監督生《かんとくせい》は大広間の入口の見張りに立ってもらおう。首席の二人に、ここの指揮をまかせようぞ。なにか不審なことがあれば、ただちにわしに知らせるように」

ダンブルドアは、厳《いか》めしくふん反り返ったパーシーに向かって、最後に一言つけ加えた。

「ゴーストをわしへの伝令に使うがよい」

ダンブルドアは大広間から出ていこうとして、ふと立ち止まった。

「おお、そうじゃ。必要なものがあったのう……」

はらりと杖《つえ》を振ると、長テーブルが全部大広間の片隅に飛んでいき、きちんと壁を背に並んだ。もう一振りすると、何百ものふかふかした紫色の寝袋が現れて、床一杯に敷き詰められた。

「ぐっすりとおやすみ」

大広間を出ていきながら、ダンブルドア校長が声をかけた。

たちまち、大広間中がガヤガヤうるさくなった。グリフィンドール生が他の寮生に事件の話を始めたのだ。

「みんな寝袋に入って！」パーシーが大声で指示を出す。「さあ、さあ、おしゃべりはやめたまえ！　消灯まであと十分！」

「行こうぜ」ロンがハリーとハーマイオニーに呼びかけ、三人はそれぞれ寝袋をつかんで隅のほうに引きずっていった。

「ねえ、ブラックはまだ城の中にいると思う？」ハーマイオニーが心配そうにささやいた。

「ダンブルドアは明らかにそう思ってるみたいだな」とロン。

「ブラックが今夜を選んでやってきたのは、ラッキーだったと思うわ」

三人とも服を着たままで寝袋に潜り込み、頬杖をつきながら話を続けた。

「だって今夜だけはみんな寮塔にいなかったんですもの……」

「きっと、逃亡に明け暮れているせいで、時間の感覚がなくなったんだな」ロンが言った。「今日がハロウィーンだって知らなかったんだよ。じゃなきゃこの広間を襲撃してたぜ」

ハーマイオニーが身震いした。まわりでも、みなが同じことを話し合っていた。

「いったいどうやって入り込んだんだろう？」

「『姿現し術《すがたあらわしじゅつ》』を心得てたんだと思うな」ちょっと離れたところにいたレイブンクロー生が言った。「ほら、どこからともなく突如現れるアレさ」

「変装してたんだ、きっと」ハッフルパフの五年生だ。

「飛んできたのかもしれないぞ」ディーン・トーマスがだめを押した。

「まったくもう。『ホグワーツの歴史』を読もうとしたことがあるのは、私一人だけだって言うの？」

「たぶんそうだろ」とロンが言った。「どうしてそんなこと聞くんだ？」

「それはね、この城を護っているのは城壁だけじゃないってことなの。こっそり入り込めないように、ありとあらゆる呪文がかけられているのよ。ここでは『姿現し』はできないわ。それに、吸魂鬼《ディメンター》を欺《あざむ》くような変装があるんだったら拝見したいものよ。校庭の入口は一つ残らず吸魂鬼が見張ってる。空を飛んできたって見つかったはずだわ。その上、秘密の抜け道はフィルチが全部知ってるから、そこも吸魂鬼が見逃してはいないはず……」

「灯《あか》りを消すぞ！」パーシーがどなった。「全員寝袋に入って、おしゃべりはやめ！」

蠟燭《ろうそく》の灯がいっせいに消えた。残された明かりは、ふわふわ漂いながら監督生《かんとくせい》たちと深刻な話をしている銀色のゴーストと、城の外の空と同じように星が瞬《またた》く魔法の天井の光だけだった。そんな薄明かりの中、ひそひそとささやきの流れ続ける大広間で、ハリーはまるで静かな風の吹く戸外に横たわっているような気持ちになった。

一時間ごとに先生が一人ずつ入ってきて、何事もないかどうかを確かめた。ようやくみなが寝静まった朝の三時ごろ、ダンブルドア校長が姿を現した。ダンブルドアはパーシーを探している。まだ起きている寮生を寝かしつけるために寝袋の間を巡回していたパーシーは、ハリー、ロン、ハーマイオニーのすぐ近くにいる。ダンブルドアの足音が近づいてきた。三人とも急いで狸寝入りをした。

「先生、なにか手がかりは？」パーシーが低い声でたずねた。

「いや。ここは大丈夫かの？」

「異常なしです。先生」

「よろしい。なにもいますぐ全員を移動させることはあるまい。グリフィンドールの門番には臨時の者を見つけておいた。明日になったら、みなを寮に移動させるがよい」

「それで、『太った婦人《レディ》』は？」

「三階のアーガイルシャーの地図の絵に隠れておる。合言葉を言わないブラックを拒《こば》んだらしいのう。それでブラックが襲った。『婦人《レディ》』はまだ非常に興奮しておるが、落ち着いてきたらフィルチに言って『婦人《レディ》』を修復させようぞ」

ハリーの耳に大広間の扉がふたたび開く音が聞こえ、もう一つの足音が聞こえた。

「校長ですか？」スネイプだ。ハリーは身じろぎもせず聞き耳を立てた。

「四階はくまなく探しました。あやつはおりません。さらにフィルチが地下牢を探しましたが、そこも異常はなしです」

「天文台の塔はどうかね？　トレローニー先生の部屋は？　ふくろう小屋は？」

「すべて探しましたが……」

「セブルス、ご苦労じゃった。わしも、ブラックがいつまでもぐずぐず残っているとは思っておらなかった」

「校長、あやつがどうやって入ったか、なにか思い当たることがおありですか？」スネイプが聞いた。

ハリーは、腕枕に載せていた頭をわずかに持ち上げ、もう一方の耳でも聞こえるようにした。

「セブルス、いろいろとあるが、どれもこれもありえないことでな」

ハリーは薄目を開けて三人が立っているあたりを盗み見た。ダンブルドアは背中を向けていたが、パーシーの全神経を集中させた顔とスネイプの怒ったような横顔が見える。

「校長、過日私がお話しした件につき覚えておいででしょうな。たしか——あ——一学期の始まったときの？」スネイプはほとんど唇を動かさずに話していた。まるでパーシーを会話から閉め出そうとしているかのようだった。

「いかにも」ダンブルドアが答えた。その言い方に警告めいた響きがあった。

「どうも——内部の者の手引きなしには、ブラックが本校に入るのは——ほとんど不可能かと。私は、しかとご忠告申し上げました。校長が任命を——」

「この城の内部の者がブラックの手引きをしたとは、わしは考えておらん」

ダンブルドアの言い方には、この件はこれで打ち切りと、スネイプに二の句を継がせないきっぱりとした調子があった。

「わしは吸魂鬼《ディメンター》たちに会いにいかねばならん。捜索《そうさく》が終わったら知らせると言ってあるのでな」とダンブルドアが言った。

「先生、吸魂鬼は手伝おうとは言わなかったのですか？」パーシーが聞いた。

「おお、言ったとも」ダンブルドアの声は冷ややかだった。「わしが校長職にあるかぎり、吸魂鬼にはこの城の敷居はまたがせん」

パーシーは少し恥じ入った様子だった。ダンブルドアは足早にそっと大広間を出ていった。スネイプはその場にたたずみ、憤懣《ふんまん》やる方ない表情で校長を見送っていたが、やがて自分も部屋を出ていった。

ハリーが横目でロンとハーマイオニーを見ると、二人とも目を開けていた。二人の目に天井の星が映っていた。

「いったいなんのことだろう」ロンがつぶやいた。


それから数日というもの、学校中シリウス・ブラックの話で持ち切りだった。どうやって城に入り込んだのか、話に尾ひれがついてどんどん大きくなった。ハッフルパフのハンナ・アボットなどは、「薬草学」の時間中ずっと話を聞いてくれる人を捕まえては、ブラックは花の咲く灌木《かんぼく》に変身できるのだと言いまくっていた。

切り刻まれた「太った婦人《レディ》」の肖像画は壁から取り外され、代わりにずんぐりした灰色のポニーにまたがった「カドガン卿《きょう》」の肖像画が掛けられた。これにはみな大弱りだった。カドガン卿はだれかれかまわず決闘を挑み、そうでなければ、とてつもなく複雑な合言葉をひねり出すのに余念がなかった。そして少なくとも一日二回は合言葉を変えた。

「あの人、超狂ってるよ」シェーマス・フィネガンが頭にきてパーシーに訴えた。

「ほかに人はいないの？」

「どの絵もこの仕事を嫌ったんでね」パーシーが言った。「『太った婦人《レディ》』にあんなことがあったもんだからみんな怖がってね。名乗り出る勇気があったのはカドガン卿だけだったんだ」

しかし、ハリーはカドガン卿を気にするどころではなかった。いまやハリーに対する監視《かんし》の目も厳しくなった。教師たちはなにかと理由をつけてはハリーと並んで廊下を歩き、パーシー・ウィーズリーは——察するに、母親の言いつけなのだろうが——ハリーの行くところ、どこにでもぴったりくっついてきた。まるでふん反り返った番犬のようだった。そしてきわめつきは、マクゴナガル先生だ。部屋に呼ばれていくと、先生があまりに暗い顔をしているので、ハリーはだれかが死んだのかと思ったほどだ。

「ポッター、いまとなっては隠していてもしようがありません」

マクゴナガル先生の声は深刻そのものだった。

「あなたにとってはショックかもしれませんが、実はシリウス・ブラックが――」

「僕を狙っていることは知っています」ハリーはもう、うんざりだという口調で言った。「ロンのお父さんが、お母さんに話しているのを聞いてしまいました。ウィーズリーさんは魔法省にお勤めですから」

マクゴナガル先生はどきりとした様子だった。一瞬ハリーを見つめたが、すぐに言葉を続けた。

「よろしい！　それでしたら、ポッター、あなたが夕刻にクィディッチの練習をするのはあまり好ましいことではない、という私《わたくし》の考えもわかってもらえるでしょうね。あなたとチームのメンバーだけがピッチに出ているのは、あまりに危険ですし、あなたは――」

「土曜日に最初の試合があるんです！」ハリーは気を昂《たかぶ》らせた。「先生、絶対練習しないと！」

マクゴナガル先生はじっとハリーを見つめた。ハリーは、マクゴナガル先生がグリフィンドール・チームの勝算に、大きな関心を寄せていることを知っていた。そもそもハリーをシーカーにしたのは、マクゴナガル先生自身なのだ。ハリーは息を凝らして先生の言葉を待った。

「ふむ……」

マクゴナガル先生は立ち上がり、窓から雨に霞むクィディッチ競技場を見つめた。

「そう……まったく、今度こそ優勝杯を獲得したいものです。……しかし、それはそれ、これはこれ。ポッター……私《わたくし》としては、だれか先生に付き添っていただければより安心です。フーチ先生に練習の監督をしていただきましょう」

クィディッチの開幕試合が近づくにつれ、天候は着実に悪くなっていった。それにもめげず、グリフィンドール・チームはフーチ先生の見守る中、以前にも増して激しい練習を続けた。そして、土曜日の試合を控えた最後の練習時に、オリバー・ウッドがいやな知らせを持ってきた。

「相手はスリザリンではない！」ウッドはカンカンになってチームにそう伝えた。「フリントがいましがた会いにきた。我々はハッフルパフと対戦することになった！」

「どうして？」チーム全員が同時に聞き返した。

「フリントのやつ、シーカーの腕がまだ治ってないからと吐《ぬ》かした」

ウッドはギリリと歯軋《はぎし》りした。

「理由は知れたこと。こんな天気じゃプレイしたくないってわけだ。自分たちの勝ち目が薄いと読んだんだ……」

その日は一日中強い雨風が続き、ウッドの話す間にも遠い雷鳴が聞こえてきた。

「マルフォイの腕はどこも悪くない！」ハリーは怒った。「悪いふりをしてるんだ！」

「わかってるさ。しかし、証明できない」ウッドが吐《は》き捨てるように言った。「我々がこれまで練習してきた戦略は、スリザリンを対戦相手に想定していた。それが、ハッフルパフときた。あいつらのスタイルはまた全然ちがう。あそこはキャプテンが新しくなった。シーカーのセドリック・ディゴリーだ――」

アンジェリーナ、アリシア、ケイティの三人が急にクスクス笑い出した。

「なんだ？」この一大事に不謹慎《ふきんしん》なと、ウッドは顔をしかめた。

「あの背の高いハンサムな人でしょう？」アンジェリーナが言った。

「無口で強そうな」とケイティが続けると、三人でまたクスクス笑いが始まった。

「無口だろうさ。二つの言葉をつなげる頭もないからな」

フレッドがいらだちながら言った。

「オリバー、なにも心配する必要はないだろう？　ハッフルパフなんて、ひとひねりだ。前回の試合じゃ、ハリーが五分かそこいらでスニッチを取っただろう？」

「今度の試合は状況がまるっきりちがうのだ！」ウッドが目をむいてさけんだ。

「ディゴリーは強力なチームを編成した！　優秀なシーカーだ！　諸君がそんなふうに甘く考えることをおれは恐れていた！　我々は気を抜いてはならない！　あくまで神経を集中せよ！　スリザリンは我々に揺さぶりをかけようとしているのだ！　我々は勝たねばならん！」

「オリバー、落ち着けよ！」フレッドは毒気を抜かれたような顔をした。「おれたち、ハッフルパフのことをまじめに考えてるさ。クソまじめさ」

試合前日、風はうなりを上げ、雨はいっそう激しく降った。廊下も教室も真っ暗になり、松明《たいまつ》や蠟燭《ろうそく》の数を増やしたほどだった。スリザリン・チームは余裕しゃくしゃくで、マルフォイが一番得意そうだった。

「ああ、腕がもう少しなんとかなったらなぁ！」

窓を打つ嵐をよそに、マルフォイがため息をついた。

ハリーの頭は明日の試合のことで一杯だった。オリバー・ウッドが授業の合間に急ぎやってきては、ハリーに指示を与えた。三度目にはウッドの話が長すぎて、気がつくとハリーは「闇の魔術に対する防衛術」の授業に十分も遅れていた。急いで駆《か》け出すハリーの後ろから、ウッドの大声が追いかけてきた。

「ディゴリーは急旋回が得意だ。ハリー、宙返りでかわすのがいい――」

ハリーは「闇の魔術に対する防衛術」の教室の前で急停止し、ドアを開けて中に飛び込んだ。

「遅れてすみません。ルーピン先生、僕――」

教壇《きょうだん》の机から顔を上げたのは、ルーピンではなくスネイプだった。

「授業は十分前に始まったぞ、ポッター。であるからグリフィンドールは一〇点減点とする。座れ」

しかし、ハリーは動かなかった。

「ルーピン先生は？」

「今日は気分が悪く、教えられないとのことだ」スネイプの口元に歪んだ笑いが浮かんでいる。「座れと言ったはずだが？」

それでもハリーは動かなかった。

「どうなさったのですか？」

スネイプはぎらりと暗い目を光らせた。

「命に別状はない」別状があればよかったのにとでも言わんばかりだ。

「グリフィンドール、さらに五点減点。もう一度我輩《わがはい》に『座れ』と言わせたら、五〇点減点する」

ハリーはのろのろと自分の席まで歩いていき、腰を掛けた。スネイプはクラス全体をずいと見回した。

「ポッターが邪魔をする前に話していたことであるが、ルーピン先生はこれまでどのような内容を教えたのか、まったく記録を残していないからして――」

「先生、これまでにやったのは、まね妖怪《ボガート》、赤帽鬼《レッドキャップ》、河童《カッパ》、水魔《グリンデロー》です」

ハーマイオニーが一気に答えた。

「これからやる予定なのは――」

「黙れ」スネイプが冷たく言った。「教えてくれと言ったわけではない。我輩《わがはい》はただ、ルーピン先生のだらしなさを指摘しただけである」

「ルーピン先生はこれまでの『闇の魔術に対する防衛術』の先生の中で、一番よい先生です」

ディーン・トーマスの勇敢な発言を、教室中がガヤガヤと支持した。スネイプの顔がいっそう威嚇的《いかくてき》になった。

「点の甘いことよ。ルーピンは諸君に対して著しく厳しさに欠ける。――赤帽鬼《レッドキャップ》や水魔《グリンデロー》など、一年坊主でもできることだ。我々が今日学ぶのは――」

ハリーが見ていると、スネイプ先生は教科書の一番後ろまでページをめくっていた。ここなら生徒はまだ習っていないと踏んだにちがいない。

「――人狼《じんろう》である」とスネイプが言った。

「でも、先生」ハーマイオニーはがまんできずに発言した。「まだ狼人間をやる予定ではありません。これからやる予定なのは、ヒンキーパンクで――」

「ミス・グレンジャー」スネイプの声は恐ろしく静かだった。「この授業は我輩が教えているのであり、君ではないはずだが。その我輩が、諸君に三九四ページをめくるようにと言っているのだ」

スネイプはもう一度ずいと教室を見回した。

「全員！　いますぐだ！」

あちこちで苦々しげに目配せが交わされブツブツ文句をつぶやく生徒もいたが、しかたなく全員が教科書を開いた。

「人狼と真の狼とをどうやって見分けるか――わかる者はいるか？」スネイプが聞いた。

しんと身動きもせずみな座ったままだ。ハーマイオニーだけが、いつものように勢いよく手を挙げた。

「だれかいるか？」スネイプはハーマイオニーを無視した。口元にはあの薄ら笑いがもどっている。「ふむ、なにかね。ルーピン先生は諸君に、基本的な両者の区別さえまだ教えていないと――」

「お話ししたはずです」パーバティが突然口をきいた。「わたしたち、まだ狼人間までいってません。いまはまだ――」

「黙れ！」スネイプの唇がめくれ上がった。「さて、さて、三年生にもなって、人狼に出会っても見分けのつかない生徒にお目にかかろうとは考えてもみなかった。諸君の学習がどんなに遅れているか、校長にしっかりお伝えしておこう」

「先生」ハーマイオニーは、まだしっかり手を挙げたままだった。「狼人間はいくつか細かいところで本当の狼とちがっています。狼人間の鼻面は――」

「勝手にしゃしゃり出てきたのはこれで二度目だ。ミス・グレンジャー」冷ややかにスネイプが言った。「鼻持ちならない知ったかぶりで、グリフィンドールからさらに五点減点する」

ハーマイオニーは真っ赤になって手を下ろし、目に涙をいっぱい浮かべてじっとうつむいた。クラスのだれもが、少なくとも一度はハーマイオニーを〝知ったかぶり〟と呼んでいる。それなのに、そのクラス全員がスネイプを睨《にら》みつけていた。クラス中の生徒が、スネイプに対する嫌悪感を募らせたのだ。ロンは少なくとも週に二回はハーマイオニーに面と向かって〝知ったかぶり〟と言うくせに、大声でこう言った。

「先生が僕らに質問を出したんじゃないですか。ハーマイオニーは答えを知ってるんだ！　答えて欲しくないんなら、なんで質問したんですか？」

言いすぎた、とみなとっさにそう思った。クラス中が息をひそめる中、スネイプはじりじりとロンに近づいた。

「罰則だ。ウィーズリー」スネイプは顔をロンにくっつけるようにして、するりと言い放った。「さらに、我輩《わがはい》の教え方に対する君の批判がふたたび我輩の耳に入った暁《あかつき》には、君は非常に後悔することになるだろう」

それからあとは、物音を立てる者もいなかった。机に座って教科書の狼人間に関する記述の写し書きをした。スネイプは机の間を往《い》ったり来たりして、ルーピン先生がなにを教えていたか、調べて回った。

「ふんっ、実に稚拙《ちせつ》な説明だ……これはまちがい。河童《カッパ》はむしろ蒙古《もうこ》によく見られる。……ルーピン先生はこれで一〇点満点の八点か？　我輩なら三点もやれん……」

やっとベルが鳴ったが、スネイプはみなを引き止めた。

「各自レポートを書き、我輩に提出するよう。人狼《じんろう》の見分け方と殺し方についてだ。羊皮紙《ようひし》二巻、月曜の朝までに出したまえ。このクラスは、そろそろだれかが締めてかからねばならん。ウィーズリー、残りたまえ。罰則の手段を決めねばならん」

ハリーとハーマイオニーは、クラスのみなと外に出た。教室まで声が届かないところまでくると、だれもが堰《せき》を切ったように、スネイプ攻撃をぶちまけた。

「いくらあの授業の先生になりたいからといって、スネイプはほかの『闇の魔術に対する防衛術』の先生にあんなふうだったことはないよ。いったいルーピンになんの恨みがあるんだろう？　例の『まね妖怪《ボガート》』のせいだと思うかい？」ハリーはハーマイオニーに言った。

「わからないわ」ハーマイオニーが沈んだ口調で答えた。「でも、ほんとに、早くルーピン先生がお元気になってほしい……」

五分後にロンが追いついてきた。カンカンに怒っている。

「聞いてくれよ。あの×××」（ロンがスネイプを「×××」と呼んだので、ハーマイオニーは「ロン！」とたしなめた）「×××が僕になにをさせると思う？　医務室のおまる磨きだ。魔法なしだぜ！」ロンは拳《こぶし》をにぎりしめ、息を深く吸い込んだ。「ブラックがスネイプの研究室に隠れててくれたらなぁ。な？　そしたらスネイプを始末してくれたかもしれないよ！」

次の日、ハリーは早々と目が覚めた。外はまだ暗かった。風のうなり声に目が覚めたかと思った瞬間、首の後ろに吹きつける冷たい風を感じて、ハリーはがばと起き上がった。――ポルターガイストのピーブズがすぐそばに浮かんで、ハリーの耳元に息を吹きつけていた。

「どうしてそんなことをするんだい？」ハリーは怒った。

ピーブズは頬をふくらませ、勢いよくもう一吹きすると、ケタケタ笑いながら吹いた息の反動で後退して部屋から出ていった。

ハリーは手探りで目覚し時計を探し、時間を見た。四時半。ピーブズを罵《ののし》りながら寝返りを打ち、眠ろうとした。しかし、いったん目が覚めてしまうと、ゴロゴロという雷鳴や、城の壁を打つ風の音、遠くの「禁じられた森」の木々の軋《きし》みが耳について振りはらえない。あと数時間で、ハリーはこの風を突いてクィディッチ・ピッチに出ていくのだ。ついにハリーは眠りをあきらめ、起き上がって服を着た。ニンバス2000を手に、ハリーはそっと寝室を出た。

寝室のドアを開けたとたん、ハリーの足元をなにかがかすった。間一髪、かがんで捕まえたのはクルックシャンクスのぼさぼさの尻尾《しっぽ》だった。そのまま部屋の外に引っ張り出した。

「君のことをロンがいろいろ言うのは、たしかに当たってると思うよ」

ハリーは、クルックシャンクスを怪しむように話しかけた。

「ネズミならほかにたくさんいるじゃないか。そっちを追いかけろよ。さあ」

ハリーは足でクルックシャンクスを螺旋《らせん》階段のほうに押しやった。

「スキャバーズには手を出すんじゃないよ」

嵐の音は談話室のほうがはっきり聞こえた。試合がキャンセルになると考えるほどハリーは甘くはなかった。嵐だろうが雷だろうが、そんな些細《ささい》なことでクィディッチが中止されたことはない。しかし、ハリーの不安感は募った。以前廊下でウッドに、あれがセドリック・ディゴリーだと示されたことがある。五年生で、ハリーよりずっと大きかった。シーカーは軽くてすばやいのが普通だが、ディゴリーの重さはこの天候には有利かもしれない。吹き飛ばされてコースを外れる可能性が低い。

ハリーは夜明けまで暖炉の前で時間をつぶし、ときおり立ち上がっては、性懲《しょうこ》りもなく男子寮の階段に忍び寄るクルックシャンクスを追いはらいにいった。ずいぶん待った後に、ハリーはもう朝食の時間だろうと肖像画の穴を一人でくぐった。

「立て！　かかってこい！　腰抜けめ！」カドガン卿《きょう》がわめいた。

「よしてくれよ」ハリーはあくびで応じた。

オートミールをたっぷり食べて少し生き返った。トーストを食べはじめるころには、他のチーム・メートも全員現れた。

「今日はてこずるぞ」ウッドはなにも食べずにそう言った。

「オリバー、心配はいらないわ」アリシアがなだめるように言った。「ちょっとぐらいの雨はへいちゃらよ」

しかし、雨は〝ちょっと〟どころではなかった。それでも、なにしろ大人気のクィディッチだ。学校中がいつものように試合観戦に出かけた。荒れ狂う風に向かってみなが頭を低く下げ、競技場までの芝生を駆け抜ける中、傘はことごとく手からもぎ取られるように吹き飛ばされた。ロッカールームに入る直前、マルフォイ、クラッブ、ゴイルが巨大な傘をさして競技場に向かいながら、ハリーを指さして笑っているのが見えた。

チーム全員が紅《くれない》のユニフォームに着替えて、いつものように試合前のウッドの激励演説を待った。しかし、演説はなしだった。何度か話し出そうとしたウッドだったが、なにかを飲み込むような奇妙な音を出して力なく頭を振り、そのまま ついてこいとみなに合図をした。

ピッチに出たとたん、風のものすごさに、みな横ざまによろめいた。耳をつんざく雷鳴に、観衆の声援もかき消されて耳には入らなかった。雨がハリーのメガネを打った。こんな中でどうやってスニッチを見つけられるというのか?

ピッチの反対側から、カナリア・イエローのユニフォーム姿でハッフルパフの選手が入場した。キャプテン同士が歩み寄って握手する。ディゴリーはほほえんだが、ウッドは口が開かなくなったようにうなずいただけだった。ハリーの目には、フーチ先生の口が、「箒《ほうき》に乗って」と言っているように見えた。ズボッと抜き、ニンバス２０００にまたがった。フーチ先生がホイッスルを唇に当て、吹く。鋭い音が遠くに響く。――試合開始だ。

ハリーは急上昇したが、ニンバスが風にあおられてやや流れた。箒をにぎりしめ、目を細め、雨を透《す》かして方向を見定めながら、できるだけまっすぐ飛んだ。

五分もすると、芯《しん》までびしょ濡れになって、ハリーは凍えていた。他のチーム・メートもほとんど見えず、ましてや小さなスニッチなど見えるわけがない。ピッチの上空をあっちへ飛びこっちへ飛びしながら、輪郭のぼやけた紅色やら黄色やらの物体の間を抜けながら進んだ。いったい試合がどうなっているのかもわからない。解説者の声など風で聞こえはしなかった。観衆もマントや破れ傘に隠れて見えない。ブラッジャーが二度、ハリーを箒からたたき落としそうになった。メガネが雨で曇って、ブラッジャーの襲撃が見えなかったのだ。

時間の感覚がなくなった。箒をまっすぐ保持しているのがだんだん難しくなった。まるで夜が足を速めてやってきたかのように、空はいよいよ暗くなってきた。二度、ハリーは他の選手にぶつかりそうになった。敵か味方かもわからない。なにしろみなぐしょ濡れだし雨はどしゃ降りだしで、選手の見分けなどつかなかった。

最初の稲妻が光ったとき、フーチ先生のホイッスルが鳴り響《ひび》いた。どしゃ降りの雨の向こう側に、辛《かろ》うじてウッドのおぼろげな輪郭が見えた。ハリーにピッチに下りてこいと合図している。チーム全員が泥の中に音を立てて着地した。

「タイム・アウトを要求した！」ウッドが吠えるように言った。「集まってくれ。この下に――」

ピッチの片隅の大きな傘の下で、選手が円陣を組んだ。ハリーはメガネを外してユニフォームで手早く拭《ぬぐ》った。

「スコアはどうなっているの？」

「我々の五〇点リードだ。だが、早くスニッチを取らないと夜にもつれ込むぞ」とウッドが言った。

「こいつをかけてたら、僕、全然だめだよ」

メガネをブラブラさせながら、ハリーが腹立たしげに言った。

ちょうどそのとき、ハーマイオニーがハリーのすぐ後ろに現れた。マントを頭からすっぽりかぶって、なんだかにっこりしている。

「ハリー、いい考えがあるの。メガネをちょうだい。早く！」

ハリーはメガネを渡した。チーム全員がなんだろうと見守る中、ハーマイオニーは杖《つえ》でメガネをコツコツたたき、呪文を唱えた。

「インパービアス！　防水せよ！」

「はい！」ハーマイオニーはメガネを返しながら言った。「これで水をはじくわ！」

ウッドはハーマイオニーにキスしかねない顔をした。

「よくやった！」

ハーマイオニーがまた観衆の中にもどっていく後ろ姿に向かって、ウッドがガラガラ声でさけんだ。

「オッケー。さあみんな、しまっていこう!」

ハーマイオニーの呪文は抜群に効いた。ハリーは相変わらず寒さでかじかみ、こんなに濡れたことはないというほどびしょ濡れだったが、とにかく目は見えるようになった。気持ちを引きしめ、乱気流の中で箒《ほうき》に活を入れた。スニッチを探して四方八方に目を凝らし、ブラッジャーを避《よ》け、反対側から飛んできたディゴリーの下をかいくぐり……。

また雷がバリバリバリッと鳴り、樹木のように枝分かれした稲妻が走った。ますます危険になってきた。早くスニッチを捕まえなければ――。

ピッチの中心にもどろうとして、ハリーは向きを変えた。そのとたんピカッときた稲妻がスタンドを照らし、ハリーの目にある姿が飛び込んだ。――巨大な黒い毛むくじゃらの犬が、空を背景にくっきりと影絵のように浮かび上がったのだ。最上段のだれもいない席に、じっとしている。ハリーは完全に集中力を失った。

かじかんだ指が箒の柄《え》を滑り落ち、ニンバスはずんと一メートルも落下した。頭を振って目にかかるぐしょ濡れの前髪を払い、ハリーはもう一度スタンドに目を向けた。犬の姿は消えている。

「ハリー!」グリフィンドールのゴールから、ウッドの振りしぼるようなさけびが聞こえた。「ハリー、後ろだ！」

　あわてて見回すと、セドリック・ディゴリーが上空を猛スピードで飛んでいた。ハリーとセドリックの間には降りしきる雨の幕。そして、その中にキラッキラッと小さな点のような金色の光……。

　電撃のようなショックを受けて、ハリーは箒の柄に真っ平らに身を伏せながら、スニッチめがけて突進した。

　雨が激しく顔を打つ。

「がんばれ！」ハリーは歯を食いしばってニンバスに呼びかけた。「もっと速く！」

　突然、奇妙なことが起こった。競技場にサーッと気味の悪い沈黙が流れた。相変わらず激しく吹く風も、うなりを忘れてしまっている。だれかが音のスイッチを切ったかのように、ハリーの耳が急に聞こえなくなったかのように——いったいなにが起こったのだろう？

　すると、あの恐ろしい感覚が——冷たい波がハリーを襲い、心の中に押し寄せた。ハリーはピッチにうごめくものに気づいた……。

　考える余裕もなく、ハリーはスニッチから目を離し、下を見下ろした。

　少なくとも百人の吸魂鬼《ディメンター》がピッチに立ち、隠れて見えない顔をハリーに向けている。氷のような水がハリーの胸にひたひたと押し寄せ、体の中を切り刻む。そしてあの声が、また聞こえた……だれかのさけぶ声が……ハリーの頭の中でさけぶ声が……女の人だ……。

「ハリーだけは、ハリーだけは、どうぞハリーだけは！」

「どけ、ばかな女め！……さあ、どくんだ……」

「ハリーだけは、どうかお願い。わたしを、わたしを代わりに殺して――」

白い靄《もや》がぐるぐるとハリーの頭の中を渦巻き、痺《しび》れさせた。……いったい僕はなにをしているんだ？　どうして飛んでいるんだ？　あの女《ひと》を助けないと……あの女《ひと》は死んでしまう……殺されてしまう……。

ハリーは落ちていった。冷たい靄《もや》の中を落ちていった。

「ハリーだけは！　お願い……助けて……許して……」

かん高い笑い声が響く。女の人の悲鳴が聞こえる。そして、ハリーはもうなにもわからなくなった。

「地面がやわらかくてラッキーだった」

「絶対死んだと思ったわ」

「それなのにメガネさえ割れなかった」

ハリーの耳にささやき声が聞こえてきた。でもなにを言っているのかまったくわからない。いったい自分はどこにいるのか、どうやってそこにきたのか、その前はいったいなにをしていたのか、いっさいわからない。ただ、全身を打ちのめされたように、体が隅から隅まで痛かった。

「こんなに怖いもの、これまで見たことないよ」

怖い……一番怖いもの……フードをかぶった黒い姿……冷たい……さけび声……。

ハリーはパッと目を開けた。医務室に横たわっていた。頭のてっぺんから足の先まで泥まみれのグリフィンドールのクィディッチ選手が、ベッドのまわりに集まっていた。ロンもハーマイオニーも、いましがたプールから出てきたばかりのような姿でそこにいた。

「ハリー！」泥まみれの真っ青な顔でフレッドが声をかけた。「気分はどうだ？」

ハリーの記憶が早送り画面のようにもどってきた。稲妻……死神犬《グリム》……スニッチ……そして、吸魂鬼《ディメンター》……。

「どうなったの？」勢いよく起き上がったハリーを見て、みなは息を呑《の》んだ。

「君、落ちたんだよ」フレッドが答えた。「ざっと……そう……二十メートルかな？」

「みんな、あなたが死んだと思ったわ」アリシアは震えていた。

ハーマイオニーが小さく「ヒクッ」と声を上げた。目が真っ赤に充血していた。

「でも、試合は……試合はどうなったの？　やりなおしなの？」ハリーが聞いた。

だれもなにも言わない。恐ろしい真実が、石のようにハリーの胸に沈み込んだ。

「僕たち、まさか……負けた？」

「ディゴリーがスニッチを取った」ジョージが言った。「君が落ちた直後にね。なにが起こったのか、あいつは気がつかなかったんだ。振り返って君が地面に落ちているのを見て、ディゴリーは試合を中止にしようとした。やりなおしを望んだんだ。でも、向こうが勝ったんだ。フェアにクリーンに……ウッドでさえ認めたよ」

「ウッドはどこ？」ハリーは急にウッドがいないことに気づいた。

「まだシャワー室さ」フレッドが答えた。「きっと溺死《できし》するつもりだぜ」

ハリーは顔を膝《ひざ》に埋《うず》め、髪をぎゅっとにぎった。フレッドはハリーの肩をつかんで乱暴に揺すった。

「落ち込むなよ、ハリー。これまで一度だってスニッチを逃したことはないんだ」

「一度ぐらい取れないことがあって当然さ」ジョージが続けた。

「これでおしまいってわけじゃない」フレッドが言った。「おれたちは一〇〇点差で負けた。いいか？　だから、ハッフルパフがレイブンクローに負けて、おれたちがレイブンクローとスリザリンを破れば……」

「ハッフルパフは、少なくとも二〇〇点差で負けないといけない」ジョージだ。

「もし、ハッフルパフがレイブンクローを破ったら……」

「ありえない。レイブンクローが圧倒的に強いさ。しかし、スリザリンがハッフルパフに負けたら……」

「どっちにしても点差の問題だな。……一〇〇点差が決め手になる」

ハリーは横になったまま黙りこくっていた。負けた。……はじめて負けた。自分ははじめてクィディッチの試合で敗れたんだ。

十分ほど経ったころ、校医のマダム・ポンフリーがやってきて、ハリーの安静のためチーム全員に出ていけと命じた。

「また見舞いにくるからな」フレッドが言った。「ハリー、自分を責めるなよ。君はいまでもチーム始まって以来の最高のシーカーさ」

選手たちは泥の筋を残しながら、ぞろぞろと部屋を出ていった。マダム・ポンフリーはまったくしようがないという顔つきでドアを閉めた。ロンとハーマイオニーがハリーのベッドに近寄った。

「ダンブルドアは本気で怒ってたわ」ハーマイオニーが震え声で言った。「あんなに怒っていらっしゃるのを見たことがない。あなたが落ちるとき、ピッチに駆け込んで、杖《つえ》を振って、そしたらあなた、地面にぶつかる前に、少しスピードが遅くなったのよ。それからダンブルドアは杖を吸魂鬼《ディメンター》に向けて回したの。あいつらに向かって銀色のものが飛び出したわ。あいつら、すぐに競技場を出ていった……ダンブルドアはあいつらが学校の敷地内に入ってきたことでカンカンだったわ。そう言っているのが聞こえたもの――」

「それからダンブルドアは魔法で担架《たんか》を出して君を乗せた」ロンが言った。「浮かぶ担架につき添って、学校までダンブルドアが君を運んだんだよ。みんな君が……」

ロンの声が弱々しく途中で消えた。しかし、ハリーはそれさえ気づかず、考え続けていた。いったい吸魂鬼がハリーになにをしたのだろう。……あのさけび声は。ふと目を上げると、ロンとハーマイオニーが心配そうに覗《のぞ》き込んでいた。あまりに気遣《きづか》わしげだったので、ハリーはとっさにありきたりなことを聞いた。

「だれか僕のニンバス、捕まえてくれた？」

ロンとハーマイオニーはちらっと顔を見合わせた。

「あの――」

「どうしたの？」ハリーは二人の顔を交互に見た。

「あの……あなたが落ちたとき、ニンバスは吹き飛んでいったの」

ハーマイオニーが言いにくそうに言った。

「それで？」

「それで、ぶつかったの。――ぶつかったのよ。――ああ、ハリー――あの『暴《あば》れ柳《やなぎ》』にぶつかったの」

ハリーは背筋がザワッとした。「暴れ柳」は校庭の真ん中にポツリと一本だけ立っている凶暴な木だ。

「それで？」ハリーは答えを聞くのが怖かった。

「ほら、やっぱり『暴れ柳』のことだから」ロンが言った。「あ、あれって、ぶつかられるのが嫌いだろ」

「フリットウィック先生が、あなたが気のつくちょっと前に持ってきてくださったわ」

ハーマイオニーが消え入るような声で言った。

ゆっくりと、ハーマイオニーは足元のバッグを取り上げ、逆さにして中身をベッドの上に空けた。粉々になった木の切れ端や小枝が散らばり出た。ハリーのあの忠実な、そしてついに敗北して散った、ニンバスの亡骸《なきがら》だった。

第10章　忍びの地図

この週末一杯、ハリーは病室で安静にしているべきだとマダム・ポンフリーは言い張った。ハリーは抵抗もせず文句も言わなかった。ただ、ニンバス２０００の残骸を捨てることだけは、承知しなかった。自分の愚かしさはわかっている。ニンバスは、もうどうにもならない。それでも、手許《てもと》に置いておきたい気持ちをどうすることもできなかった。まるで、親友の一人を失ったような辛《つら》さだった。

見舞い客が次々にやってきた。ハリーを慰めようと一所懸命だった。ハグリッドは黄色いキャベツのような形をした虫だらけの花をどっさり送ってよこし、ジニー・ウィーズリーは真っ赤になりながらお手製の「早くよくなってね」カードを持ってきた。そのカードときたら、果物の入ったボウルの下に敷いて閉じておかないと、キンキン声でいつまでも歌い続ける。日曜の朝、グリフィンドールの選手たちが、今度はウッドを連れてやってきた。ウッドはハリーを少しも責めていないと、死んだような虚《うつ》ろな声で言った。ロンとハーマイオニーは夜になるまでつき切りでベッドの横にいた。しかし、だれがなにをしようとなにを言おうと、ハリーの気持ちは晴れなかった。みなには、ハリーを悩ませていることの半分ほどしか理解できない。

死神犬《グリム》のことを、ハリーはだれにも話していなかった。ロンにもハーマイオニーにも黙っていた。ロンはきっとショックを受けるだろうし、ハーマイオニーには笑い飛ばされると思ったからだ。しかし、事実、犬は二度現れ、二度とも危うく死ぬような目にあっている。最初は「夜の騎士《ナイト》バス」に轢《ひ》かれそうになり、二度目は箒《ほうき》から落ちて二十メートルも転落した。死神犬は本当に、死ぬまでハリーに取り憑《つ》くのだろうか？　これからずっと、犬の姿に怯《おび》えながら生きていかなければならないのだろうか？

その上、吸魂鬼《ディメンター》がいる。吸魂鬼を思い浮かべるだけで、ハリーは吐き気がし、自尊心が傷ついた。吸魂鬼は恐ろしいとみなが言う。しかし、吸魂鬼が近寄るたびに気を失ったりするのはハリーだけだ……両親の死に際の声が頭に鳴り響くのはハリーだけだ。

ハリーにはもう、あのさけび声がだれのものなのかがわかっていた。夜、眠れないまま横になり、月光が病室の天井に筋状に映るのを見つめている間、ハリーは何度も何度もあの女の人の声を聞く。吸魂鬼がハリーに近づくたびに、ハリーは母親の最期の声を聞くのだ。ヴォルデモート卿《きょう》からハリーを護ろうとする母の声を、そして、ヴォルデモートが母親を殺すときの笑いを……。ハリーはまどろんでは目覚め、目覚めてはまたまどろんだ。腐ったじめっとした手や、恐怖に凍りついたような哀願の夢にうなされ、飛び起きてはまた母の声のことを考えてしまうのだった。

月曜になって、ハリーは学校のざわめきの中にもどった。ドラコ・マルフォイの冷やかしに耐えることを除けば、なにか別のことを考えざるをえなくなったのは救いだった。マルフォイはグリフィンドールが負けたことで、有頂天になっている。ついに包帯も取り去り、両手が完全に使えるようになったことを祝って、ハリーが箒《ほうき》から落ちる様子を嬉々として再現していた。「魔法薬」の授業中ほとんどずっと、マルフォイは地下牢教室の向こうで吸魂鬼のまねをしていた。ロンはついにキレて、ぬめぬめした大きなワニの心臓をマルフォイめがけて投げつけ、見事マルフォイの顔を直撃した。スネイプはグリフィンドールから五〇点減点した。

「『闇の魔術に対する防衛術』をスネイプが教えるのなら、僕、病欠するからね」

昼食後にルーピンの教室に向かいながら、ロンが言った。

「ハーマイオニー、教室にだれがいるのか、チェックしてくれないか」

ハーマイオニーは教室のドアから覗《のぞ》き込んだ。

「大丈夫よ」

ルーピン先生が復帰していた。本当に病気だったようだ。くたびれたローブは前よりもだらりと垂れ下がり、目の下にくまができている。それでも、生徒が席につくと、先生はみなにほほえみかけた。するとみな、ルーピン先生が病気の間、スネイプがどんな態度を取ったか、いっせいに不平不満をぶちまけた。

「フェアじゃないよ。代理だったのに、どうして宿題を出すんですか?」

「僕たち、狼人間についてなんにも知らないのに――」

「――羊皮紙《ようひし》二巻だなんて!」

「君たち、スネイプ先生に、まだそこは習っていないって、そう言わなかったのかい?」

ルーピンは、少し顔をしかめてみなに聞いた。

クラス中がまたいっせいに口を開いた。

「言いました、もちろん。でもスネイプ先生は、僕たちがとっても遅れてるっておっしゃって――」

「――耳を貸さないんです」

「――羊皮紙二巻なんです!」

全員がプリプリ怒っているのを見ながら、ルーピン先生はほほえんだ。

「よろしい。私からスネイプ先生にお話ししておこう。レポートは書かなくてよろしい」

「そんなぁ」ハーマイオニーはがっかりした顔をした。「私、もう書いちゃったのに！」

授業は楽しかった。ルーピン先生はガラス箱に入った「おいで妖精《ヒンキーパンク》」を持ってきていた。一本足で、鬼火のように幽《かす》かで、儚《はかな》げで、害のない生き物に見えた。

「これは旅人を迷わせて沼地に誘う」

ルーピン先生の説明を、生徒たちはノートに書き取った。

「手にカンテラをぶら下げているのがわかるね？　目の前をぴょんぴょん跳ぶ――人がそれについていく――すると――」

「おいでおいで妖精」はガラスにぶつかってガボガボと音を立てた。

終業のベルが鳴り、全員が荷物をまとめて出口に向かった。ハリーもみなと同じ流れの中にいたが、「ハリー、ちょっと残ってくれないか、話があるんだ」とルーピンに声をかけられた。

ハリーはもどって、ルーピン先生が「おいで妖精」の箱を布で覆うのを眺めていた。

「試合のことを聞いたよ」

ルーピン先生は机にもどり、本を鞄に詰め込みはじめた。

「箒《ほうき》は残念だったね。修理することはできないのかい？」

「いいえ。あの木がこなごなにしてしまいました」ハリーが答えた。

ルーピンはため息をついた。

「あの『暴《あば》れ柳《やなぎ》』は、私がホグワーツに入学した年に植えられた。みんなで木に近づいて幹に触れられるかどうかゲームをしたものだ。しまいにデイビィ・ガージョンという男の子が危うく片目を失いかけたものだから、あの木に近づくことは禁止されてしまった。箒などひとたまりもないだろうね」

「先生は吸魂鬼《ディメンター》のこともお聞きになりましたか？」

ハリーは言いにくそうに、これだけ言った。

ルーピンはちらっとハリーを見た。

「ああ。聞いたよ。ダンブルドア校長がそれほどにも怒ったところは、だれも見たことがないと思うね。吸魂鬼たちは近ごろ日増しに落ち着かなくなっていたんだ。……校庭内に入れないことに腹を立ててね。……たぶん君は連中が原因で落ちたんだろうね」

「はい」そう答えたあと、ハリーは少し迷いながらも、がまんできずに質問が口から飛び出した。

「いったいどうしてなんです？　どうして吸魂鬼は僕だけに――僕だけがあんなふうに？　僕がただ――？」

「弱いかどうかとはまったく関係ない」

ルーピン先生は、まるでハリーの心を見透かしたかのようにはっきりと言った。

「吸魂鬼がほかのだれよりも君に影響するのは、君の過去に、だれも経験したことのない恐怖があるからだ」

窓から射し込む冬の陽光が教室を横切り、ルーピンの白髪とまだ若い顔に刻まれたしわを照らした。

「吸魂鬼は地上を歩く生物の中でも最も忌《い》まわしい生物のひとつだ。最も暗く最も穢《けが》れた場所にはびこり、凋落《ちょうらく》と絶望の中に栄え、平和や希望、幸福を周囲の空気から吸い取ってしまう。マグルでさえ、吸魂鬼の姿を見ることはできなくても、その存在を感じ取る。吸魂鬼に近づきすぎると、楽しい気分も幸福な想い出も、ひとかけらも残さず吸い取られてしまう。やろうと思えば、吸魂鬼は相手を貪《むさぼ》り続け、しまいには吸魂鬼自身と同じ状態にしてしまうことができる――邪悪な魂の抜け殻《がら》にね。心に最悪の経験しか残らない状態だ。そしてハリー、君の最悪の経験はひどいものだった。君のような目にあえば、どんな人間だって箒から落ちても不思議はない。君はけっして恥に思う必要はない」

「あいつらがそばにくると――」

ハリーは喉《のど》を詰まらせ、ルーピンの机を見つめながら話した。

「ヴォルデモートが僕の母さんを殺したときの声が聞こえるんです」

ルーピンは急に腕を伸ばし、ハリーの肩をしっかりとつかむような素振りを見せたが、思いなおしたように手を引っ込めた。ふと沈黙が漂った。

「どうしてあいつらは、試合にこなければならなかったんですか？」

ハリーは悔しそうに言った。

「飢《う》えてきたんだ」

ルーピンはパチンと鞄を閉じながら冷静に答えた。

「ダンブルドアがやつらを校内に入れなかったので、餌食《えじき》にする人間という獲物が枯渇《こかつ》してしまった。……クィディッチ競技場に集まる大観衆という魅力に抗《こう》し切れなかったのだろう。あの大興奮……感情の高まり……やつらにとってはまたとないご馳走だ」

「アズカバンはひどいところなんでしょうね」ハリーがつぶやくと、ルーピンは暗い顔でうなずいた。

「海のかなたの孤島に立つ要塞だ。しかし、囚人を閉じ込めておくには、周囲が海である必要もないし、壁などなくてもいい。ひとかけらの楽しさも感じることができず、みんな自分の心の中に閉じ込められているのだからね。数週間も入っていれば、ほとんどみな精神を病む」

「でも、シリウス・ブラックはあいつらの手を逃れました。脱獄を……」

ハリーは考えながら話した。

鞄が机から滑り落ち、ルーピンはすっとかがんでそれを拾い上げた。

「たしかに」

ルーピンは身を起こしながら言った。

「ブラックはやつらと戦う方法を見つけたにちがいない。そんなことができるとは思いもしなかった……長期間吸魂鬼《ディメンター》と一緒にいたら、魔法使いは力を抜き取られてしまうはずだ……」

「先生は汽車の中であいつを追いはらいました」ハリーは急に思い出した。

「それは――防衛の方法がないわけではない。しかし、汽車に乗っていた吸魂鬼は一人だけだった。数が多くなればなるほど抵抗するのが難しくなる」

「どんな防衛法ですか？」

ハリーはたたみかけるように聞いた。

「教えてくださいませんか？」

「ハリー、私はけっして吸魂鬼相手に戦う専門家ではない――それはまったくちがう……」

ルーピンはハリーの思いつめた顔を見つめ、ちょっと迷った様子で答えた。

「でも、吸魂鬼《ディメンター》がまたクィディッチ試合に現れたとき、僕はやつらと戦うことができないと――」

「そうか……よろしい。なんとかやってみよう。だが、来学期まで待たないといけないよ。休暇に入る前にやっておかなければならないことが山ほどあってね。まったく私は都合の悪いときに病気になってしまったものだ」

ルーピンが吸魂鬼防衛術を教えてくれると約束してくれた。これで二度と母親の最期の声を聞かずにすむかもしれないと、少し気が軽くなった。さらに十一月の終わりのクィディッチでレイブンクローがハッフルパフをペシャンコに負かしたこともあって、ハリーの気持ちは着実に明るくなってきた。グリフィンドールはもう一試合も落とせる状態ではなかったが、まだ優勝争いから脱落したわけでもない。ウッドはふたたびあの熱に浮かされたようなエネルギーを取りもどし、煙《けぶ》るような冷たい雨の中、いままでに増してチームをしごいた。雨は十二月まで降り続いた。ハリーの見るところ、校内には吸魂鬼の影すらなかった。ダンブルドアの怒りが、吸魂鬼を持ち場である学校の入口に縛りつけているようだった。

学期の終わる二週間ほど前、急に空が明るくまぶしい乳白色になったと思っていたある朝、校庭の土がキラキラ光る霜柱に覆われていた。城の中はクリスマス・ムードに満ちあふれていた。「呪文学」のフリットウィック先生は、もう自分の教室にちらちら瞬《またた》くライトを飾りつけていたが、実はこれは本物の妖精が羽をパタパタさせている光だった。みな、休み中の計画を楽しげに語り合っていた。ロンもハーマイオニーもホグワーツに居残ることに決めていた。ロンは「二週間もパーシーと一緒に過ごすんじゃかなわないからさ」がその理由で、ハーマイオニーはどうしても図書室を使う必要があるのだと言い繕《つくろ》っていた。しかし、ハリーにはよくわかっていた。――ハリーのそばにいるために居残るのだ。ハリーにはそれがとてもうれしかった。

学期最後の週末にホグズミード行きが許され、ハリー以外のみなは大喜びした。

「クリスマス・ショッピングが全部あそこですませられるわ！」ハーマイオニーが言った。「パパもママも、ハニーデュークス店の『歯みがき糸楊枝《いとようじ》型《がた》ミント菓子』がきっと気に入ると思う！」

三年生の中で学校に取り残されるのは自分一人だろうと覚悟を決め、ハリーはウッドから『賢い箒《ほうき》の選び方』の本を借り、箒の種類についての読書でその日を過ごすことにした。チームの練習では学校の箒を借りて乗っていたが、骨董品《こっとうひん》ものの「流れ星」は恐ろしく遅くて動きがぎくしゃくしていた。どうしても新しい自分の箒が一本必要だった。

ホグズミード行きの土曜の朝、マントやスカーフにすっぽりくるまったロンとハーマイオニーに別れを告げ、ハリーはひとりで大理石の階段を上り、ふたたびグリフィンドール塔に向かっていた。窓の外には雪がちらつきはじめ、城の中はしんと静まり返っている。

「ハリー、シーッ！」

四階の廊下の中ほどで声をかけられた。振り向くと、フレッドとジョージが背中にコブのある隻眼《せきがん》の魔女の像の後ろから顔を覗《のぞ》かせていた。

「なにしてるんだい？　どうしてホグズミードに行かないの？」

ハリーはなんだろうと思いながら聞いた。

「行く前に、君にお祭り気分を分けてあげようかと思って」

フレッドが意味ありげにウィンクした。

「こっちへこいよ……」

フレッドは像の左側にある、だれもいない教室を顎《あご》でしゃくった。ハリーはフレッドとジョージに従って教室に入った。ジョージがそっとドアを閉め、ハリーのほうを振り向いてにっこりした。

「ひと足早いクリスマス・プレゼントだ」

フレッドがマントの下から仰々《ぎょうぎょう》しくなにかを引っ張り出して、机の上に広げて見せた。大きな、四角い、相当くたびれた羊皮紙《ようひし》だった。なにも書いてない。またフレッドとジョージの冗談かと思いながら、ハリーは羊皮紙をじっと見た。

「これ、いったいなんだい？」

「これはだね、ハリー、おれたちの成功の秘訣さ」ジョージが羊皮紙を愛《いと》おしげになでた。

「君にやるのは実におしいぜ。しかし、これが必要なのはおれたちより君のほうだって、おれたち二人、昨日の夜そう決めたんだ」フレッドが言った。

「それに、おれたちはもう暗記してるしな」ジョージが言った。「われわれは汝《なんじ》にこれを譲る。おれたちにゃもう必要ないからな」

「古い羊皮紙の切れっ端の、なにが僕に必要なの？」ハリーが聞いた。

「古い羊皮紙の切れっぱしだって！」

フレッドはハリーが致命的に失礼なことを言ってくれたと言わんばかりに、顔をしかめて両目をつぶった。

「ジョージ、説明してやりたまえ」

「よろしい……われわれが一年生だったときのことだ、ハリーよ——まだ若くて、疑いを知らず、汚《けが》れなきこころのこと——」

ハリーは吹き出した。フレッドとジョージに汚れなきころがあったとは思えない。

「――まあ、いまのおれたちよりは汚れなきころさ――われわれはフィルチのごやっかいになるはめになった」

「例の『クソ爆弾《ばくだん》』を廊下で爆発させたら、なぜか知らんがフィルチのご不興を買って――」

「やっこさん、おれたちを事務所まで引っ張っていって、脅しはじめたわけだ。いつものお定まりの――」

「――処罰だぞ――」

「――腸《はらわた》をえぐるぞ――」

「――そして、われわれはあることに気づいてしまった。書類棚の引き出しの一つに『没収品・とくに危険』と書いてあるじゃないか」

「まさか――」ハリーは思わずニヤリとしてしまった。

「さて、君ならどうしたかな?」フレッドが話を続けた。「ジョージがもう一回『クソ爆弾』を爆発させて気を逸《そ》らせている間に、おれがすばやく引き出しを開けて、むんずとつかんだのが――これさ」

「なぁに、そんなに悪いことをしたわけじゃないさ」とジョージ。「フィルチにこれの使い方がわかっていたとは思えないね。でも、たぶんこれがなにかは察しがついてたんだろうな。でなきゃ、没収したりしなかっただろうし」

「それじゃ、君たちはこれの使い方を知ってるの?」

「ばっちりさ」フレッドがにんまりした。「このかわい子ちゃんが、学校中の先生を束にしたより多くのことをおれたちに教えてくれたね」

「僕を焦《じ》らしてるんだね」ハリーは古ぼけたボロボロの羊皮紙《ようひし》を見た。

「へぇ、焦らしてるかい?」ジョージが言った。

ジョージは杖《つえ》を取り出し、羊皮紙に軽く触れて、こう言った。

「われ、ここに誓う。われ、よからぬことを企む者なり」

すると、たちまち、ジョージの杖の先が触れたところから、細いインクの線がクモの巣のように広がりはじめた。線があちこちでつながり、交差し、羊皮紙の隅から隅まで伸びていった。そして一番てっぺんに、花が開くように渦巻形の大きな緑色の文字が、ポッ、ポッ、ポッと現れた。

忍びの地図

ムーニー、ワームテール、パッドフット、プロングズ

われら「魔法いたずら仕掛人」のご用達《ようたし》商人がお届けする自慢の品

それはホグワーツ城と学校の敷地全体の詳しい地図だった。しかし、本当にすばらしいのは地図上を動く小さな点で、一つひとつに細かい字で名前が書いてあった。ハリーは目を丸くして覗《のぞ》き込んだ。一番上の左隅にダンブルドア教授と書かれた点があり、書斎を歩き回っている。管理人の飼い猫ミセス・ノリスは、三階の廊下を徘徊《はいかい》している。ポルターガイストのピーブズはいま、優勝杯の飾ってある部屋でひょこひょこ浮いていた。見慣れた廊下を地図上であちこち見ているうちに、ハリーはあることに気づいた。

その地図にはハリーがいままで一度も入ったことのない抜け道がいくつか示されている。そして、そのうちのいくつかがなんと――。

「ホグズミードに直行さ」フレッドが指でそのうちの一つをたどりながら言った。「全部で七つの道がある。ところがフィルチはそのうちの四つを知っている――」フレッドは指で四つを示した。「――しかし、残りの道を知っているのは絶対おれたちだけだ。五階の鏡の裏からの道はやめとけ。おれたちが去年の冬まで利用していたけど、崩れっちまった。――完全に塞がってる。それから、こっちの道はだれも使ったことがないと思うな。なにしろ「暴《あば》れ柳《やなぎ》」がその入口の真上に植わってる。しかし、こっちのこの道、これはハニーデュークス店の地下室に直行だ。おれたち、この道は何回も使った。それに、もうわかってると思うが、入口はこの部屋のすぐ外、隻《せき》眼《がん》の魔女ばあさんのコブなんだ」

「ムーニー、ワームテール、パッドフット、プロングズ」

地図の上に書いてある名前をなでながらジョージがため息をついた。

「われわれはこの諸兄《しょけい》にどんなにご恩を受けたことか」

「気高き人々よ。後輩の無法者を助けんがため、かくのごとく労を惜しまず」

フレッドが厳かに言った。

「というわけで」ジョージがきびきびと言った。「使ったあとは忘れずに消しておくこと──」

「──じゃないと、だれかに読まれっちまう」フレッドが警告した。

「もう一度地図を軽くたたいて、こう言えよ。『いたずら完了！』。すると地図は消される」

「それではハリー君よ」フレッドが、気味が悪いほどパーシーそっくりのものまねをした。「行動を慎んでくれたまえ」

「ハニーデュークスで会おう」ジョージがウィンクした。

二人は、満足げにニヤリと笑いながら部屋を出ていった。

ハリーは奇跡の地図を眺めたまま、そこに突っ立っていた。ミセス・ノリスの小さな点が左に曲がって立ち止まり、なにやら床の上にあるものを嗅《か》いでいる様子だ。本当にフィルチが知らない道なら……吸魂鬼《ディメンター》のそばを通らずにすむ……。

その場にたたずんで、興奮ではち切れそうになりながらも、ハリーはふいにウィーズリー氏がかつて言った言葉を思い出していた。

脳みそがどこにあるか見えないのに、
ひとりで勝手に考えることができるものは信用してはいけない。

この地図は、ウィーズリーおじさんが警告していた危険な魔法の品ということになる。……魔法いたずら仕掛人用品……でも、でも――ハリーは理屈をつけた――ホグズミードに入り込むために使うだけだし、なにかを盗むためでもないし、だれかを襲うためでもない。……それに、フレッドとジョージがもう何年も使っているのに、恐ろしいことはなんにも起こらなかった……。

ハリーはハニーデュークス店への秘密の抜け道を指でたどった。

そして突然、まるで命令に従うかのようにハリーは地図を丸め、ローブの下に押し込み、教室のドアへと急いだ。ドアを数センチ開けてみた。外にはだれもいない。ハリーはそっと慎重に教室から抜け出し、隻眼《せきがん》の魔女の像の陰に滑り込んだ。

　なにをすればいいんだろう？　ふたたび地図を取り出した。驚いたことに地図にはもう一つ、人の形をした黒い点が現れていた。「ハリー・ポッター」と書いてある。その小さな人影はちょうどいまハリーが立っているあたり、四階の廊下の真ん中あたりに止まっていた。ハリーが見つめていると、小さな黒い自分の姿が小さな杖《つえ》で魔女の像を軽くたたいているようだった。ハリーも急いで本物の自分の杖を出して、像をたたいてみた。何事も起こらない。もう一度地図を見ると、自分の小さな影からかわいらしい小さな泡のようなものが吹き出し、その中に言葉が現れた。「ディセンディウム、降下」と。

　もう一度杖で石像をたたきながら、ハリーはつぶやいた。

「ディセンディウム！　降下！」

　たちまち像のコブが割れ、かなり細身の人間が一人通れるくらいの割れ目ができた。ハリーはすばやく廊下の端から端までを見渡し、それから地図をしまい、身を乗り出すようにして頭から割れ目に突っ込んでいった。

　まるで石の滑り台を滑るように、ハリーはかなりの距離を滑り下り、湿った冷たい地面に着地した。立ち上がってあたりを見回すが、真っ暗でなにも見えない。杖を掲げ、「ルーモス！　光よ！」と呪文を唱えて見ると、そこは天井の低い、かなり狭い土のトンネルの中だった。ハリーは地図を掲げ、杖の先で軽くたたいて呪文を唱えた。

「いたずら完了！」

地図はすぐさま消えた。ハリーは丁寧にそれをたたみ、ローブの中にしまうと、興奮と不安で胸を高鳴らせながら歩き出した。

トンネルは曲がりくねっていた。なにかにたとえるとすれば、大きなウサギの巣穴のようだ。杖《つえ》を先に突き出し、ときどき凸凹《でこぼこ》の道につまずきながら、ハリーは急いで歩いた。

果てしない時間だった。しかしハニーデュークスに行くんだという思いがハリーの支えになっていた。一時間も歩いたかと思われるころ、上り坂に変わった。喘《あえ》ぎ喘ぎハリーは足を速めた。顔が火照り、足は冷え切っている。

十分後、ハリーは石段の下に出た。上へと延びる古びた石段は、先が見えない。物音を立てないように注意しながら、ハリーは上りはじめた。百段、二百段、もう何段上ったかわからない。ハリーは足元に気をつけながら上っていった。……すると、なんの前触れもなしに、ゴツンと頭が固いものにぶつかった。

天井は観音開きの撥《は》ね戸になっているようだ。ハリーは頭のてっぺんをさすりながらそのままじっと耳を澄《す》ました。上からはなんの物音も聞こえない。ハリーはゆっくりゆっくり撥ね戸を押し開け、外を覗《のぞ》き見た。

倉庫だった。木箱やケースがびっしり置いてある。ハリーは撥《は》ね戸を一杯に開き倉庫の中に登り出て、元通りに撥ね戸を閉めた。――戸は埃《ほこり》っぽい床にすっかりなじんで、とてもそこに戸があるとは思えないくらいだ。ハリーは、上階に続く木の階段に向かってゆっくりと這《は》っていった。今度ははっきりと声が聞こえる。チリンチリンと鳴るベルの音も、開いたり閉まったりするドアの音まで聞こえる。

どうしようかと迷っていると、すぐ近くでドアがいきなり開く音が聞こえた。だれかが階段を下りてくる。

「『ナメクジゼリー』、もう一箱お願いね、あなた。あの子たちときたら、店中ごっそり持っていってくれるわ――」女の人の声だ。

男の足が二本、階段を下りてきた。ハリーは大きな箱の陰に飛び込み、足音が通り過ぎるのを待った。男が向こう側の壁に立てかけてある箱をいくつか動かしている音がする。このチャンスを逃したらあとはない。

ハリーはすばやく、しかも音を立てずに隠れていた場所から抜け出して階段を上った。振り返ると、もぞもぞ動く大きな尻と箱の中を探っているピカピカの禿頭《はげあたま》が見えた。階段の上のドアまでたどり着いたハリーは、そこからするりと外に出た。ハニーデュークス店のカウンター裏だ。――ハリーは頭を低くして横這《よこば》いに進み、そして立ち上がった。

ハニーデュークスの店内は人でごった返していて、ハリーを見咎《みとが》める者などいなかった。ハリーは人込みの中をすり抜けながらあたりを見回した。いまハリーがいるところをダドリーが一目でも見たらあの豚顔がどんな表情に変わるだろうと想像するだけで、笑いが込み上げてきた。

棚という棚には、噛《か》んだらジュッと甘い汁の出そうな菓子がずらりと並んでいた。ねっとりしたヌガー、ピンク色に輝くココナッツ・キャンディ、蜂蜜色のぷっくりしたタフィー。手前のほうにはきちんと並べられた何百種類ものチョコレート、百味《ひゃくみ》ビーンズが入った大きな樽《たる》、ロンの話していた浮上炭酸キャンディ、フィフィ・フィズビーの樽。別の壁一杯に「特殊効果」と書かれた菓子の棚がある。――「ドルーブル風船ガム」(部屋一杯にリンドウ色の風船が何個も広がって何日も頑固にふくれっぱなし)、ぼろぼろ崩れそうな、へんてこりんな「歯みがき糸楊枝型《いとようじがた》ミント」、豆粒のような「黒胡椒《くろこしょう》キャンディ」(「君の友達のために火を吹いて見せよう!」)、「ブルブル・マウス」(「歯がガチガチ、キーキー鳴るのが聞こえるぞ!」)、「ヒキガエル型ペパーミント」(「胃の中で本物そっくりに跳ぶぞ!」)、脆《もろ》い「綿飴羽根ペン」、「爆発ボンボン」――。

ハリーは六年生の群れている中をすり抜け、店の一番奥まったコーナーに看板が掛かっているのを見つけた。――『異常な味』

ロンとハーマイオニーが看板の下に立って、血の味がするペロペロ・キャンディが入った盆を品定めしていた。

ハリーはこっそり二人の背後に忍び寄った。

「うー、だめ。ハリーはこんなもの欲しがらないわ。これって吸血鬼用《バンパイヤ》だと思う」

ハーマイオニーがそう言っている。

「じゃ、これは？」ロンが、「ゴキブリ・ゴソゴソ豆板《まめいた》」の瓶《びん》をハーマイオニーの鼻先に突きつけた。

「絶対いやだよ」ハリーが言った。

ロンは危うく瓶を落とすところだった。

「ハリー！」ハーマイオニーが金切り声を上げた。「どうしたの、こんなところで？どー──どうやってここに──？」

「うわー！　君、『姿現《すがたあらわ》し術《じゅつ》』ができるようになったんだ！」ロンは感心した。

「まさか。ちがうよ」

ハリーは声を落として、まわりの六年生のだれにも聞こえないようにしながら、「忍《しの》びの地図《ちず》」の一部始終を二人に話した。

「フレッドもジョージも、なんでこれまで僕にくれなかったんだ！　弟じゃないか！」

ロンが憤慨した。

「でも、ハリーはこのまま地図を持ってたりしないわ！」

ハーマイオニーは、そんなばかげたことはないと言わんばかりだ。

「マクゴナガル先生にお渡しするわよね、ハリー？」

「僕、渡さない！」ハリーが言った。

「気は確かかよ？」ロンが目をむいてハーマイオニーを見た。「こんないいものが渡せるか？」

「僕がこれを渡したら、どこで手に入れたか言わないといけない！　フレッドとジョージがちょろまかしたってことが、フィルチに知れてしまうじゃないか！」

「それじゃ、シリウス・ブラックのことはどうするの？」

ハーマイオニーが口を尖《とが》らせた。

「この地図にある抜け道のどれかを使ってブラックが城に入り込んでいるかもしれないのよ！　先生方はそのことを知らないといけないわ！」

「ブラックが抜け道から入り込むはずはない」ハリーがすぐに言い返した。「この地図には七つのトンネルが書いてある。いいかい？　フレッドとジョージの考えでは、そのうち四つはフィルチがもう知っている。残りは三本だ。——一つは崩《くず》れているから誰も通り抜けられない。もう一本は出入口の真上に『暴《あば》れ柳《やなぎ》』が植わってるから、出られやしない。三本目は僕がいま通ってきた道——うん——出入口はここの地下室にあって、なかなか見つかりゃしない——出入口がそこにあるって知ってれば別だけど——」

ハリーはちょっと口ごもった。もし、そこに抜け道があることをブラックが知っていたら？

ロンが意味ありげに咳《せき》ばらいし、店の出入口のドアの内側に貼りつけてある掲示を指さした。

魔法省よりのお達し

お客様へ

先般お知らせいたしましたように、日没後、ホグズミードの街路には毎晩吸魂鬼《ディメンター》のパトロールが入ります。この措置はホグズミード住人の安全のために取られたものであり、シリウス・ブラックが逮捕されるまで続きます。お客様におかれましては、暗くならないうちにお買い物をお済ませいただきますようお勧めいたします。

メリー・クリスマス！

「ね？」ロンがそっと言った。「吸魂鬼がこの村にわんさか集まるんだぜ。ブラックがハニーデュークス店に押し入ったりするってんのなら、拝見したいもんだ。それに、ハーマイオニー、ハニーデュークスのオーナーが物音に気づくだろう？　だってみんな店の上に住んでるんだ！」

「そりゃそうだけど——でも——」

ハーマイオニーはなんとか他の理由を考えているようだった。

「ねえ、ハリーはやっぱりホグズミードにきちゃいけないはずでしょ。許可証にサインをもらっていないんだから！　だれかに見つかったら、それこそ大変よ！　それに、まだ暗くなってないし——今日シリウス・ブラックが現れたらどうするの？　たったいま？」

「こんなときにハリーを見つけるのは大仕事だろうさ」

格子窓の向こうに吹き荒れる大雪を顎《あご》でしゃくりながら、ロンが言った。

「いいじゃないか、ハーマイオニー、クリスマスなんだぜ。ハリーだって楽しまなきゃ」

ハーマイオニーは、心配でたまらないという顔をして唇を噛《か》んだ。

「僕のこと、言いつける？」

ハリーがニヤッと笑ってハーマイオニーを見た。

「まあ――そんなことしないわよ。――でも、ねえ、ハリ――――」

「ハリー、『フィフィ・フィズビー』を見たかい？」

ロンはハリーの腕をつかんで樽《たる》のほうに引っ張っていった。

『ナメクジ・ゼリー』は？　酸《す》っぱい『ペロペロ酸飴《さんあめ》』は？　この飴、僕が七つのときにフレッドがくれたんだ。――そしたら僕、酸で舌にぽっかり穴が開いちゃってさ。ママが箒《ほうき》でフレッドをたたいたのを覚えてるよ」

ロンは思いにふけって「ペロペロ酸飴」の箱を見つめた。

「『ゴキブリ・ゴソゴソ豆板《まめいた》』を持っていって、ピーナッツだって言ったら、フレッドがかじると思うかい？」

ロンとハーマイオニーが菓子の代金を払い、三人はハニーデュークス店をあとにし、吹雪の中を歩き出した。

ホグズミードの町並みは、まるでクリスマス・カードから抜け出したようだった。茅葺屋根《かやぶきやね》の小さな家や店がキラキラ光る雪にすっぽりと覆われている。戸口という戸口には柊《ひいらぎ》のリースが飾られ、木々にはキャンドルが魔法でくるくると巻きつけられていた。

ハリーはぶるぶる震えた。他の二人はマントをまとっていたが、ハリーはマントなしだった。三人とも頭を低くして吹きつける風を避けながら歩いた。ロンとハーマイオニーは口を覆ったマフラーの下からさけぶように話しかけた。

「あれが郵便局――」

「ゾンコの店はあそこ――」

「『叫《さけ》びの屋敷《やしき》』まで行ったらどうかしら――」

「こうしよう」ロンが歯をガチガチ言わせながら言った。「『三本の箒《ほうき》』まで行って『バタービール』を飲まないか？」

ハリーは大賛成だった。風は容赦なく吹き、手が凍えそうだ。三人は道を横切り、数分後には小さな居酒屋に入っていった。

中は人でごった返し、うるさくて暖かくて、煙で一杯だった。カウンターの向こうに、小粋《こいき》な顔をした曲線美の女性がいて、バーにたむろしている荒くれ者の魔法戦士たちに飲み物を出していた。

「マダム・ロスメルタだよ」ロンが言った。

「僕が飲み物を買ってこようか？」ロンはちょっと赤くなった。

ハリーはハーマイオニーと一緒に奥の空いている小さなテーブルへと進んだ。テーブルの背後は窓で、前の暖炉脇にはすっきりと飾られたクリスマス・ツリーが立っていた。五分後に、ロンが大ジョッキ三つを抱えてきた。泡立つ熱いバタービールだ。

「メリー・クリスマス！」ロンはうれしそうに大ジョッキを挙げた。

ハリーはグビッと飲んだ。こんなにおいしいもの、いままで飲んだことがない。体の芯《しん》から隅々まで温まる心地だった。

急に冷たい風がハリーの髪を逆立てた。『三本の箒』のドアが開いていた。大ジョッキの縁から戸口に目をやったハリーは、咽《む》せた。

マクゴナガル先生とフリットウィック先生が、舞い上がる雪に包まれてパブに入ってきたのだ。すぐ後ろからハグリッドが入ってきた。ハグリッドはライム色の山高帽に細縞のマントをまとったでっぷりした男と、話に夢中になっている。コーネリウス・ファッジ、魔法大臣だ。

とっさに、ロンとハーマイオニーが同時にハリーの頭のてっぺんに手を置いて、ハリーをぐいっとテーブルの下に押し込んだ。ハリーは椅子から滑り落ち、こぼれたバタービールをボタボタ垂らしながら机の下にうずくまった。空になった大ジョッキを手に、ハリーは先生方とファッジの足を見つめた。足はバーへと動き、立ち止まり、方向を変えてまっすぐハリーのほうへ歩いてきた。

どこか頭の上のほうで、ハーマイオニーがつぶやくのが聞こえた。

「モビリアーブス！　木よ動け！」

そばにあったクリスマス・ツリーが十センチほど浮き上がった。そのまま横にふわふわ漂ったかと思うと、ハリーたちのテーブルの真ん前にトンと軽い音を立てて着地し、三人を隠した。ツリーの下のほうの茂った枝の間から、ハリーはすぐそばのテーブルの四組の椅子《いす》の脚が後ろに引かれるのを見ていた。やがて先生方も大臣も椅子に座り、ふうっというため息や、やれやれという声が聞こえてきた。

次にハリーが見たのはもう一組の足で、ぴかぴかのトルコ石色のハイヒールを履《は》いていた。女性の声がした。

「ギリーウォーターのシングルです――」

「私《わたくし》です」マクゴナガル先生の声。

「ホット蜂蜜酒、四ジョッキ分――」

「ほい、ロスメルタ」ハグリッドだ。

「アイスさくらんぼシロップソーダ唐傘《からかさ》飾りつき――」

「むむむ！」フリットウィック先生が唇を尖《とが》らせて舌鼓《したつづみ》を打った。

「それじゃ、大臣は紅い実のラム酒ですね？」

「ありがとうよ、ロスメルタのママさん」ファッジの声だ。「君にまた会えてほんとにうれしいよ。君も一杯やってくれ……こっちにきて一緒に飲まないか？」

「まあ、大臣、光栄ですわ」

ピカピカのハイヒールが元気よく遠ざかり、またもどってくるのが見えた。ハリーの心臓は喉《のど》のあたりでいやな感じに鼓動《こどう》を打っていた。どうして気がつかなかったたんだろう？　先生方にとっても、今日は今学期最後の週末だったのに。どのくらいの時間ここでねばるつもりだろう？　今夜ホグワーツに帰るためには、ここを抜け出してこっそりハニーデュークス店に行く時間が必要だ。……ハリーの横で、ハーマイオニーの足が神経質そうにぴくりとした。

「それで、大臣、どうしてこんな片田舎にお出ましになりましたの？」

マダム・ロスメルタの声だ。

だれかが立ち聞きしていないかチェックしている様子で、ファッジの太った体が椅子の上でよじれるのが見えた。それからファッジは低い声で言った。

「ほかでもない、シリウス・ブラックの件でね。ハロウィーンの日に、学校でなにが起こったかは、うすうす聞いているんだろう？」

「噂《うわさ》はたしかに耳にしてますわ」

マダム・ロスメルタが認めた。

「ハグリッド、あなたはパブ中に触《ふ》れ回ったのですか？」

マクゴナガル先生が腹立たしげに言った。

「大臣、ブラックがまだこのあたりにいるとお考えですの？」

マダム・ロスメルタがささやくように言った。

「まちがいない」ファッジがきっぱりと言った。

「吸魂鬼《ディメンター》がわたしのパブの中を二度も探し回っていったこと、ご存知かしら?」

マダム・ロスメルタの声には少しとげとげしさがあった。

「お客様が怖がってみんな出ていってしまいましたわ……大臣、商売あがったりですのよ」

「ロスメルタのママさん。私だって君と同じで、連中が好きなわけじゃない」

ファッジもバツの悪そうな声を出した。

「用心に越したことはないんでね……残念だがしかたがない。……つい先ほど連中に会った。ダンブルドアに対して猛烈に怒っていてね。——ダンブルドアが城の校内に連中を入れないんだ」

「そうすべきですわ」マクゴナガル先生がきっぱりと言った。「あんな恐ろしいものに周囲をうろうろされては、私《わたくし》たち教育ができませんでしょう?」

「まったくもってそのとおり!」フリットウィック先生のキーキー声がした。背が小さいので下まで届かぬ足がぶらぶらしている。

「にもかかわらずだ」ファッジが言い返した。「連中よりもっとタチの悪いものから我々を護るために連中がここにいるんだ……知ってのとおり、ブラックの力をもってすれば……」

「でもねえ、わたしにはまだ信じられないですわ」マダム・ロスメルタが考え深げに言った。「どんな人が闇の側に荷担しようと、シリウス・ブラックだけはそうならないとわたしは思ってました。……あの人がまだホグワーツの学生だったときのことを憶えてますわ。もしあのころにブラックがこんなふうになるなんて言う人がいたら、わたしきっと、『あなた蜂蜜酒の飲みすぎよ』って言ったと思いますわ」

「君は話の半分しか知らないんだよ、ロスメルタ」ファッジがぶっきらぼうに言った。「ブラックの最悪の仕業はあまり知られていない」

「最悪の？」

マダム・ロスメルタの声は好奇心ではじけそうだった。

「あんなにたくさんのかわいそうな人たちを殺した、それより悪いことがあるっておっしゃるんですか？」

「まさにそのとおり」ファッジが答えた。

「信じられませんわ。あれより悪いことってなんでしょう？」

「ブラックのホグワーツ時代を覚えていると言いましたね、ロスメルタ」

マクゴナガル先生がつぶやくように言った。

「あの人の一番の親友がだれだったか、覚えていますか？」

「ええ、ええ、もちろん」マダム・ロスメルタはちょっと笑った。「いつでも一緒、影と形のようだったでしょ？　ここにはしょっちゅうきてましたわ。――ああ、あの二人にはよく笑わされました。まるで漫才だったわ、シリウス・ブラックとジェームズ・ポッター！」

ハリーがポロリと落とした大ジョッキが、大きな音を立てて転がった。ロンがハリーを蹴った。

「そのとおりです」マクゴナガル先生だ。「ブラックとポッターはいたずらっ子たちの首謀者《しゅぼうしゃ》。もちろん、二人とも非常に賢い子でした――まったくずば抜けて賢かった――。しかしあんなに手を焼かされた二人組もなかったですね――」

「そりゃ、わかんねえですぞ」ハグリッドがクックッと笑った。

「フレッドとジョージ・ウィーズリーにかかっちゃ、互角の勝負かもしれねえ」

「みんな、ブラックとポッターは兄弟じゃないかと思っただろうね！」フリットウィック先生のかん高い声だ。「一心同体！」

「まったくそうだった！」ファッジだ。「ポッターはほかのだれよりブラックを信用した。卒業しても変わらなかった。ブラックはジェームズがリリーと結婚したとき、新郎の付き添い役を務めた。二人はブラックをハリーの名付け親にした。ハリーはもちろんまったく知らないがね。こんなことを知ったら、ハリーがどんなに辛《つら》い思いをするか」

「ブラックの正体が『例のあの人』の一味だったからですの？」

マダム・ロスメルタがささやいた。

「もっと悪いね……」ファッジは声を落とし、低いゴロゴロ声で先を続けた。

「ポッター夫妻は、自分たちが『例のあの人』につけ狙われていると知っていた。ダンブルドアは『例のあの人』と弛みなく戦っていたから、数多《あまた》の役に立つスパイを放っていた。その内の一人から情報を聞き出したダンブルドアは、ジェームズとリリーにすぐに危機を知らせ、二人に身を隠すよう勧めた。だが、もちろん、『例のあの人』から身を隠すのは容易なことではない。ダンブルドアは『忠誠《ちゅうせい》の術《じゅつ》』が一番助かる可能性があると二人にそう言ったのだ」

「どんな術ですの？」マダム・ロスメルタが息をつめ、夢中になって聞いた。

フリットウィック先生が咳《せき》ばらいし、「恐ろしく複雑な術ですよ」とかん高い声で言った。

「一人の、生きた人間の中に秘密を魔法で封じ込める。選ばれた者は『秘密の守《もり》人《びと》』として情報を自分の中に隠す。こうすれば情報を見つけることは不可能となる――『秘密の守人』が暴露しないかぎりはね。『秘密の守人』が口を割らないかぎり、『例のあの人』がリリーとジェームズの隠れている村を何年探そうが、二人を見つけることはできない。たとえ二人の家の居間の窓に鼻先を押しつけるほど近づいても、見つけることはできないのだ！」

「それじゃ、ブラックがポッター夫妻の『秘密の守人《もりびと》』に？」

マダム・ロスメルタがささやくように聞いた。

「当然です」マクゴナガル先生だ。「ジェームズ・ポッターは、ブラックだったら二人の居場所を教えるくらいなら死を選ぶだろうと、それにブラックも身を隠すつもりだとダンブルドアにお伝えしたのです。……それでもダンブルドアはまだ心配していらっしゃった。自分がポッター夫妻の『秘密の守人』になろうと申し出られたことを覚えていますよ」

「ダンブルドアはブラックを疑っていらした？」マダム・ロスメルタが息を呑《の》んだ。

「ダンブルドアには、だれかポッター夫妻に近い者が、二人の動きを『例のあの人』に通報しているという確信がおありでした」マクゴナガル先生が暗い声で言った。「ダンブルドアはその少し前から、味方のだれかが裏切って、『例のあの人』に相当の情報を流していると疑っておいでだったのです」

「それでもジェームズ・ポッターはブラックを使うと主張したんですの？」

「そうだ」ファッジが重苦しい声で言った。「そして、『忠誠の術』をかけてから一週間も経たないうちに――」

「ブラックが二人を裏切った？」マダム・ロスメルタがささやき声で聞いた。

「まさにそうだ。ブラックは二重スパイの役目に疲れて、『例のあの人』への支持をおおっぴらに宣言しようとしていた。ポッター夫妻の死に合わせて宣言する計画だったらしい。ところが、知ってのとおり、『例のあの人』は幼いハリーのためにまさに凋落《ちょうらく》した。力も失せ、ひどく弱体化し、逃げ去った。残されたブラックにしてみれば、まったくいやな立場に立たされてしまったわけだ。自分が裏切り者だと旗幟《きし》鮮明《せんめい》にしたとたん、自分の旗頭《はたがしら》が倒れてしまったんだ。逃げるほかなかった――」

「くそったれのあほんだらの裏切り者め！」

ハグリッドの罵声《ばせい》にバーにいた人の半分がしんとなった。

「シーッ！」とマクゴナガル先生。

「おれはやつに出会ったんだ」ハグリッドは歯噛《はが》みをした。「やつに最後に出会ったのはおれにちげえねぇ。そのあとでやつはあんなにみんなを殺した！　ジェームズとリリーが殺されっちまったとき、あの家からハリーを助け出したのはおれだ！　崩れた家からすぐにハリーを連れ出した。かわいそうなちっちゃなハリー。額《ひたい》におっきな傷を受けて、両親《ふたおや》は死んじまって……そんで、シリウス・ブラックが現れた。いつもの空飛ぶオートバイに乗って。あそこになんの用できたんだか、おれには思いもつかんかった。やつがリリーとジェームズの『秘密の守人』だとは知らんかった。『例のあの人』の襲撃の知らせを聞きつけて、なにかできることはねえかと駆けつけてきたんだと思った。やつめ、真っ青になって震えとったわ。そんで、おれがなにしたと思うか？　おれは殺人者の裏切り者を慰めたんだ！」

ハグリッドが吠えた。

「ハグリッド！　お願いだから声を低くして！」マクゴナガル先生だ。

「やつがジェームズとリリーが死んだことで取り乱してたんではねえんだと、おれにわかるはずがあっか？　やつが気にしてたんは『例のあの人』だったんだ！　ほんでもってやつが言うには『ハグリッド、ハリーを僕に渡してくれ。僕が名付け親だ。僕が育てる――』ヘン！　おれにはダンブルドアからのお言いつけがあったわ。そんで、ブラックに言ってやった。『だめだ。ダンブルドアがハリーはおばとおじのところに行くんだって言いなさった』ブラックはごちゃごちゃ言うとったが、結局あきらめた。ハリーを届けるのに自分のオートバイを使えって、おれにそう言った。『僕にはもう必要がないだろう』ってそう言ったな。

なんかおかしいと、そんときに気づくべきだった。やつはあのオートバイが気に入っとった。なんでそれをおれにくれる？　もう必要がないだろうって、なんでだ？　つまり、あれは目立ちすぎるっちゅうことだ。ダンブルドアはやつがポッターの『秘密の守人』だということを知ってなさる。ブラックはあの晩のうちにトンズラしなきゃなんねえってわかってた。魔法省が追っかけてくるのも時間の問題だと、やつは知ってたんだ。

もし、おれがハリーをやつに渡してたらどうなってた？　えっ？　海のど真ん中あたりまで飛んだところで、ハリーをバイクから放り出したにちげえねぇ。無二の親友の息子をだ！　闇の陣営に与《くみ》した魔法使いにとっちゃ、だれだろうが、なんだろうが、もう関係ねえんだ……」

ハグリッドの話のあとは長い沈黙が続いた。それから、マダム・ロスメルタがやや満足げに言った。

「でも、逃げおおせなかったわね？　魔法省が次の日に追いつめたわ！」

「あぁ、魔法省だったらよかったのだが！」ファッジが口惜《くちお》しげに言った。「やつを見つけたのは我々ではなく、チビのピーター・ペティグリューだった。――ポッター夫妻の友人の一人だが。悲しみで頭がおかしくなったのだろう、たぶんな。ブラックがポッターの『秘密の守人《もりびと》』だと知っていたペティグリューは、自らブラックを追った」

「ペティグリュー……ホグワーツにいたころはいつも二人のあとにくっついていたあの肥《ふと》った小さな男の子かしら？」マダム・ロスメルタが聞いた。

「ブラックとポッターのことを英雄のように崇《あが》めていた子だった」

マクゴナガル先生が引き取った。

るか……」

「能力から言って、あの二人の仲間にはなりえない子です。私《わたくし》、あの子には、ときに厳しく当たってしまいましたわ。私《わたくし》がいまどんなにそれを――どんなに悔いてい

マクゴナガル先生は急に鼻かぜを引いたような声になった。

「さあ、さあ、ミネルバ」ファッジがやさしく声をかけた。「ペティグリューは英雄として死んだ。目撃者の証言では――もちろんこのマグルたちの記憶はあとで消しておいたがね。――ペティグリューはブラックを追いつめた。泣きながら『リリーとジェームズが。シリウス！　よくもそんなことを！』と言っていたそうだ。それから杖《つえ》を取り出そうとした。まあ、もちろん、ブラックのほうが速かった。ペティグリューは木っ端微塵《こっぱみじん》に吹っ飛ばされてしまった……」

マクゴナガル先生はチンと鼻をかみ、かすれた声で言った。

「ばかな子……まぬけな子……どうしようもなく決闘がへたな子でしたわ。……魔法省にまかせるべきでした……」

「おれなら、おれがペティグリューのチビより先にやつと対決してたら、杖なんかもたもた出さねえぞ。――やつを引っこ抜いて――バラバラに――八つ裂きに――」

ハグリッドが吠えた。

「ハグリッド、ばかを言うもんじゃない」ファッジが厳しく言った。

「魔法警察部隊から派遣される訓練された『特殊部隊』以外は、追いつめられたブラックに太刀打ちできる者はいなかったろう。私は当時、魔法惨事部《まほうさんじぶ》の次官だったが、ブラックがあれだけの人間を殺したあとに現場に到着した第一陣の中にいた。私は、あの――あの光景が忘れられない。いまでもときどき夢に見る。道の真ん中に深くえぐれたクレーター。その底のほうには亀裂の入った下水管。累々《るいるい》たる死体。マグルたちは悲鳴を上げていた。そして、ブラックがそこに仁王立ちになり笑っていた。その前にペティグリューの残骸が……血だらけのローブとわずかの……わずかの肉片が――」

ファッジの声が突然途切れた。鼻をかむ音が五人分聞こえた。

「さて、そういうことなんだよ、ロスメルタ」ファッジがかすれた低い声で言った。「ブラックは魔法警察部隊が二十人がかりで連行し、ペティグリューは勲一等マーリン勲章を授与された。哀れなお母上にとってはこれが少しは慰めになったことだろう。ブラックはそれ以来ずっとアズカバンに収監《しゅうかん》されていた」

マダム・ロスメルタは長いため息をついた。

「大臣、ブラックは正気を失ってるというのは本当ですの？」

「そう言いたいがね」ファッジは考えながらゆっくり話した。

「『ご主人様』が敗北したことで、たしかにしばらくは精神の安定を欠いていたと思うね。ペティグリューやあれだけのマグルを殺したのは、追いつめられて自暴自棄になった男の仕業だ。――残忍で……なんの意味もない。しかしだ、先日、アズカバンの見回りにいった際、私はブラックに会ったんだが、なにしろあそこの囚人は大方《おおかた》が暗い中に座り込んで、ブツブツひとり言を言っているし、正気じゃない……ところが、ブラックがあまりに正常なので私はショックを受けた。私に対してまったく筋の通った話し方をするんで、なんだか意表を衝かれた気がした。ブラックは単に退屈しているだけのように見えたね。――私に、新聞を読み終わったならくれないかと言った。洒落《しゃれ》てるじゃないか、クロスワードパズルが懐かしいからと言うんだよ。ああ、大いに驚きましたとも。吸魂鬼《ディメンター》がほとんどブラックに影響を与えていないことにね。――しかもブラックはあそこで最も厳しく監視《かんし》されている囚人の一人だったのでね、そう、吸魂鬼が昼も夜もブラックの独房のすぐ外にいたんだ」

「だけど、なんのために脱獄したとお考えですの？　まさか大臣、ブラックは『例のあの人』とまた組むつもりでは？」マダム・ロスメルタが聞いた。

「それがブラックの――あー――最終的な企てだと言えるだろう」ファッジは言葉を濁《にご》した。「しかし、我々はほどなくブラックを逮捕するだろう。『例のあの人』が孤立無援《りつむえん》ならそれはそれでよし……しかし彼の最も忠実な家来がもどったとなると、どんなにあっという間に彼が復活するか、考えただけでも身の毛がよだつ……」

テーブルの上にガラスを置くカチャカチャという小さな音がした。だれかがグラスを置いたらしい。

「さあ、コーネリウス。校長と食事なさるおつもりなら、城におもどりになったほうがよろしいでしょう」

マクゴナガル先生の声が言った。

一人、また一人と、ハリーの目の前の足が二本ずつ、足の持ち主をふたたび乗せて動き出した。マントの縁がはらりとハリーの視界に飛び込んできた。マダム・ロスメルタのピカピカのハイヒールはカウンターの裏側に消えた。「三本の箒《ほうき》」のドアがふたたび開き、また雪が舞い込んできて、先生方は立ち去った。

「ハリー?」

ロンとハーマイオニーの顔がテーブルの下に現れた。二人とも言葉もなくハリーをじっと見つめていた。

第11章　炎の雷

どうやってハニーデュークス店の地下室までたどり着き、どうやってトンネルを抜けて城までもどったのか、ハリーははっきり覚えていない。帰路はあっという間だったような気がしたことだけは覚えている。頭の中で聞いたばかりの会話がガンガン鳴り響き、自分がなにをしているのか、ほとんど意識がなかった。

どうしてだれもなにも教えてくれなかったのだろう？　ダンブルドア、ハグリッド、ウィーズリー氏、コーネリウス・ファッジ……どうしてだれも、ハリーの両親が、無二の親友の裏切りで死んだという事実を話してくれなかったのだろう？

夕食の間中、ロンとハーマイオニーはハリーを気遣《きづか》わしげに見守った。すぐそばにパーシーがいたので、とても漏《も》れ聞いた会話のことを話し出す状況ではなかった。階段を上り、込み合った談話室に入ると、フレッドとジョージが、学期末のお祭り気分で、半ダースもの「クソ爆弾」を爆発させたところだった。ホグズミードに無事着いたかどうか双子に質問されたくなかったので、ハリーはこっそり寝室に上がった。だれもいない寝室で、ハリーはまっすぐベッド脇の書類棚に向かった。教科書を脇によけると、探し物はすぐに見つかった。――ハグリッドが二年前にくれた革表紙のアルバムだ。父親と母親の魔法写真がぎっしり貼ってある。ベッドに座り、まわりのカーテンをぐるりと閉めると、ページをめくりはじめた。探しているのは……。

両親の結婚の日の写真でハリーは手を止めた。父親がハリーに向かってにっこり笑いかけながら手を振っている。ハリーに遺伝したくしゃくしゃな黒髪が、勝手な方向にぴんぴん飛び出ている。母親もいた。父さんと腕を組み、幸せで輝いている。そして……。

この人にちがいない。花婿《はなむこ》付き添い人……この人のことをいままで一度も考えたことはなかった。

同一人物だと知らなければ、この古い写真の人がブラックだとはとうてい思えなかっただろう。写真の顔は、やせこけた蠟《ろう》のような顔ではなく、ハンサムであふれるような笑顔だった。この写真を撮ったときには、もうヴォルデモートの下で働いていたのだろうか？　隣にいる二人の死を企てていたのだろうか？　十二年ものアズカバン虜囚《りょしゅう》が待ち受けていると、わかっていたのだろうか？　自らを見る影もない姿に変える十二年を。

しかし、この人は吸魂鬼《ディメンター》なんて平気なんだ。ハリーはじっと、快活に笑うハンサムな顔を見つめた。吸魂鬼がそばにきても、この人は僕の母さんの悲鳴を聞かなくてすむんだ――。

ハリーはアルバムをピシャリと閉じ、手を伸ばしてそれを書類棚にもどした。そしてローブを脱ぎメガネを外し、カーテンでだれからも見えないことを確かめて、ベッドに潜り込んだ。

寝室のドアが開いた。

「ハリー？」遠慮がちに、ロンの声がした。

ハリーは寝たふりをしてじっと横たわっていた。ロンが出ていく気配がした。ハリーは目を大きく見開いたまま寝返りを打ち、仰向《あおむ》けになった。

経験したことのない激しい憎しみが、毒のようにハリーの体内を回っていった。まるであのアルバムの写真をだれかがハリーの目に貼りつけたかのように、ハリーには暗闇を透かしてブラックの笑う姿が見えた。だれかが映画の一コマをハリーに見せてくれているかのように、シリウス・ブラックがピーター・ペティグリュー（なぜかネビル・ロングボトムの顔が重なった）を粉々にする場面をハリーは見た。低い、興奮したささやきが（ブラックの声がどんな声なのかまったくわからなかったが）、ハリーには聞こえた。

「やりました。ご主人様……ポッター夫妻がわたしを『秘密の守人《もりびと》』に指定しました……」

それに続いてもう一つの声が聞こえる。かん高い笑いだ。吸魂鬼が近づくたびにハリーの頭の中で聞こえるあの高笑いだ……。

「ハリー、君――君、ひどい顔だ」

ハリーは明け方まで眠れなかった。目が覚めたとき、寝室にはだれもいなかった。服を着、螺旋《らせん》階段を下りて談話室までくると、そこも空っぽだった。ロンとハーマイオニーしかいない。ロンは腹をさすりながら蛙《かえる》ペパーミントを食べていたし、ハーマイオニーは三つもテーブルを占領して宿題を広げていた。

「みんなはどうしたの?」

「あっという間にいなくなっちゃった! 今日が休暇一日目だよ。覚えてるかい?」

ロンは、ハリーをまじまじと見た。

「もうすぐ昼食の時間だよ。起こしにいこうと思ってたところだ」

ハリーは暖炉脇の椅子にドサッと座った。窓の外にはまだ雪が降っている。クルックシャンクスは暖炉の前にべったり寝そべって、まるでオレンジ色の大きなマットのようだった。

「ねえ、ほんとに顔色がよくないわ」

ハーマイオニーが心配そうに、ハリーの顔をまじまじと覗《のぞ》き込んだ。

「大丈夫」ハリーが言った。

「ハリー、ねえ、聞いて」

ハーマイオニーがロンと目配せしながら言った。

「昨日私たちが聞いてしまったことで、あなたはとっても大変な思いをしてるでしょう。でも、大切なのは、あなたが軽はずみなことをしちゃいけないってことよ」

「どんな？」

「たとえばブラックを追いかけるとか」ロンがはっきり言った。

ハリーが寝ている間に、二人はやり取りを練習していたのだろうと、察しがついた。ハリーはなにも言わなかった。

「そんなことしないわよね？　ね、ハリー？」ハーマイオニーが念を押した。

「だって、ブラックのために死ぬ価値なんて、ないぜ」ロンだ。

ハリーは二人を見た。この二人には全然わかっていないらしい。

「吸魂鬼《ディメンター》が僕に近づくたびに、僕がなにを見たりなにを聞いたりするか、知ってるかい？」

ロンもハーマイオニーも不安そうに首を横に振った。

「母さんが泣きさけんでヴォルデモートに命乞《いのちご》いをする声が聞こえるんだ。もし君たちが、自分の母親が殺される直前のあんなふうなさけび声を聞いたなら、そんなに簡単に忘れられるものか。自分の友達だと信じていた人間に裏切られ、そいつがヴォルデモートをさし向けたと知ったら――」

「あなたにはどうにもできないことよ！」

ハーマイオニーが苦しそうに言った。

「吸魂鬼がブラックを捕まえるし、アズカバンに連れもどすわ。そして――それが当然の報いよ！」

「ファッジが言ったこと聞いただろう。ブラックは普通の魔法使いとちがって、アズカバンでも平気だったって。ほかの人には刑罰になっても、あいつにはちっとも効かないんだ」

「じゃ、なにが言いたいんだい？」ロンが顔を強張らせて聞いた。「まさか――ブラックを殺したいとか、そんな？」

「ばかなこと言わないで」ハーマイオニーがあわてた。「ハリーがだれかを殺したいなんて思うわけないじゃない。そうよね？　ハリー？」

ハリーはまた黙りこくった。自分でもどうしたいのかがわからなかった。ただ、ブラックが野放しになっているというのに、なにもしないでいるのはとても耐えられない。それだけはわかった。

「マルフォイは知ってるんだ」出し抜けにハリーは言った。「『魔法薬学』のクラスで僕になんて言ったか、覚えてるかい？『僕なら、自分で追いつめる……復讐するんだ』って」

「僕たちの意見より、マルフォイの意見を聞こうってのかい？」ロンが怒った。

「いいかい……ブラックがペティグリューを片づけたとき、ペティグリューの母親の手になにがもどった？パパに聞いたんだ。――マーリン勲章、勲一等、それに箱に入った息子の指一本だ。それが残った体のかけらの中で一番大きいものだった。ブラックは正気じゃない。ハリー、あいつは危険人物なんだ――」

「マルフォイの父親が話したにちがいない」ハリーはロンの言葉を無視した。「ヴォルデモートの腹心の一人だったから――」

「『例のあの人』って言えよ。頼むから」ロンが怒ったように口を挟んだ。

「――だから、マルフォイ一家は、ブラックがヴォルデモートの手下だということを当然知ってたんだ――」

「――そして、マルフォイは、君がペティグリューみたいに粉々に吹っ飛ばされればいいと思ってるんだ！しっかりしろよ。マルフォイは、ただ、クィディッチ試合で君と対決する前に、君がのこのこ殺されにいけばいいって思ってるだけなんだ」

「ハリー、お願い」

ハーマイオニーの目は、いまや涙で光っていた。

「お願いだから冷静になって。ブラックのやったこと、とっても、とってもひどいことだわ。でも、ね、自分を危険にさらさないで。ねぇ。それがブラックの思うつぼなのよ……ああ、ハリー、あなたがブラックを探したりすれば、ブラックにとっては飛んで火に入る夏の虫よ。あなたのご両親だって、あなたが傷つくことを望んでいらっしゃらないわ。そうでしょう？　ご両親は、あなたがブラックを追跡することをけっしてお望みにはならなかったわ！」

「父さん、母さんがなにを望んだかなんて、僕は一生知ることはないんだ。ブラックのせいで、僕は一度も父さんや母さんと話したことがないんだから」

ハリーはぶっきらぼうに言った。

沈黙が流れた。クルックシャンクスがその間に悠々と伸びをし、爪を曲げ、伸ばした。ロンのポケットが小刻みに震えた。

「さあ」ロンがとにかく話題を変えようとあわてて切り出した。

「休みだ！　もうすぐクリスマスだ！　それじゃ――それじゃハグリッドの小屋に行こうよ。もう何百年も会ってないよ！」

「だめ！」ハーマイオニーがすぐ言った。「ハリーは城を離れちゃいけないのよ、ロン――」

「よし、行こう」ハリーが身を起こした。「そしたら僕、聞くんだ。ハグリッドが僕の両親のことを全部話してくれたあのとき、どうしてブラックのことを黙っていたのかって！」

ブラックの話がまた持ち出されるとは、まったくロンの計算に入っていなかった。

「じゃなきゃ、チェスの試合をしてもいいな」ロンが、またあわてて言った。「それともゴブストーン・ゲームとか。パーシーが一式忘れていったんだ――」

「いや、ハグリッドのところへ行こう」ハリーは言い張った。

そこで三人とも寮の寝室からマントを取ってきて、肖像画の穴をくぐり（「立て、戦え、臆病犬《おくびょういぬ》ども！」）、がらんとした城を抜け、樫《かし》の木の正面扉を通って表へ出た。

キラキラ光るパウダー・スノーに浅い小道を掘りつけながら、三人はゆっくりと芝生を下った。靴下もマントの裾《すそ》も濡れて凍りついた。「禁じられた森」の木々はうっすらと銀色に輝き、まるで森全体が魔法にかけられたようだったし、ハグリッドの小屋は粉砂糖のかかったケーキのようだった。

ロンがノックしたが、答えがない。

「出かけてるのかしら?」ハーマイオニーはマントをかぶって震えていた。ロンが戸に耳をつけた。

「変な音がする。聞いて──ファングかなぁ?」

ハリーとハーマイオニーも耳をつけた。小屋の中から、低くドクンドクンとうめくような音が何度も聞こえる。

「だれか呼んだほうがいいかな?」ロンが不安げに言った。

「ハグリッド!」戸をドンドンたたきながら、ハリーが呼んだ。

「ハグリッド、中にいるの?」

重い足音がして、ドアがギーッと軋《きし》みながら開いた。ハグリッドが真っ赤な泣き腫《は》らした目をして突っ立っていた。涙が滝のように、革《かわ》のベストを伝って流れ落ちている。

「聞いたか!」

大声でさけぶなり、ハグリッドはハリーの首に抱きついた。

ハグリッドはなにしろ普通の人の二倍はある。これは笑い事ではなかった。ハリーはハグリッドの重みで危うく押しつぶされそうになるところを、ロンとハーマイオニーに救い出された。二人がハグリッドの腋《わき》の下を支えて持ち上げ、ハリーも手伝って、ハグリッドを小屋に入れた。ハグリッドはされるがままに椅子に運ばれ、テーブルに突っ伏して身も世もなくしゃくり上げていた。顔は涙でてかてか、その涙がもじゃもじゃの顎《あご》ひげを伝って滴《したた》り落ちていた。

「ハグリッド、何事なの？」ハーマイオニーが唖然《あぜん》として聞いた。

ハリーは、テーブルに公式の手紙らしいものが広げてあるのに気づいた。

「ハグリッド、これはなに？」

ハグリッドのすすり泣きが二倍になった。そして手紙をハリーのほうに押してよこし、ハリーはそれを取って読み上げた。

ハグリッド殿

ヒッポグリフが貴殿の授業で生徒を攻撃した件についての調査で、この残念な不祥事《ふしょうじ》について、貴殿にはなんら責任はないとするダンブルドア校長の保証を我々は受け入れることに決定いたしました。

「じゃ、オッケーだ。よかったじゃないか、ハグリッド！」

ロンがハグリッドの肩をたたいた。しかし、ハグリッドは泣き続け、並外れて大きい手を振って、ハリーに先を読むように促した。

しかしながら、我々は、当該《とうがい》ヒッポグリフに対し、懸念を表明せざるをえません。我々はルシウス・マルフォイ氏の正式な訴えを受け入れることを決定しました。したがいまして、この件は、「危険生物処理委員会」に付託《ふたく》されることになります。事情聴取は四月二十日に行われます。当日、ヒッポグリフを伴い、ロンドンの当委員会事務所まで出頭願います。それまでヒッポグリフは隔離《かくり》し、つないでおかなければなりません。

敬具

手紙のあとに学校の理事の名前が連ねてあった。

「うーん」ロンが言った。

「だけど、ハグリッド、バックビークは悪いヒッポグリフじゃないって、そう言ってたじゃないか。絶対、無罪放免――」

「おまえさんは『危険生物処理委員会』ちゅうとこの怪物どもを知らんのだ！」

ハグリッドは袖《そで》で目を拭《ぬぐ》いながら、喉《のど》を詰まらせた。

「連中はおもしれぇ生き物《もん》を目の敵にしてきた！」

突然、小屋の隅から物音がして、ハリー、ロン、ハーマイオニーがはじかれたように振り返った。ヒッポグリフのバックビークが隅のほうに寝そべって、なにかをバリバリ食いちぎっている。その血が床一面に滲《にじ》み出していた。

「こいつを雪ん中につないで放ってなんかおけねえ」ハグリッドが喉《のど》を詰まらせた。「たった一人で！　クリスマスだっちゅうのに！」

ハリー、ロン、ハーマイオニーは互いに顔を見合わせた。ハグリッドが「おもしろい生き物」と呼び、他の人が「恐ろしい怪物」と呼ぶものについて、三人はハグリッドと意見がぴったり合ったためしがない。しかし、バックビークがとくに危害を加えるとは思えない。事実、いつものハグリッドの基準から見て、この動物はむしろかわいらしい。

「ハグリッド、しっかりした強い抗弁《こうべん》を打ち出さないといけないわ」

ハーマイオニーは腰掛けてハグリッドの小山のような腕に手を置いて言った。

「バックビークが安全だって、あなたがきっと証明できるわ」

「そんでも、同じこった」ハグリッドがすすり上げた。「やつら、処理屋の悪魔め、連中はルシウス・マルフォイの手の内だ！　やつを怖がっとる！　もしおれが審理で負けたら、バックビークは――」

ハグリッドは喉をかき切るように、指をさっと動かした。それからひと声大泣きし、前のめりになって両腕に顔を埋《うず》めた。

「ダンブルドアはどうなの、ハグリッド？」ハリーが聞いた。

「あの方は、おれのためにもう十分すぎるほどやりなすった」

ハグリッドはうめくように言った。

「手一杯でおいでなさる。吸魂鬼《ディメンター》のやつらが城の中に入らんようにしとくとか、シリウス・ブラックがうろうろとか――」

ロンとハーマイオニーは、急いでハリーを見た。ブラックのことで本当のことを話してくれなかったと、ハリーがハグリッドを激しく責めはじめるだろうと思ったようだ。しかし、ハリーはそこまではできなかった。ハグリッドがこんなに惨《みじ》めで、こんなに打ち震えているのを見てしまったいま、そんなこと、できはしない。

「ねえ、ハグリッド」ハリーが声をかけた。「あきらめちゃだめだ。ハーマイオニーの言うとおりだよ。ちゃんと抗弁《こうべん》する必要があるだけじゃないか。僕たちを証人に呼んでいいよ――」

「私、ヒッポグリフいじめ事件について読んだことがあるわ」

ハーマイオニーがなにか考えながら言った。

「たしか、ヒッポグリフは釈放されたんじゃなかったかしら。探してあげる、ハグリッド。正確になにが起こったのか、調べるわ」

ハグリッドはますます声を張り上げてオンオン泣いた。ハリーとハーマイオニーは、どうにかしてよとロンを見た。

「あ――お茶でも入れようか?」ロンが言った。

ハリーが目を丸くしてロンを見た。

「だれか気が動転してるとき、ママはいつもそうするんだ」

ロンは肩をすくめてつぶやいた。

助けてあげる、とそれから何度も約束してもらい、目の前にぽかぽかの紅茶のマグカップを出してもらってようやくハグリッドは落ち着きを取りもどし、テーブルクロスほどの大きなハンカチでブーッと鼻をかんでから口をきいた。

「おまえさんたちの言うとおりだ。ここでおれがボロボロになっちゃいられねえ。しゃんとせにゃ……」

ボアハウンド犬のファングがおずおずとテーブルの下から現れ、ハグリッドの膝《ひざ》に頭を載せた。

「このごろおれはどうかしとった」

ハグリッドが片手でファングの頭をなで、もう一方で自分の顔を拭《ふ》きながら言った。

「バックビークが心配だし、だぁれもおれの授業を好かんし――」

「みんな、とっても好きよ!」ハーマイオニーがあわてて嘘を言った。

「うん、すごい授業だよ!」ロンもテーブルの下で、手をもじもじさせながら調子を合わせた。「あーーーレタス食い虫《フロバーワーム》は元気？」

「死んだ」ハグリッドが暗い表情をした。「レタスのやりすぎだ」

「ああ、そんな！」そう言いながら、ロンの口元が笑っていた。

「それに、吸魂鬼《ディメンター》のやつらだ。連中はおれをとことん落ち込ませる」

ハグリッドは急に身震いした。

「『三本の箒《ほうき》』に飲みにいくたんび、連中のそばを通らにゃなんねえ。アズカバンにもどされちまったような気分になるーーー」

ハグリッドはふと黙りこくって、ゴクリと茶を飲んだ。ハリー、ロン、ハーマイオニーは息をひそめてハグリッドを見つめた。三人ともハグリッドが、短い期間だがアズカバンに入れられたあのときのことを話すのを聞いたことがなかった。やや間をおいて、ハーマイオニーが遠慮がちに聞いた。

「ハグリッド、恐ろしいところなの？」

「想像もつかんだろう」ハグリッドはしみじみと言った。「あんなところは行ったことがねえ。気が変になるかと思ったぞ。ひどい想い出ばっかしが思い浮かぶんだ……ホグワーツを退校になった日……親父が死んだ日……ノーバートが行っちまった日……」

ハグリッドの目に涙があふれた。ノーバートは、ハグリッドが賭けトランプで勝って、手に入れた赤ちゃんドラゴンだ。

「しばらくすっと、自分がだれだか、もうわからねえ。そんで、生きてててもしょうがねえって気になる。寝てるうちに死んでしまいてえって、おれはそう願ったもんだ。……釈放されたときゃ、もう一度生まれたような気分だった。いろんなことが一度にドッとどもどってきてな。こんないい気分はねえぞ。そりゃあ、吸魂鬼《ディメンター》のやつら、おれを釈放するのをしぶったもんだ」

「だけど、あなたは無実だったのよ！」ハーマイオニーが言った。

ハグリッドがフンと鼻を鳴らした。

「連中の知ったことか？　そんなこたぁ、どぉでもええ。二、三百人もあそこにぶち込まれていりゃ、連中はそれでええ。そいつらにしゃぶりついて幸福ちゅうもんを全部吸い出してさえいりゃ、だれが有罪でだれが無罪かなんて、連中にはどっちでもええんだ」

ハグリッドはしばらく自分のマグカップを見つめたまま、黙っていた。それから、ぼそりと言った。

「バックビークをこのまんま逃がそうと思った。……遠くに飛んでいけばええと思った。……だけんどどうやってヒッポグリフに言い聞かせりゃええ？　どっかに隠れていろって……それに――法律を破るのがおれは怖い……」

三人を見たハグリッドの目から、また涙がぼろぼろ流れ、顔を濡らした。

「おれは二度とアズカバンに入りたくねえ」


ハグリッドの小屋に行ってもちっとも楽しくはなかったが、ロンとハーマイオニーが期待したような成果はあった。ハリーはけっしてブラックのことを忘れたわけではないが、「危険生物処理委員会」でハグリッドが勝つ手助けをしようと思えば、復讐のことばかり考えているわけにはいかなかった。

翌日、ハリーはロンやハーマイオニーと一緒に図書室に行った。がらんとした談話室にもどってきたときには、バックビークの弁護に役立ちそうな本を、どっさり抱えていた。威勢よく燃えさかる暖炉の前に三人で座り、動物による襲撃に関する有名な事件を記した埃《ほこり》っぽい書物のページを一枚一枚めくっていった。ときどき、なにか関係のありそうなものが見つかると言葉を交わした。

「これはどうかな……一七二二年の事件……あ、ヒッポグリフは有罪だった。――うわー、それで連中がどうしたか、気持ち悪いよ――」

「これはいけるかもしれないわ。ええと――一二九六年、マンティコア、ほら頭は人間、胴はライオン、尾はサソリのあれ、これが人を傷つけたけど、マンティコアは放免になった。――あっ――だめ。なぜ放たれたかというと、みんな怖がってそばに寄れなかったんですって……」

そうこうする間に、城ではいつもの大がかりなクリスマスの飾りつけが進んでいた——それを楽しむはずの生徒はほとんど学校に残っていなかったけれど。柊《ひいらぎ》や宿り木を編み込んだ太いリボンが廊下にぐるりと張り巡らされ、鎧《よろい》という鎧の中からは神秘的な灯《あか》りがきらめき、大広間にはいつものように金色に輝く星を飾った十二本のクリスマス・ツリーが立ち並んだ。おいしそうな匂いが廊下中にたちこめ、クリスマス・イブにはそれが最高潮に達した。あのスキャバーズでさえ、避難していたロンのポケットの中から鼻先を突き出して、ひくひくと期待を込めて匂いを嗅《か》いだ。

クリスマスの朝、ハリーはロンに枕を投げつけられて目が覚めた。

「おい！　プレゼントがあるぞ！」

ハリーはメガネを探し、それをかけてから、薄明かりの中を目を凝らしてベッドの足元を覗《のぞ》いた。小包が小さな山になっている。ロンはもう自分のプレゼントの包み紙を破っていた。

「またママからのセーターだ……また栗色だ……君にもきてるかな」

ハリーにも届いていた。ウィーズリーおばさんからハリーに、胸のところにグリフィンドールのライオンを編み込んだ真紅のセーターと、お手製のミンスパイが一ダース、小さいクリスマス・ケーキ、それにナッツ入り砂糖菓子が一箱届いていた。全部を脇に寄せると、その下に長くて薄い包みが置いてあった。

「それ、なんだい？」

包みから取り出したばかりの栗色のソックスを手に持ったまま、ロンが覗《のぞ》き込んだ。

「さあ……」

包みを破ったハリーは、息を呑《の》んだ。見事な箒《ほうき》が、キラキラ輝きながらハリーのベッドカバーの上に転がり出た。ロンはソックスをぽろりと落とし、もっとよく見ようと、ベッドから飛び出してきた。

「ほんとかよ」ロンの声がかすれていた。

〝炎《ほのお》の雷《いかずち》・ファイアボルト〟だった。ハリーがダイアゴン横丁で毎日通いつめた、あの夢の箒と同じものだ。取り上げると、箒の柄《え》が燦然《さんぜん》と輝いた。箒の振動を感じて手を離すと、箒はひとりで空中に浮かび上がった。ハリーがまたがるのに、ぴったりの高さだ。ハリーの目が、柄の端に刻まれた金文字の登録番号から完璧な流線型にすらりと伸びた樺《かば》の小枝の尾まで、吸いつけられるように動いた。

「だれが送ってきたんだろう？」ロンが声をひそめた。

「カードが入っているかどうか見てよ」ハリーが言った。

ロンは、ファイアボルトの包み紙をバリバリと広げた。

「なにもない。おっどろいた。いったいだれがこんな大金を君のために使ったんだろう？」

「そうだな」ハリーはぼうっとしていた。「賭けてもいいけど、ダーズリーじゃないよ」

「ダンブルドアじゃないかな」

ロンはファイアボルトのまわりをぐるぐる歩いて、その輝くばかりの箒《ほうき》を隅々まで眺めた。

「名前を伏せて君に『透明マント』を送ってきたし……」

「だけど、あれは僕の父さんのだったし。ダンブルドアはただ僕に渡してくれただけだ。何百ガリオンもの金貨を、僕のために使ったりするはずがない。生徒にこんな高価なものをくれたりできないよ――」

「だから、自分からの贈り物だって言わないんじゃないか！　マルフォイみたいな下衆《げす》が、先生は贔屓《ひいき》してるなんて言うかもしれないだろ。そうだ、ハリー――」

ロンは歓声を上げて笑った。

「マルフォイのやつ！　君がこの箒に乗ったら、どんな顔するか！　きっとナメクジに塩だ！　国際試合級の箒なんだぜ。こいつは！」

「夢じゃないか」

ハリーはファイアボルトをなでさすりながらつぶやいた。ロンは、マルフォイのことを考えて、ハリーのベッドで笑い転げていた。

「いったいだれなんだろう――？」

「わかった」笑いをなんとか抑えて、ロンが言った。「たぶんこの人だな――ルーピン！」

「えっ？」今度はハリーが笑いはじめた。「ルーピン？　まさか。そんなお金があるなら、自分の新しいローブくらい買ってるよ」

「うん、だけど、君のことが好きだ。それに、君のニンバス２０００が玉砕《ぎょくさい》したとき、ルーピンはどっかに行ってていなかった。もしかしたら、そのことを聞きつけて、ダイアゴン横丁に行って、これを君のために買おうって決心したのかもしれないよ――」

「いなかったって、どういう意味？」ハリーが聞いた。「ルーピンは僕があの試合に出てたとき、病気だったよ」

「うーん、でも医務室にはいなかった。僕、スネイプの罰則で、医務室のおまるを掃除してたんだ。覚えてるだろ？」

「ルーピンにこんな物を買うお金はないよ」ハリーはロンを見て顔をしかめた。

「二人して、なに笑ってるの？」

ハーマイオニーが入ってきた。ガウンを羽織り、クルックシャンクスを抱いている。クルックシャンクスは、首に光るティンセルのリボンを結ばれて、ブスッとした顔をしていた。

「そいつをここに連れてくるなよ！」

ロンは急いでベッドの奥からスキャバーズを拾い上げ、パジャマのポケットにしまった。しかし、ハーマイオニーは聞いていなかった。クルックシャンクスを空いているシェーマスのベッドに落とし、口をあんぐり開けてファイアボルトを見つめた。

「まあ、ハリー！　いったいだれがこれを？」

「さっぱりわからない」ハリーが答えた。「カードもなにもついてないんだ」

驚いたことに、ハーマイオニーは興奮もせず、この出来事に興味をそそられた様子もない。それどころか顔を曇らせ、唇を噛《か》んだ。

「どうかしたのかい？」ロンが聞いた。

「わからないわ」ハーマイオニーはなにかを考えていた。

「でも、おかしくない？　つまり、この箒《ほうき》はとってもいい箒なんでしょう？　ちがう？」

ロンが憤然としてため息をついた。

「ハーマイオニー、これは現存する箒の最高峰だ」

「なら、とっても高価なはずよね……」

「たぶん、スリザリンの箒全部を束にしてもかなわないぐらい高い」

ロンはうれしそうに言った。

「そうね……そんな高価なものをハリーに送って、しかも自分が送ったってことを教えもしない人って、だれなの？」ハーマイオニーが言った。

「だれだっていいじゃないか」ロンはいらいらしていた。「ねえ、ハリー、僕、試しに乗ってみてもいい？　どう？」

「まだよ。まだ絶対だれもその箒に乗っちゃいけないわ！」ハーマイオニーが金切り声を出した。

ハリーもロンもハーマイオニーを見た。

「この箒でハリーがなにをすればいいって言うんだい。――床でも掃くかい？」ロンだ。

ところがハーマイオニーが答える前に、クルックシャンクスがシェーマスのベッドから飛び出し、ロンの懐を直撃した。

「こいつを――ここ――から――連れ出せ！」

ロンが大声を出した。クルックシャンクスの爪がロンのパジャマを引き裂き、スキャバーズは無我夢中でロンの肩を乗り越えて逃亡を図った。ロンはスキャバーズの尻《しっ》尾《ぽ》をつかみ、同時にクルックシャンクスを蹴飛ばしたはずだったが、狙いが狂ってハリーのベッドの端にあったトランクを蹴飛ばしてしまった。トランクはひっくり返り、ロンは痛さのあまりさけびながら、その場でぴょんぴょん跳び上がった。

クルックシャンクスの毛が急に逆立った。ヒュンヒュンという小さなかん高い音が部屋中に響いた。携帯かくれん防止器《スニーコスコープ》が、バーノンおじさんの古靴下から転がり出て、床の上でピカピカ光りながら回っていた。

「これを忘れてた！」

ハリーはかがんでスニーコスコープを拾い上げた。

「この靴下はできれば履《は》きたくないもの……」

スニーコスコープはハリーの手の中で鋭い音をたてながらぐるぐる回り、クルックシャンクスがそれに向かって歯をむき出し、フーッ、フーッとうなった。

「ハーマイオニー、その猫、ここから連れ出せよ」

ロンはハリーのベッドの上で足の爪先をさすりながら、カンカンになってどなった。黄色い目で意地悪くロンを睨《にら》んだままのクルックシャンクスを連れて、ハーマイオニーはつんつんしながら部屋を出ていった。

「そいつを黙らせられないか？」ロンが、今度はハリーに向かってどなった。

ハリーは携帯かくれん防止器をまた古靴下の中に詰め、トランクに投げ入れた。聞こえるのは、ロンが痛みと怒りとでうめく声だけになった。スキャバーズはロンの手の中で丸く縮こまっていた。ロンのポケットから出てきたのをハリーが見たのは久しぶりだった。かつてはあんなに太っていたスキャバーズがいまややせ衰え、あちこちの毛が抜け落ちているのを見て、ハリーは驚きもし痛々しくも思った。

「あんまり元気そうじゃないね、どう？」ハリーが言った。

「ストレスだよ！　あのでっかい毛玉のバカが、こいつを放っといてくれれば大丈夫なんだ！」

ハリーは「魔法動物ペットショップ」の魔女が、ネズミは三年しか生きないと言ったことを思い出していた。スキャバーズがいままで見せたことのない力を持っているなら別だが、そうでなければ、もう寿命が尽きようとしているのだと考えざるをえなかった。ロンは、スキャバーズが退屈な役立たずだと始終こぼしていたが、もしスキャバーズが死んでしまったらどんなに嘆くだろう、とハリーは気が重くなるのを止められなかった。

その日の朝のグリフィンドール談話室は、クリスマスの慈愛の心が地に満ちあふれ――というわけにはいかなかった。ハーマイオニーはクルックシャンクスを自分の寝室に閉じ込めはしたものの、ロンが蹴飛ばそうとしたことは許せないと腹を立てていた。ロンのほうは、クルックシャンクスがまたもやスキャバーズを襲おうとしたことに湯気を立てて怒っていた。ハリーは二人が互いに口をきくよう努力することをあきらめ、談話室に持ってきたファイアボルトをしげしげ眺めることに没頭した。これがまたなぜか、ハーマイオニーの癇《かん》に障《さわ》ったらしい。なにも言わなかったが、ハーマイオニーはまるで箒《ほうき》も自分の猫を批判したと言わんばかりに、不快そうにちらちら箒に視線を送っていた。

昼食に大広間に下りていくと、各寮のテーブルはまた壁に立てかけられ、広間の中央にテーブルが一つ、食器が十二人分用意されていた。ダンブルドア、マクゴナガル、スネイプ、スプラウト、フリットウィックの諸先生が並び、管理人のフィルチもいつもの茶色の上着ではなく、古びたかび臭い燕尾服《えんびふく》を着て座っている。生徒はハリーたちのほかに三人しかいない。緊張でガチガチの一年生が二人に、ふてくされた顔のスリザリンの五年生が一人だ。

「メリー・クリスマス！」

ハリー、ロン、ハーマイオニーがテーブルに近づくと、ダンブルドア先生が挨拶をした。

「これしかいないのだから、寮のテーブルを使うのはいかにも愚かに見えたのでのう。……さあ、お座り、お座り！」

ハリー、ロン、ハーマイオニーはテーブルの隅に並んで座った。

「クラッカーを！」

ダンブルドアがはしゃいで、大きな銀色のクラッカーの紐《ひも》の端をスネイプにさし出した。スネイプがしぶしぶ受け取って引っ張った。大砲のようなバーンという音とともにクラッカーははじけ、ハゲタカの剥製《はくせい》をてっぺんに載せた、大きな魔女の三角帽子が現れた。

ハリーはまね妖怪《ボガート》のことを思い出し、ロンに目配せして、二人でニヤリとした。スネイプは唇をぎゅっと結び、帽子をダンブルドアのほうに押しやった。ダンブルドアはすぐに自分の三角帽子を脱ぎ、それをかぶった。

「どんどん食べましょうぞ！」

ダンブルドアは、にっこりみなに笑いかけながら促した。

ハリーがちょうどロースト・ポテトを取り分けているとき、大広間の扉が開いた。トレローニー先生がまるで足に車輪がついているかのようにすーっと近づいてきた。お祝いの席にふさわしく、スパンコール飾りの緑のドレスを着ている。服のせいで、ますますきらめく特大トンボに見えた。

「シビル、これはおめずらしい！」ダンブルドアが立ち上がった。

「校長先生、あたくし水晶玉を見ておりまして――」

トレローニー先生が、いつもの霧のかなたからのようなか細い声で答えた。

「あたくしも驚きましたわ。一人で昼食をとるという、いつものあたくしを捨て、みなさまとご一緒する姿が見えましたの。運命があたくしを促しているのを拒《こば》むことができまして？　あたくし、取り急いで塔を離れたのでございますが、遅れまして、ごめんあそばせ……」

「それは、それは」

ダンブルドアは目をキラキラさせた。

「椅子をご用意いたさねばのう——」

ダンブルドアは杖《つえ》を振り、空中に椅子を描き出した。椅子は数秒間くるくると回転してから、スネイプ先生とマクゴナガル先生の間にトンと落ちた。しかし、トレローニー先生は座ろうとしなかった。巨大な目玉でテーブルをずいっと見渡したとたん、小さく「あっ」と悲鳴のような声を漏《も》らした。

「校長先生、あたくし、とても座れませんわ！　あたくしがテーブルに着けば、十三人になってしまいます！　こんな不吉な数はありませんわ！　お忘れになってはいけません。十三人が食事をともにするとき、最初に席を立つ者が最初に死ぬのですわ！」

「シビル、その危険を冒しましょう」マクゴナガル先生がいらだちを隠さず言った。「かまわずお座りなさい。七面鳥が冷え切ってしまいますよ」

トレローニー先生は迷った末、空いている席に腰掛けた。目を堅く閉じ口をきっと結んで、まるでいまにもテーブルに雷が落ちると予想しているかのようだ。マクゴナガル先生は手近のスープ鍋《なべ》にさじを突っ込んだ。

「シビル、臓物《ぞうもつ》スープはいかが？」

トレローニー先生は返事をしなかった。目を開け、もう一度周囲を見回してたずねた。

「あら、ルーピン先生はどうなさいましたの？」

「気の毒に、先生はまたご病気での」

ダンブルドアはみなに食事をするよう促しながら言った。

「クリスマスにこんなことが起こるとは、まったく不幸なことじゃ」

「でも、シビル、あなたはとうにそれをご存知だったはずね？」

マクゴナガル先生は眉根をぴくりと持ち上げて言った。

トレローニー先生は冷ややかにマクゴナガル先生を見た。

「もちろん、存じておりましたわ。ミネルバ」トレローニー先生は落ち着いていた。「でも、『すべてを悟れる者』であることを、披瀝《ひけらか》したりはしないものですわ。あたくし、『内なる眼《め》』を持っていないかのように振る舞うことがたびたびありますのよ。ほかの方たちを怖がらせてはなりませんもの」

「それですべてがよくわかりましたわ！」マクゴナガル先生はぴりっと言った。霧のかなたからだったトレローニー先生の声から、とたんに霧が薄れた。

「ミネルバ、どうしてもとおっしゃるなら、申し上げますわ。あたくしの見るところ、ルーピン先生はお気の毒に、もう長いことはありません。あの方自身も先が短いとお気づきのようです。あたくしが水晶玉で占ってさし上げると申しましたら、まるで逃げるようになさいましたの――」

「そうでしょうとも」マクゴナガル先生はさりげなく辛辣《しんらつ》だ。

「いや、まさか――」

ダンブルドアが朗らかに、しかしちょっと声を大きくした。それで、マクゴナガル、トレローニー両先生の対話は終わりを告げた。

「――ルーピン先生はそんな危険な状態ではあるまい。セブルス、ルーピン先生にまた薬を造ってさし上げたのじゃろう？」

「はい、校長」スネイプが答えた。

「結構。それなれば、ルーピン先生はすぐに回復なさって出ていらっしゃるじゃろう……。デレク、チポラータ・ソーセージを食べてみたかね？　おいしいよ」

一年坊主《ぼうず》が、ダンブルドア校長に直接声をかけられて、見る見る真っ赤になり、震える手でソーセージの大皿を取った。

トレローニー先生は、二時間後のクリスマス・ディナーが終わるまで、ほとんど普通に振る舞った。ご馳走で腹がはち切れそうになり、クラッカーから出てきた帽子をかぶったまま、ハリーとロンが最初に立ち上がった。トレローニー先生が大きな悲鳴を上げた。

「あなたたち！　どちらが先に席を離れましたの？　どちらが？」

「わかんない」ロンが困ったようにハリーを見た。

「どちらでも大して変わりはないでしょう」

マクゴナガル先生が冷たく言った。

「扉の外に斧《おの》を持った極悪人が待ち構えていて、玄関ホールに最初に足を踏み入れた者を殺すとでも言うなら別ですが」

これにはロンでさえ笑った。トレローニー先生は、いたく侮辱《ぶじょく》されたという顔をした。

「君もくる？」ハリーがハーマイオニーに声をかけた。

「ううん」ハーマイオニーはつぶやくように言った。「私、マクゴナガル先生にちょっとお話があるの」

「もっとたくさん授業を取りたいとかなんとかじゃないのか？」

玄関ホールへと歩きながら、ロンがあくび交じりに言った。ホールには狂った斧《おの》男《おとこ》の影すらなかった。

肖像画の穴にたどり着くと、カドガン卿《きょう》が数人の僧侶やホグワーツの歴代校長の何人かと、愛馬の太った仔馬《こうま》を交えてクリスマス・パーティに興《きょう》じているところだった。カドガン卿は鎧仮面《よろいかめん》の眼のところを上に押し上げ、蜂蜜酒の入っただるま瓶《びん》を掲げて二人のために乾杯した。

「メリー――ヒック――クリスマス。合言葉は？」

「スカービー・カー、下賤《げせん》な犬め」ロンが言った。

「貴殿も同じだ！」カドガン卿がわめいた。絵がパッと前に倒れ、二人を中に入れた。

ハリーはまっすぐに寝室に行き、ファイアボルトと、ハーマイオニーが誕生日にくれた「箒磨《ほうきみが》きセット」を持って談話室に下りてきた。どこか手入れするところはないかと探したが、曲がった小枝がないので切り揃える必要もなく、柄《え》はすでにピカピカで磨く意味もない。ロンと一緒にハリーはただそこに座って、あらゆる角度から箒に見とれていた。すると肖像画の穴が開いて、ハーマイオニーが入ってきた。マクゴナガル先生がすぐ後ろに控《ひか》えている。

マクゴナガル先生はグリフィンドールの寮監《りょうかん》だったが、ハリーが談話室で先生の姿を見たのはたった一度、とても深刻な知らせを発表したときだけだった。ハリーもロンもファイアボルトをつかんだまま先生を見つめた。ハーマイオニーは二人を避けるように歩いていき、座り込んで手近な本を拾い上げ、その陰に顔を隠した。

「これが、そうなのですね？」

マクゴナガル先生はファイアボルトを見つめ、暖炉のほうに近づきながら、目をキラキラさせた。

「ミス・グレンジャーがたったいま知らせてくれました。ポッター、あなたに箒が送られてきたそうですね」

ハリーとロンは、振り返ってハーマイオニーを見た。額《ひたい》の部分だけが本の上から覗《のぞ》いていたが、見る見る赤くなり、本は逆さまだった。

「ちょっと、よろしいですか？」

マクゴナガル先生はそう言いながら、答えも待たずにファイアボルトを二人の手から取り上げた。先生は箒の柄から尾の先まで、丁寧に調べた。

「ふーむ。それで、ポッター、なんのメモもついていなかったのですね？　カードは？　なにか伝言とか、そういうものは？」

「いいえ」ハリーはポカンとしていた。

「そうですか……」マクゴナガル先生は言葉を切った。

「さて、ポッター、これは預からせてもらいますよ」

「な――なんですって？」ハリーはあわてて立ち上がった。

「どうして？」

「呪いがかけられているかどうか、調べる必要があります。もちろん、私《わたくし》は詳しくありませんが、マダム・フーチやフリットウィック先生がこれを分解して――」

「分解？」

ロンが即座に、オウム返しに聞いた。マクゴナガル先生は正気じゃないと言わんばかりだ。

「数週間もかからないでしょう。なんの呪いもかけられていないと判明すれば返します」マクゴナガル先生が言った。

「この箒《ほうき》はどこも変じゃありません！」ハリーの声がかすかに震えていた。「先生、本当です――」

「ポッター、それはわかりませんよ」マクゴナガル先生は親切心からそう言った。

「飛んでみないとわからないでしょう。とにかく、この箒が変にいじられていないということがはっきりするまで、これで飛ぶことなど論外です。今後の成り行きについてはちゃんと知らせます」

マクゴナガル先生はくるりと踵《きびす》を返し、ファイアボルトを持って肖像画の穴から出ていった。肖像画がバタンと閉まる。ハリーは「高級仕上げ磨《みが》き粉《こ》」の缶《かん》を両手にしっかりつかんだまま、先生のあとを見送って突っ立っていた。ロンはハーマイオニーに食ってかかった。

「いったいなんの恨みで、マクゴナガルに言いつけたんだ?」

ハーマイオニーは本を脇に投げ捨て、まだ顔を赤らめたままだったが立ち上がり、ロンに向かって敢然《かんぜん》と言った。

「私に考えがあったからよ。――マクゴナガル先生も私と同じご意見だった。――その箒はたぶんシリウス・ブラックからハリーに送られたものだわ!」

本書は
単行本二〇〇一年七月　静山社刊
携帯版二〇〇四年十一月　静山社刊
を二分冊にした1です。

装画　おとないちあき
装丁　坂川事務所

ハリー・ポッター文庫⑤
ハリー・ポッターとアズカバンの囚人
〈新装版〉3－1
2022年6月7日　第1刷

作者　J.K.ローリング
訳者　松岡佑子

発行者　松岡佑子
発行所　株式会社静山社
〒102-0073　東京都千代田区九段北1-15-15
TEL 03(5210)7221
印刷・製本　中央精版印刷株式会社

ISBN 978-4-86389-684-0　printed in Japan